02
獵人
只想安靜生活
The Hunter's Gonna Lay Low
Presented by 103
Volume Two
AUTHOR
103
ILLUST
NAKD
U0545388

The Hunter's Gonna Lay Low

The Hunter's Gonna Lay Low
Presented by 103
Volume Two

contents

The Hunter's Gonna Lay Low

07

意外地多情

侯瀛：幫我做一件事

侯瀛傳來一則簡訊，請宜再追查在仁川港附近走私毒品的傢伙，確認毒品流通的途徑。

這件事原本是由徐敏基負責，但他最近到海外出差了。

難道尹秋天那時偷聽到的就是鄭彬和李侯瀛的通話內容？

宜再：嗯嗯

侯瀛：可以回長一點嗎

宜再：嗯嗯嗯嗯嗯嗯嗯

侯瀛：凸

——小屁孩。

宜再噗哧一笑，放下手機，對他而言，侯瀛的提議反而讓他鬆了一口氣。因為自從和尹秋天見面後，他滿腦子都是亂七八糟的想法。最近只要一閒下來，就會不自覺開始煩惱末日來臨該怎麼辦這種根本沒有意義的問題。這種時候，最好的解法就是讓身體先動起來。

所以從收到侯瀛簡訊的當天下午開始，宜再便拿著放在櫃檯的波濤公會商務卡，每天凌晨前往仁川港。

因為沒有自己的車，也沒有駕照，所以宜再只能選擇搭計程車。雖然夜間加成不是筆小數目，但這筆錢不需要他操心。反正波濤公會長本來就很愛亂花錢。

人煙稀少的平日凌晨，一輛廂型車開進仁川港裝卸區的貨櫃之間。不久，幾名拉低帽T帽子、背著沉重行李袋的彪形大漢陸續下車。他們環顧四周後，迅速走進角落一處隱蔽的貨櫃。

與此同時，對面的貨櫃頂端正趴著一名青年，用雙筒望遠鏡觀察情況——那人正是車宜再。他放下望遠鏡，閉上雙眼，隨後再次睜開。

〈**追蹤者之眼！**〉

是把貨櫃底部挖空了嗎？只見那幾人的光暈沉入地板下方。宜再打開掛在耳朵上的竊聽裝置，隨即聽見腳步聲、沉重鐵門被打開的聲響，以及幾句寒暄。

有個聲音沙啞帶痰的男子，用混濁的嗓音發問。

「今天貨有多少？」

「三個。」

「最近有點少……」

鏘！像是用拔釘器或鐵管敲擊地板的聲音響起。

「……該不會是被你們抽走了吧？」

「怎麼能說這麼傷人的話……我們也是拚了命在搬啊。Three Go 和青蔥炸雞的人最近跟得很緊，到處逮人。」

宜再摸索著身邊，撿起隨手扔在一旁的皮革筆記本。封面貼著一張便條紙，上方以流暢的字跡寫著：

敏奇蹟的新手隱身潛入指南

宜再用指尖翻到夾著「隱語」書籤的那一頁。「Three Go」是覺管局的代稱，「青蔥炸雞」則代表波濤公會。很好，連這些有的沒的都寫得清清楚楚。

敏奇蹟在出差前給了他這本手冊，算是上次登錄過程不太順利的賠禮。看來敏奇蹟已經猜到李俟瀛會把這件事交給宜再處理。

那天，宜再還沒吩咐，他就自動自發把盛好的白飯放進保溫箱，後來又把手冊當作贈品送給宜再，售後服務可說是滴水不漏。

宜再闔上手冊，重新把注意力放回耳機傳出的聲音。

「沒錯，釜山那邊一個都不剩了。但至少仁川還能夠勉強走通。」

「媽X，那些臭小子到底是在哪裡聞到味道的？」

「上頭發話了，這邊應該也撐不了多久，叫我們明天馬上轉移陣地，免得被盯上。」

「唉，又要大遷徙了啊。」

「要先收拾行李嗎？」

「大件的從現在開始打包，要趁 Three Go 找上門前趕快閃人。至於藥，就照原計畫送到各個房間去。」

「了解。剛好松坡區那邊有個傢伙快進入異變階段了，要求這次多配一些貨過去。」

各個房間……宜再迅速掃了一眼筆記，看來是指各地的毒品供應者。

松坡區那邊過不久就會出現變異體。

用潦草的字跡記錄在手冊上後，趴在貨櫃陽臺上的宜再托著下巴，陷入沉思。

自從接下李俟瀛的委託，已經過了一個禮拜。靠著追蹤者之眼，宜再輕輕鬆鬆就鎖定了這些可疑分子。於是每到凌晨便準時在碼頭現身，嚼著便利商店的飯捲觀察他們。他們雖然是犯罪集團，但行動也有固定模式，還挺有意思的。

結果好不容易釣出來的魚，現在卻準備集體打包跑路了……

宜再把吃完的飯捲包裝塞進便利商店的黑色塑膠袋，抓起手機，猶豫地在螢幕上輕敲幾下。還來不及脫下的圍裙裙角，隨著清晨的微風輕輕飄動。

——該向李侯瀛報告這件事一下……

聯絡李侯瀛的話，他應該會派支援人力來吧，兩人之間現在好歹有那麼一點點薄弱的信任了。但問題是，這群傢伙眼看就要打包完逃跑了。宜再盯著下方的貨櫃，解鎖手機畫面後又重新鎖上。

——支援能即時抵達嗎？

如今宜再有兩個選擇：一，跟蹤這群捲包袱跑路的人；二，乾脆跳下去截斷這場大遷徙。

第一個選項固然好，卻有個致命缺點。雖然他有追蹤者之眼，又是S級，還有匿跡的技能，但是，要靠兩條腿去追坐車甚至坐船逃跑的傢伙，還是有難度。

——我又沒有飛行技能……

宜再生平第一次這麼羨慕擁有飛行技能的人。他撇了撇嘴，轉而考慮第二個選項的可行性。

簡單來說，就是直接跳進貨櫃打斷他們打包，拖延時間等支援人力來處理。這麼做的話，他就得衝進那群人中間，雖然會有點危險，但至少能有效拖住對方的行動。

雖然沒有被綁架過，但宜再有信心能夠纏住他們。萬一出了什麼差錯，大不了一口氣全部打趴。

——喔？

他撫摸下巴。

——說不定這樣反而更好。

有強壯的身體，腦袋就不用想太多。宜再打開手機，傳簡訊給俟瀛。

宜再：（地圖連結）

宜再：他們打算今天晚上打包跑路

宜再：我先拖住他們

簡訊順利傳送出去後，他把手機塞回褲子口袋，毫不猶豫地跳下貨櫃。

沉重的皮鞋腳步聲逐漸靠近，停在了不遠處。隨後，腳步聲的主人嘖了一聲。

「就是這傢伙？？像瘋子一樣跳下來的那個神經病？」

「是的。」

原本打算被木棍敲到頭時順勢裝昏，結果反倒是木棍先斷了，場面一度有點尷尬。

總之，宜再成功裝昏，被五花大綁在貨櫃裡的老舊鐵椅上。

大概是覺得敢這麼勇猛跳進來的人肯定是覺醒者，這群罪犯特地在他的手腳上各綁了十條尼龍束帶，牢牢固定住。

「Three Go 的人？」

「好像不是？」

「你這是在問我？到底查清楚了沒？」

「他身上沒有公務員證，雖然圍裙口袋裡有獵人證，但只是普普通通的D級。」

「才D級的傢伙居然那麼大膽？……看他長得白白嫩嫩，又不像聞到藥味爬來的中毒者。」

「也看不出有異變的跡象。」

「算了，問了就知道。」

喃喃自語的男人咬著香菸，點燃打火機。

「喂，把他弄醒，沒時間了。」

「是，大哥！」

隨後是一陣動靜。有人粗暴地抓住宜再的頭髮，讓他仰起上半身。耳邊除了遠處海浪拍岸的聲響，還多了液體在容器裡晃動的聲音。宜再閉著的眼皮微微抽動，這群傢伙該不會要用潑水那招吧……

嘩啦！冰冷的水狠狠潑下。

——媽X，還真的潑。

從那股鹹味看來，應該是直接裝海水來用。不只頭髮，連上半身都濕透了。他根本沒失去意識好嗎，這群渾蛋。宜再默默緊咬牙關。

——早知道一開始就全部打趴比較快……

有人走到半濕透的宜再面前。那男人折了折手指，關節發出劈拍聲，惡狠狠地威嚇。

「喂，你這傢伙！眼皮下的眼珠轉個不停，以為老子沒看到？既然醒了，就他X的——」

接著有什麼東西往臉上砸過來。按照速度和空氣的流動判斷，應該是拳頭。宜再乖乖坐著，雙眼緊閉，只動了動腳趾。

「給我睜開眼睛！」

砰！如羽毛般輕盈的拳頭碰到了他的臉頰。一秒、兩秒、三秒。

「呃啊啊啊啊！」

那聲慘叫並非出自宜再，而是從另一頭傳來。這時，宜再才微微睜開眼。

只見揮拳的光頭男抱著紅腫的拳頭，在原地跳腳。昏暗的燈光照在他剃得發亮的腦袋上，反射出混亂的光芒，活像顆七彩旋轉燈。

「我、我的手！」

他像是腳底著火般亂跳亂竄，引來幾名同伙的嘲笑。

「你這小子，演得太誇張了吧！」

「明明是你用拳頭打別人的臉，在那邊發什麼瘋。」

「啊，我才沒有演！」

捂著拳頭的光頭男哭喪著臉辯解。

「你要是裝痛就死定了！讓我瞧瞧。」混在人群中的某個男人大聲笑道。

「我說的是真的！唔……」

「……嗯？」

幫忙檢查的人笑嘻嘻的臉逐漸僵住，他左看右看轉動光頭男的手，接著抓了抓頭開口。

「這傢伙的骨頭……好像斷了？」

「啥？」

「搞什麼？他臉上是塗了鋼汁嗎？用拳頭打臉，結果是拳頭骨折？」

「說到這個，剛才我用木棍敲他腦袋時，棍子居然斷掉了。」

「什麼？他的腦袋也太硬了吧？腦袋硬也算是技能嗎？」

周圍的人開始七嘴八舌，對眼前的狀況滿頭問號……肯定是因為光頭男太廢了。

這時，旁邊留著小鬍子的男人抓住宜再濕答答的頭髮，扯起他的臉。明明才被揍了一拳，那張臉上卻一點痕跡也沒有，實在令人難以置信。

小鬍子男端詳宜再的臉，接著露出陰險的冷笑。

「哈，臭小子。敢那麼明目張膽闖進來，看來真的有兩把刷子？」

「……」

「喂喂、我告訴你，要毀掉你這張帥臉蛋有的是辦法，懂？媽X，我們就算再忙，把你塞進水泥桶丟到海裡也花不了幾分鐘，臭小子。」

「……」

「看來你打算裝死到底囉……哈，這臭小子，演技還真爛。」

其他先不說，「演技爛」宜再可不能接受。身為大韓民國獵人界話題人物J和EZ，他可是憑藉著精湛的演技克服了無數困境和磨難。雖然撲克臉特性幫了點小忙，但他優異的演技也同樣功不可沒。

居然說他演技差？宜再忿忿不平，綁在身後的手指微微抽動。

小鬍子男擺了擺手，「好啊，就來撬開你的嘴。兄弟們，把傢伙都拿出來！這小子八成有什麼特殊技能，得用點狠的了。」

「是，大哥！」

幾名長相凶神惡煞的男人手持拔釘器、棒球棒、木棍，轉動著脖子和手臂，慢慢朝宜再逼近。小鬍子男向後退一步，嘴角勾起卑鄙的笑容。

「會有點痛喔。」

站在最前頭的彪形大漢咧嘴一笑，然後——啪！

骨頭斷裂的聲音，比想像中還要清脆響亮。男人還維持著踢擊的姿勢，瞪大雙眼僵在原地。下一秒，他抱著往前彎折的小腿，痛得在地上滾來滾去。

「啊——呃啊啊啊啊！」

「媽X，搞什麼？」

「靠，那個白痴為什麼不用傢伙，蠢到拿腳去踢還在那鬼叫？」

「那小子不對勁！用武器揍他！」

「我剛才就說了啊，蠢蛋！」

「去你X的！」

壯漢一咬牙，揮舞插滿釘子的球棒，朝宜再小巧的後腦勺猛力砸下。

砰!!一聲沉悶巨響迴盪在貨櫃中，但這次裂開的仍然不是腦袋，而是那根球棒，只見上半截吊在空中來回晃盪。

而被砸中的人只是稍微歪了歪頭，看起來安然無恙。

——這小子的腦袋是石頭做的嗎？

踢他，腳骨折；揮拳，手骨斷裂；用拔釘器、鐵鎚、球棒、木棍攻擊，全都是工具先報廢。打他反而自己受傷的傢伙，已經能組一支足球隊了。這些綁匪終於察覺事有蹊蹺，紛紛貼著牆壁，壓低聲音竊竊私語。

「媽X，這合理嗎？為什麼打人的比挨打的還慘？」

「就是說啊，現在是怎樣？最近藥水超貴，都快用完了。」

「大哥，我好痛。」

「臭小子，不能忍一下嗎？」

「我都脫臼了耶？」

「我骨頭斷了，大哥。」

「夠了，你們給我去那邊躺著！」

「不是D級嗎？媽X，該不會是把A級看成D級？B級打D級，為什麼會是B級手斷掉？這符合物理定律嗎？」

「獵人社會真的要崩壞了。」

這些對話內容，宜再全都聽得一清二楚。他們打人打到開始談論起社會崩壞，也讓宜再煩躁起來。

——這些傢伙……也太弱了吧？

這群綁匪比宜再預期的還弱很多。原本打算配合一下演出、順勢套話，沒想到這些傢伙廢成這樣，一點進展都沒有。就這種等級也敢出來搞毒品走私？這樣他故意被綁架、忍受海水洗臉，豈不是白忙一場？

此時，一直站在後面觀望的小鬍子男終於爆氣了。

「你們幾個蠢貨，快點解決掉，我們要趁天亮前走人！就一個D級居然半天都搞不定了！」

「趁天亮前」這幾個字立刻刺激到宜再。

他可是身負神聖使命，得在每天清晨為那些準時上門的殭屍送上解酒湯！特地花費了這麼寶貴的時間自投羅網，結果這些人完全派不上用場，害他連半句情報都沒套到。

——怎麼全是這種半吊子？

看著這群人抱著斷掉的腿跳踢踏舞，宜再只覺得越來越煩躁，終於像嘆息般開口了。

「你們這樣不行。」

理應是綁匪首領的臺詞，卻從被害人口中聽見，那些貼在牆上的綁匪紛紛交頭接耳。

「這句話怎麼是那傢伙在講啊？」

「我還以為是大哥說的。」

「不知道耶，我現在有點怕……」

「我是真心想配合，但你們的程度太差了。」

宜再不演了，說完，他猛然舉起被尼龍束帶綑在鐵椅上的手臂。嘎吱吱嘎！幾十條束帶瞬間全部斷裂。接著是雙腿，一樣輕鬆一踢，束縛便應聲崩開。

綁匪們驚恐地看著宜再站起身，他將濕髮往上一撥，抄起那張坐到有點習慣的鐵椅，摺平之後一把砸向小鬍子男！

砰！

「嗚。」

他果然應該去當棒球選手才對，宜再默默想著。

小鬍子男根本來不及閃避，被鐵椅迎頭擊中好球帶，當場翻著白眼倒栽在地，鼻血嘩嘩狂流。

宜再又一次將微亂的濕髮往上一撥，大步走向那些貼在牆上的人。他身上散發出銳利逼人的殺氣，彷彿隨時能讓綁匪人頭落地，一雙黑眸閃著駭人的冷光。

「來，一起上吧，媽X。」

精銳公會波濤的戰鬥支援第一組，光看名字可能會以為是負責支援戰鬥的後勤部門，但實際上並非如此。

波濤的戰鬥支援第一組，平常會處理普通的公會業務，但只要李俟瀛下達命令，就會立即全力優先執行，是一種特殊編制的機動隊伍。

目前波濤公會戰鬥支援第一組所屬獵人中，有兩人名列全國獵人排行榜上。一位是排名第三十四，擅長隱身、潛行、搜集和偽造情報，獵人稱號「渺小的奇蹟敏奇蹟」的徐敏基。

另一位則是排名第五十的年輕人，綽號「撬門器」、獵人稱號「浪漫開瓶器」的崔高耀。這次他代替臨時去國外出差的徐敏基執行重要機密任務——監視解酒湯店打工仔的一舉一動，然後向李俟瀛報告！

據說那位解酒湯店打工仔也接到李俟瀛的機密任務，每天凌晨都會前往仁川港。於是崔高耀也被迫放棄睡眠，跟著宜再到仁川港報到。

他會用號稱能拉近一萬倍的手機鏡頭，在遠處拍照後傳給俟瀛。這是徐敏基告訴他的小訣竅。畢竟打工仔的觀察力異常敏銳，只要稍微靠近就會被他發現。

今天崔高耀一如往常拍完螞蟻大小的打工仔照片後，戴上無線耳機開始看 UTube 上的綜藝節目。看到一半，突然收到了公會長傳來的簡訊。

公會長：確認目標狀態

節目正精彩的說。他一邊小聲抱怨，一邊將手機鏡頭調到最大倍率，對準打工仔所在的貨櫃頂端。

——媽X，人跑去哪了？

看著空無一人的貨櫃上方，崔高耀腦中一片空白。他立刻跳起身，盡可能壓低存在感，快步走向目標原本趴著的貨櫃附近。幸好深夜時分的港口冷冷清清，所以也不太會遇到人。

而現在，他正像一隻蟬那樣緊緊貼在對面的貨櫃牆上。耳朵緊貼著鐵皮，專注地聽著裡面傳來的聲音。

砰、砰、砰……裡面傳出規律的敲打聲，還聽到一些肉體碰撞肉體時的悶響，和類似東西飛出去的聲音，以及「呃」、「嗚」、「啊」之類喘不過氣的哀號與呻吟。

聽到這裡，崔高耀陷入了恐懼。原本還想說目標跑去哪了，看來是被發現後拖到裡面去了！那些不可回收的垃圾傢伙們肯定在毆打剛覺醒不久的D級獵人，對他強行逼供。

走吧，崔高耀！是時候展現二十年人生中最帥氣的最後之舞了。

崔高耀用A級覺醒者的強勁腿力踹開鐵門，穿過門縫翻滾進入貨櫃。他跳起身，擺出帥氣姿勢大喊。

「喂，你們這些卑鄙的傢伙！不准欺負弱者！」

這是崔高耀想像的劇本。

解酒湯店打工仔倒在地上，模樣可憐。一群流氓包圍他，正在對他拳打腳踢，就是那種典型的綁架現場畫面。而自己將那些流氓飛踢在地，瀟灑地救出打工仔。

在他的幻想中，他成了最帥氣的獵人，感動了李俟瀛，甚至還因此獲得加薪機會。但貨櫃裡的一切和他想像的有點不一樣。

崔高耀一進門，就和飛到自己身邊、臉腫得像饅頭、像是被打了好幾拳的男人對到眼。那一刻，世界彷彿慢動作一樣播放。

「……啊？」

眼前所及的一切……和他的想像差得有點多。

砰咚咚咚！饅頭臉在一聲巨響中，飛出門外，直到撞上另一座貨櫃才停下來。

他、他死了嗎？崔高耀呆呆地張著嘴，看著難以置信的一幕，然後目光再次轉向貨櫃內部。

有人……正在毆打什麼東西……

——……我有看錯嗎？

定眼一看，解酒湯店打工仔竟然把那些綁匪打得落花流水。

一臉茫然的崔高耀試著理解眼前的狀況。

首先，一群壞人綁架了目標，他追到貨櫃屋時，裡頭傳出了打人的聲音。崔高耀理所當然會認為是綁匪在毆打可憐的打工仔！雖然任務是以監視為主，但敏奇蹟在交接時也特別強調，萬一有什麼事，務必優先保護打工仔安全。

真可惡，那些卑鄙的覺醒者居然對能力跟普通人沒兩樣的低階覺醒者下手！崔高耀心想：難道覺醒者職業道德道德和特別法都死光了？他氣喘吁吁地踹開貨櫃屋大門，立刻衝了進去。

但裡面卻是那位理論上和普通人差不多的覺醒者，正在毆打其他覺醒者的畫面。

「唔呃……」

甚至有一堆人已經被打趴在地。

由於門被他用力踹開，冷冽的海風颼颼地灌進貨櫃屋內。

布滿腳印的圍裙隨風飄逸。打工仔放開某個綁匪的領子，那個臉腫得像饅頭、鮮血直流的傢伙，立刻像斷線木偶一樣癱軟在地。地上又多了一個抽搐的人形障礙物。

接著是一陣沉默，兩人無聲對視。

打工仔連看都沒看，抬腳狠狠一踩下方試圖抓他腳踝的手。以淒厲的慘叫作為配樂，他總算開口了。

「喂。」

「什麼？」

崔高耀嚇得破音，連忙吞了一口口水。

雖然天藍色蟾蜍圖案的黑色圍裙上布滿腳印，雙手沾滿鮮血，頭髮不知為何濕漉漉地黏在一起，但打工仔的臉卻清清爽爽，沒有被綁架的人會有的淒慘模樣。

最讓崔高耀發毛的，是他那張幾乎毫無情緒的臉。剛才明明還在打人，現在卻像什麼事都沒發生過一樣，一臉雲淡風輕。

他不是普普通通的解酒湯店打工仔嗎？不是D級的覺醒者嗎？這股駭人的氣勢是怎麼回事？崔高耀只覺得膝蓋發軟，腿都快站不住了。

原本靜默不語的打工仔問道：「你們是一伙的？」

「什麼？不是！才不是！絕對不是！」

「這種時候每個人都會否認，太老套了。」

真的不是才說不是啊！崔高耀好冤枉，不知道是因為委屈還是害怕，眼淚就快奪眶而出了。他下意識往後退，然而……

「休想逃跑。」

一句話讓他定格在原地。雖然打工仔根本沒看他，而是站在原地整理一頭濕髮。但他依然不敢亂動，冷汗直流。崔高耀試圖替自己辯解，艱難地開了口。

「不、不是，我真的……」

「不要白費力氣了……我很快就能抓到你。」

這不是威脅，而是冷靜的事實陳述。感覺就算真的逃得出去，也會被立刻抓回來，最終下場會和倒在地上的那些人一樣。崔高耀默默閉嘴，坐到滿是灰塵的地板上。

打工仔滿意地喃喃低語：「真乖。」

他悄然無聲地走向癱坐在地的崔高耀，蹲在他面前。眉清目秀的臉和那猶如小混混的姿勢有種說不出的違和。面無表情的打工仔彈了彈手指。

「所以說——」

「什麼？」

「你剛剛不是有話要說？說吧。」

「啊。」

「不趕快說的話……」冰冷的視線掃向四周倒成一片的綁匪。

崔高耀原本想說打工仔怎麼會那麼寬宏大量，讓他有機會說話，殊不知他是在親切地威脅「要是不快點從實招來，下場就會和那群人一樣」。崔高耀用人生中最快的速度掏出錢包，遞上名片。

波濤公會戰鬥支援第一組

Rank A 浪漫開瓶器

「我、我是波濤公會的浪漫開瓶器！」

聽到令人熟悉又心累的公會名稱，宜再下意識地反問。

「波濤？」

「對！是公會長派我來的，他要我……保護你。」

沒想到裴沅雨塞給他，囑咐他要隨身攜帶的名片會在這種場合派上用場。崔高耀開始反省自己那天嘴硬說的「我的臉就是名片」，當下決定之後要好好向裴沅雨報答這份恩情。

果然還是請吃解酒湯比較好吧？崔高耀默默在心裡決定菜單後，抬頭看向眼前的打工仔。端詳名片的打工仔扶著額頭。

「……你是波濤公會的人。」

氣氛像是乍暖還寒的春天，突然吹來一陣倒春寒的冷風。

宜再慢慢讀著名片上面印的字，「你叫……浪漫開瓶器？」

「是的，沒錯。我是浪漫開瓶器……」

「呵。」

氣氛突然像變得像在面試，讓崔高耀莫名緊張起來，立刻端正坐好。自從當初在波濤公會最終面試和李俟瀛一對一面談後，他就沒有這麼緊張過了。

正當崔高耀的思緒亂飄時，宜再突然伸出一隻沾著鮮血的手。崔高耀就像個看上司臉色的新進員工，努力揣摩對方的用意。怎麼回事？他是要我幫他做什麼事嗎？因為手很髒，要我幫他擦手嗎？我有帶濕紙巾嗎？

不過車宜再看起來不像是有什麼要求，只是語氣平和地開口。

「浪漫開瓶器先生。」

「嗯？是的。」

「你很會察言觀色嗎？」

「什麼？」

如果他擅於察言觀色，就不會像這樣呆頭呆腦地脫口說「什麼？」。但反應快倒是是浪漫開瓶器的優點。宜再輕輕一笑。

「嗯……不太會也沒關係。」

然後，車宜再忽然低下頭，那動作分明就是故意演出效果。

「這樣應該看得出來，我現在心情很差吧？」

所以你最好想好再回答──宜再成功演繹出這句潛臺詞，手上的血帶來強烈的視覺衝擊，更是增添了一股張力。

崔高耀連忙點頭如搗蒜，「是，看得出來。」

「我本來打算在打烊後稍微休息一下，結果這些傢伙竟然把我綁來這裡。」

當然是騙人的，宜再哪是被綁架，根本是自己上門要求綁架。

崔高耀雖然知道他被綁架前都在做什麼，但還是決定先附和。

「居然。」

「那些人綁架我就算了，只是因為我回答得比較慢，就用腳踹我，還拿拔釘器和狼牙球棒打人。」

「太垃圾了！」

說實話，崔高耀平常同理心不怎麼豐富。他就是那種朋友說「我每天早上都很累，於是買了乾洗髮」時，會問對方「乾洗髮？那個好用嗎？」的人。

但現在的崔高耀不一樣了。他正從丹田深處喚起小時候就賣掉的同理心，努力與宜再感同身受。

看到崔高耀的反應，宜再滿意地捏起布滿塵土腳印的圍裙一角，往前拉到崔高耀面前。

「你看這些腳印。」

「天啊，你被欺負得很慘吧？」

「別提了，我被打得超慘。」

「那群臭小子，應該把他們丟去餵魚！」

雖然從車宜再的臉實在看不出哪裡被打很慘……但此刻的崔高耀完全不在乎事情是真是假，畢竟不是有句老話說——死人不會說話？

崔高耀態度誠摯地大力點頭。幸好眼前的青年似乎很滿意他的反應，嘆了口氣後，撐著下巴繼續說道：

「所以我稍微教訓了一下他們。」

「……原、原來如此。」

在地上痛苦蠕動的那些人，全都面目全非，臉腫得像饅頭一樣。如果這只是稍微教訓，那認真教訓會變成什麼模樣……？

一想到這裡，崔高耀就背脊發涼，但還是努力裝作若無其事。反正挨打的不是自己，而是這些倒在地上的傢伙。宜再手上沾到的血已經乾掉了，他動了動手指，崔高耀立刻閉上雙眼，當作沒看見。

崔高耀腦中冒出一個想法：這些對他對手動腳的綁匪居然還能留下一條小命，實在是非常寬宏大量的做事方式！換作李俟瀛，肯定會直接把這群人融掉，不留下任何渣渣。崔高耀開始覺得眼前的車宜再簡直像位活佛。

他機械地點點頭，毫不修飾地說出自己的感受。

「您真是慈悲為懷。」

「是啊。所以說，崔高耀先生。」

「是！」

「你可以保密嗎？」

「什麼？」

宜再說出這句話的時候，嘴角勾起充滿寒意的弧度。那已經不只是倒春寒的程度，簡直是長年結凍的冰湖，寒氣逼人。

崔高耀跟不上如此跳躍的邏輯，一臉茫然地看著宜再。宜再淺淺嘆了口氣後，決定耐心地因材施教。

「我沒有消除的記憶的能力。」

「……」

「所以如果想讓你忘記，就只能使用物理的方式……」

他舉起沾滿血的手，緩緩握拳，嘴角淺淺上揚。崔高耀看見他的表情，臉色立刻變得和剛才目睹現場慘況時一樣慘白。

物理方式。崔高耀反覆咀嚼這個詞時，突然想起之前在網路上看過的一則搞笑貼文。有個人說要對實驗對象施展「洋蔥催眠」，讓他覺得生洋蔥吃起來像蘋果，於是就強迫受試者一口接一口地啃生洋蔥，直到那人說出「好像有蘋果味」為止。

於是崔高耀的腦中閃過一個念頭：自己該不會就是那個蘋果味洋蔥催眠的受試者？這一刻，他總算徹底理解宜再笑容的含意。

——我會幫你進行物理治療，直到你說出什麼都想不起來為止。

因此，崔高耀以堅定而從容的語氣回答，彷彿是益智節目上對答案有十足把握的參賽者。

「請問這裡是哪裡？」

聽到這句話，宜再果然點點頭，露出滿意的微笑。這是一百分的答案。

就這樣，在沒有流血的情況下，雙方和平達成了協議。車宜再把那些昏迷的綁匪拖到旁邊排成一排。而朝他臉上潑海水的傢伙，以及流著鼻血昏過去的小鬍子男，他特別挑出來放在另一邊。

宜再打算從這群人裡挑一個看起來最結實、知道最多事情的人，叫起來好好「聊聊」。一來可以套情報，二來也能順便報仇，可說是一箭雙雕。如果能再餵他們喝點海水那就更棒了，錦上添花。

此時呆坐在角落，看著打工仔挑選犧牲羔羊的崔高耀，就像一位在教授面前報告的學生，用端正的姿勢舉起手。

「那個……打工仔先生，雖然不清楚這裡發生了什麼事，但我可以開門嗎？」

「……開門？」

宜再回頭瞥了崔高耀一眼。崔高耀雙手合十，擠出僵硬的笑容。

「我的能力是開門。只要有路名和地址，我就能打開一扇把人送過去的門。」

——……感覺很適合跑外送耶？

宜再腦中閃過「可以挖角去解酒湯店幫忙跑腿外送」的念頭，眼神頓時亮了起來，就像教授找了到適合拉進研究所做牛做馬的潛力新生。但他馬上收起拓展業務的計畫，因為那麼方便的能力，通常系統都會再配上副作用。

特別是與空間移動相關的技能，幾乎都會附帶致命的缺陷。宜再選好了身材最結實的綁匪，一手揪住對方的領口往上舉，一面問崔高耀。

「使用這個能力有副作用嗎？」

「嗯？啊，確實有。」

不知為何，崔高耀的目光微微顫抖。宜再點點頭，示意他繼續說下去。

「沒事，先說來聽聽。我得知道副作用是什麼，才能決定要不要開門。」

「喔，嗯。說得也是。」

「說吧。」

宜再把外表壯碩的綁匪放上自己剛才被綁住的那張鐵椅，在心裡評估要用多少力道揮拳比較好。

嚇得臉色蒼白的崔高耀大喊：「我會昏倒！」

「什麼？」

原本正要打醒綁匪的宜再停下拳頭，而崔高耀像在饒舌一樣，飛快念出自己能力的副作用。

「只要知道地址或地圖座標，我就能打開通往那裡的門。只是必須以目前位置作為原點，目的地離原點越遠，我就會昏迷越久！」

「門可以讓很多人一起通過嗎？」

「嗯？啊，是的，只要門還開著就可以。」

「門可以維持多久？」

「直到我昏倒。」

宜再陷入沉思。可以一次讓很多人空間移動的能力非常珍貴，而這個副作用……雖然有點劇烈，但還算可以接受。

——那就試試看吧。

他掏出手機，想確認當前的所在位置。然而……他的手機螢幕卻裂掉了！

——可惡。

宜再試著解鎖，看看還能不能操作，但螢幕支離破碎，只映出像尹秋天的萬花筒那樣的彩色光斑……雖然宜再的身體是S級，但重要的手機可不是，承受不住棍棒的洗禮。

宜再用心煩意亂的語氣呼叫 Netxby。

「嗨，Netxby，告訴我現在位置的地址。」

「正在依據GPS資訊搜尋目前所在位置的地址。」

所幸手機沒有壞到不能語音輸入，Netxby 還能運作，並報出正確的地址。宜再看著五彩繽紛的破裂螢幕，默默閉上眼睛。

——媽X，離合約到期還那麼久……

他鬱悶了一下，才繼續詢問。

「以剛才 Netxby 報的地址來計算……如果開啟從仁川到首爾的門，你會昏迷多久？」

崔高耀迅速回答：「一天半吧？長的話可能昏迷兩天左右。」

仁川港到首爾，距離不算遙遠，但昏迷的時間比想像中還久。

單純出於好奇，宜再又問道：「那如果開啟到美國華盛頓的門……」

崔高耀突然眼眶泛淚，一臉悲壯，明顯有試過。他用袖子擦了擦眼角，彬彬有禮地回答。

「雖然不是華盛頓，但上次公會長緊急出差，我就開了到加拿大多倫多的門……」

「結果？」

「我一醒來，已經換季了。」

「……」

好吧，這能力雖然厲害，副作用也確實夠狠。宜再原本想看手機確認現在的時間，但畫面破損無法辨識，只好請 Netxby 報時——凌晨兩點二十分。

從仁川港搭計程車回解酒湯店，差不多要兩小時，加上叫計程車的時間，剩下用來準備食材的時間會很緊繃。宜再皺著眉頭，抓了抓太陽穴，然後回頭看向崔高耀。

「很抱歉……但可以請你開個門嗎？」

「啊，好的，當然可以！」

「昏倒的話我會送你去醫院，別擔心。」

「啊，不用不用，我沒關係的。」

浪漫開瓶器用食指和中指抵住太陽穴，閉上雙眼，看來是在集中精神。過了幾秒，他雙手往前一伸，用力大喊。

「開啟吧，任意門！」

這個技能名稱感覺同時侵犯了兩個ＩＰ的版權，而且特別中二。但技能效果卻與名稱成反比，十分令人驚艷。貨櫃中央原本只有滿地痛苦呻吟的綁匪和灰塵，現在卻憑空出現了一扇巨大的木門。

「哇喔。」

發自內心感嘆的宜再，用尼龍束帶將昏迷饅頭的手腕綑成一串，就像串小黃魚乾那樣。因為一個個搬太麻煩，他打算一口氣整串拖走。把小黃魚乾饅頭都捆好後，他打開那些壯漢背來的行李袋，檢查內容物。

裡頭全是層層包裝的白色粉末。宜再背起一袋，其他全部塞進自己的系統背包。

——該帶的都帶了。

宜再朝崔高耀點了點頭，揮手示意他開門。

浪漫開瓶器崔高耀，從門出現的那一刻起，臉色就變得像僵屍一樣慘白。他顫顫巍巍地走向木門，就像準備踏入地獄的垂死之人。

而門一開，出現在眼前的是……

「……」

「……」

李俟瀛。

——……怎麼會？

他為什麼會在這裡？俟瀛坐在寬敞的辦公桌後滑手機，不知道為什麼，他今天沒有戴防毒面具，取而代之的是一副眼鏡。桌上那塊螺鈿嵌飾的名牌折射著璀璨虹光。

波濤公會長李俟瀛

從環境看來，這裡應該就是波濤公會的公會長室。宜再突然有一股衝動，想想直接把門關上，用波濤的商務卡搭計程車逃走，順便報個雙倍車資。

——我叫你開門，誰叫你開公會長室的門……

就在那一刻，他對上了那道銳利的紫色目光。

——媽X。

李俟瀛緩緩摘下眼鏡。宜再猛然回頭看向崔高耀，要他解釋這到底是怎麼一回事。然而，崔高耀只是抖著手豎起拇指，臉上浮現臨終者的釋然微笑，像是已竭盡所能完成任務，了無遺憾。

——這小子說不用送醫院，原來是這個意思……

打從一開始，崔高耀就沒有要開啟通往解酒店的門。他的目標只有一個，就是把車宜快遞到李俟瀛面前！

宜再咬牙切齒，感覺受到了背叛。難怪他完全沒有問目的地！

不知何時起身的俟瀛，踩著從容的步伐走到宜再面前。兩人隔著一扇門對視，令人看不透的紫眸仔細掃視宜再，從腳尖、大腿、腰、脖頸到頭頂，沒有一處遺漏。然後他交叉雙臂，嘴角微微勾起。

「你說要拖住他們……我還在想你會做出什麼瘋狂舉動。」

「……」

「你現在看起來很像乞丐耶，哥？」

「喔，你也覺得讓乞丐進到公會長室不太好吧？把人和東西拿走就自便吧。」

宜再指向自己後方的一長串小黃魚乾。

李俟瀛的嘴角抽了抽，神情瞬間僵硬。他走回辦公桌，一邊死盯著車宜再，一邊打開連線祕書室的麥克風。

「……叫研究團隊來拿新的樣本，再叫覺管局派一臺運輸車到公會正門。」

「是……咦？運輸車？」

「能一次載二十名覺醒者那種，不，直接叫他們派最大臺的來，他們就知道了。」

「……好，我馬上轉達。」

鬆開通話鍵後，俟瀛雙手撐著桌面低下頭，唇間吐出一聲深沉的嘆息。

「……簡訊。」

「什麼？」

宜再眨了眨眼，他就像掉入水裡之後又在泥濘裡滾了一圈，滿身狼狽，又一臉茫然。俟瀛用指尖敲了辦公桌幾下。

「你為什麼沒看簡訊？」

「……你有傳簡訊給我？」

俟瀛抬眼看著宜再。自己在收到那封瘋狂簡訊後馬上就回覆了，他居然說沒看到？他的嘴角冷冷勾起，要來這招是吧？

「呵……你是在裝傻嗎？」

「不，我幹嘛裝傻。我真的沒看到，手機螢幕裂掉了。」

宜再從褲子口袋掏出手機讓他看。螢幕就如他所說，像是被鐵鎚敲過那樣支離破碎。

俟瀛透過開啟的門掃了一眼貨櫃內部。在綑成一串的那群人旁邊，各種工具和武器散落在地上。雖然沒有沾到血，但大部分要不是斷掉，就是呈現彎曲狀態。

「……」

俟瀛再次看向宜再。他的臉一如往常清俊，然而頭髮和帽T被水淋濕了，平常整齊的髮型也亂成一團，圍裙上布滿腳印和棍棒留下的痕跡，模樣無比狼狽。

雖然不知道車宜再真正的實力，但能夠抵擋住俟瀛攻擊的覺醒者，不可能會被打到留下痕跡。也就是說，他是故意挨打的。

「……」

此時，宜再接二連三從系統背包拿出沉甸甸的黑色行李袋，一一堆進公會長室，最後把肩上那袋放在最上方。那副堅決不跨過門的態度，令俟瀛煩躁不已。

說他像乞丐，就真的認為自己是乞丐嗎？俟瀛沒有掩飾臉上的不滿，直接問道：「你現在是在幹嘛？」

「等等……這些袋子裡都是毒品，我也不知道有多少。算了，那個你會自己看著辦。」

「……」

「那個，浪漫開瓶器先生，你什麼時候會昏倒？」

「……啥？」

「……你看起來快昏倒了。」

崔高耀已經倒在貨櫃地板上了，只剩嘴巴勉強開開合合，一副半死不活的樣子。他雙眼呆滯，眼神渙散，感覺隨時會原地關機。

宜再嘖了一聲，向俟瀛招招手。

「快過來把這個人帶走。」

俟瀛微微歪頭，露出不悅的表情。

「我不能過去那裡。」

「嗯？」

「這種門是單向的。」

「……單向的？」

「看來崔高耀沒告訴你？這種門只能出，不能進。」

宜再看向浪漫開瓶器，又瞄了門板一眼，最後望著俟瀛。如今的俟瀛已經漸漸能從那張俊秀的臉上，看出車宜再內心在醞釀什麼瘋狂的想法。

俟瀛咬牙切齒，像隻露牙的猙獰惡犬，完全不打算掩飾自己受到傷害的感情。

「怎樣，你要死撐在裡面，就算崔高耀昏過去都不出來嗎？」

清俊的臉孔染上不悅，他被正中要害時就會露出那種表情。

「不，我只是在思考有必要出去嗎……」

「哈。」

「只要把東西和這些人交給你就好了吧？」

「那你要怎麼從仁川回解酒湯店，難道又要刷商務卡坐計程車？」

「加上深夜加成，車程兩小時的話……確實滿貴的。」

宜再露出認真煩惱的表情。

看著一身狼狽的車宜再，俟瀛心中只剩一個想法。先不論現在這副落魄造型，光看他平常那些舉動，就知道他的腦子八成同樣一團糟。衝動魯莽得離譜，為所欲為，偏偏又古板得要命，而且總是像有第二條命一樣，動不動就橫衝直撞。

「不過……」車宜再將濕髮往後撥，笑了起來。「這一趟下來，還算有點價值吧？」

但奇怪的是……俟瀛呆望著眼前露齒而笑的宜再，隨即猛然轉身。

「在門關起來之前快點進來。」

「我把這些人丟過去就……」

「不要讓我說第二次。」

非得用嚴厲的語氣，他才會乖乖聽話。宜再磨磨蹭蹭地把崔高耀推入公會長室，再拖著被綁成小黃魚乾串的人掛過那扇門。

當最後一隻小黃魚乾通過的瞬間，靠意志力死撐的崔高耀虛弱地發出垂死哀鳴。

「唔呃……」

下一秒，那扇敞開的門便消失了，露出後方緊閉的公會長室門。俟瀛把崔高耀和小黃魚乾串晾在外頭後，轉身回到辦公室。

宜再困惑地站在原地，四處張望。

「說來聽聽吧……」雙臂交叉的俟瀛問道，「你為什麼要親自蹚渾水？」

「嗯？原本想說挖挖看，說不定能抓到尾巴。」宜再聳了聳肩，語氣雲淡風輕。「結果什麼也沒撈到。」

李俟瀛皺起眉頭，「你沒必要做到這種地步，我給你的任務就只是單純的監視。抓人的事有專門的隊伍處理。」

「像今天這種情況，與其等他們來，不如我自己處理比較快。」

確實，宜再的行動幫了大忙。覺管局或波濤公會的成員雖然一直在追蹤那些毒販，但總是落後一步。這是第一次將進行交易的人一網打盡，還一併查扣了所有毒品。

獲得那麼多毒品樣本，無論是書院公會還是波濤公會的研究團隊，肯定都能提取到有用的數據資料。

俟瀛向宜再招手，「好了，我知道了，走吧。」

「好，走。嗨，Netxby，搜尋這附近最近的公車站。」

宜再對著螢幕碎掉的手機呼叫 Netxby，如今 Netxby 可說是他最忠實可靠的同伴。但是李俟瀛似乎不太滿意，歪頭冷冷盯著宜再的手機。

事到如今車宜再也察覺到了，李俟瀛每次只要不開心就會歪著頭。雖然想假裝不知道，但宜再最後還是忍不住不爽地開口。

「你這傢伙又怎麼了。」

「……我在想你是不是故意的。」

「怎樣？」

「你為什麼要找公車站？」

「我要回家啊，再晚一點就沒車了。」

「頂著這副德性？」

李俟瀛從上到下、毫不客氣地把他打量了一番，語氣滿是諷刺。車宜再這才低頭看了看自己，溼答答的頭髮和帽T、布滿腳印的圍裙……

車宜再雖然沒受傷，但外表看起來完全不像正常人，任誰都會以為他出了什麼大事。如果遇到愛管閒事的好人，肯定會來問他是不是需要幫忙。

宜再這才心虛地把手機收回口袋，長長嘆了一口氣，再次將濕濕的頭髮往後撥。

——早知道就不要乖乖被潑水，這樣還能勉強搭公車走人。

但仔細一想，如果他用無聲步伐潛行，應該不會被發現？正當宜再悄悄往門口移動時，俟瀛從系統背包拿出一張皺皺的A4紙。是上次看過的洪藝星牌緊急脫逃按鈕。

宜再還來不及拒絕，俟瀛就抓住他的手，撕掉那張紙。

下一秒，兩人已經站在解酒湯店門前了。

「……那個不是很珍貴的道具嗎？」

「沒關係，一組有十張。」

「……」

宜再一臉無言，打開上鎖的店門走了進去，然後筆直地走向後方的小房間。

小房間裡，一面牆腳堆滿了前陣子收到的禮物盒，另一邊則是摺得整整齊齊的棉被和枕頭。空間小到如果不清掉所有盒子，宜再就沒有地方能伸直雙腿躺下。

但對宜再來說，這樣的空間已經很夠用了，甚至可以說是心懷感激。在裂隙裡，他只能日復一日枕著怪物屍體，以血為被入眠。相較之下，現在這個房間已經好很多了！有牆壁和天花板，有地方可以躺，可以蓋著被子，枕著枕頭。沒有比這裡更棒的地方了。

當然，只有宜再會這麼想。俟瀛懷疑真的有人能住在這種地方嗎……他轉頭望向宜再。

「你平常都睡在這裡？」

「你不是有調查過我？也有看到我從這裡走出來吧。」

宜再指的是上次凌晨李俟瀛突然找上門，坐在用餐區等他那天。聽到宜再的反問，俟瀛也沒好氣地回嘴。

「我哪知道房間裡長這樣。」

不愧是前排名第一的獵人，看來從小就沒吃過苦。不過宜再也不是沒經歷過那種無憂無慮的生活，所以沒有反嗆，只是輕描淡寫地開口。

「有棉被枕頭，還有地板和天花板就夠了。」

「……」

「……怎樣？」

侯瀛一言不發地盯著宜再，精緻的臉上開始浮現不爽。

「你喜歡自虐嗎？」

這是什麼問題？問他是不是被虐狂？宜再皺起整張臉，怒視著侯瀛，一臉「你在說什麼鬼話」的表情瞪了回去。

「你覺得有可能嗎？」

侯瀛也毫不示弱地皺起眉頭。

「這裡和剛才那個貨櫃有什麼不一樣？」

「跟剛才那個能比嗎？這裡乾淨多了，還有棉被和枕頭。」

「把貨櫃打掃一下，再放棉被和枕頭的話，根本一模一樣。」

「你是在迫切祈禱我搬到仁川港嗎？」

面對這樣的宜再，侯瀛簡直快被氣笑了。他擔心對方太累，親自帶他回來解酒湯店，結果卻看到這個連腳都伸不直的火柴盒。而車宜再呢？居然若無其事地脫掉老舊的運動鞋，直接爬進去。

如果是平時，他大概不會這麼在意。可偏偏車宜是為了幫自己，才搞得一身狼狽地回來。而且想到他還刻意乖乖挨打，做出這種不符合個性的事……

「……」

「喂……你的臉好怪。」

「哪裡怪？」

運輸車應該已經抵達了吧。早知道就不要交給覺管局，自己解決了。不，是必須親自處理。

李俟瀛決定要全面修正自己的計畫。他原本打算把車宜再送回家就直接回去，但現在看見他所謂的「家」竟然是這副德性，說什麼也不能放他睡在這種地方。

俟瀛確認自己有戴手套後，一把抓住宜再的手臂。

「出來。」

出乎意料的反應讓宜再瞪大雙眼，「嗯？」

俟瀛死死地抓住他的手臂。

「我們去一個地方。」

兩人沉默地對峙片刻。說實話，車宜再固執的程度不會輸給任何人，但看著緊抿雙唇怒視自己的俟瀛，心中就浮現何必和小鬼較勁的想法。

最後，宜再聳了聳肩，重新踩進運動鞋。

「好啦好啦，要去哪？還是你又要拜託我做什麼？」

俟瀛一言不發，又撕了一張緊急脫逃按鈕。

一瞬間，他們抵達了某間房子的玄關。這裡比解酒湯店大上好幾倍，而且不只是比較大間，空蕩冷清的感覺也更為強烈。

宜再的心情忽然變得有些微妙，這裡明顯是有人住的地方，卻感受不到一絲家的溫度。

「……這是哪裡？」

「我家。」

李俟瀛簡短回應後，泰然自若地走進去，打開了冰箱。裡面是滿滿的即食餐盒和礦泉水，擺放得整整齊齊。李俟瀛拿出水喝，並指向一扇門，看起來是浴室。

「去洗澡吧，我會把乾淨的衣服放在門口。」

他家的浴室也很寬敞。宜再本來就覺得渾身黏黏的不怎麼舒服，索性迅速洗完澡。他打開一條門縫，發現眼前整整齊齊地擺著一套全新的深藍絲質睡衣，連內褲都是未拆封的。

——他……都穿睡衣睡覺嗎？

宜再不自覺想像了一下穿睡衣的俟瀛會是什麼模樣，立刻搖頭甩開那個畫面。

雖然兩人體型相差不多，但這套睡衣的尺寸還是大了一點。宜再把袖子反折後走出去，尋找俟瀛的蹤跡。

他在一間看起來像臥室的房間裡，發現了坐在躺椅上的俟瀛。俟瀛看了他一眼後，指了指床鋪。

「你睡那裡。」

那張寬敞的特大雙人床，兩個人躺上去都綽綽有餘。但宜再既不想和俟瀛並肩躺著，也不想霸占屋主的床位，一個人躺在床上。於是他用不在乎的語氣回答。

「我可不是那種臉皮厚的人，給我一顆枕頭就好，我睡地上。」

「我叫你睡床上。」

「不用了，你有睡袋的話借我一個就好。」

俟瀛哈哈冷笑，嘲諷地勾起嘴角。

「這年頭誰家會有睡袋。」

「在我那個年代，進地下城一定要帶睡袋好嗎，臭小子。」

「雖然只差四歲，但你真他X喜歡倚老賣老耶，哥。別人聽到還以為你十年前就是獵人了……」

雖然是一針見血的事實，但只要承認就完了。宜再厚著臉皮回應。

「躺在睡袋裡，感覺就像在露營，很棒啊。那是因為你的獵人生活過得太爽……」

「好好，我的生活過太爽了，從今天開始會過得痛苦一點。快躺下。」

「可以不要讓我變成那種跑到別人家霸占床的自私鬼嗎？」

「讓客人睡在地上更沒禮貌，快點躺下。」

「你原本就沒什麼禮貌了，不差這個吧？」

「哪怕只有一次，就照我說的做行不行？」

「我們是平等的契約關係，臭小子。我是你的下屬嗎？我們的關係沒有上下之分，是平等的——」

兩人你一言我一語，火氣越吵越大，屋內的家具甚至在他們散發的氣勢下晃動起來。但兩人對此毫不在意，越吵越大聲，聲音迴盪在空蕩蕩的屋內。

嘎吱！

隨著突然出現的不祥聲響，為了睡不睡床爭論不休的兩人，瞬間默契十足地閉上了嘴。

只見寬敞床墊和柔軟的棉被中間……裂開了一個大洞。

兩人並肩站在塌陷的床鋪前，同時深深嘆了口氣。如果床架斷掉的話，還能想辦法補救再睡，但連床墊也破了個洞，做什麼都於事無補了。就算想買新的，這種巨大尺寸的床墊，網購快速直送服務也沒有在送吧。

宜再默默盯著破洞的床墊，看起來就像天空中出現的黑洞。

「……我會賠你。」他低聲喃喃道。

俟瀛冷笑一聲，「你哪有錢賠我？」

「……我可以賣魔石。」

「啊，媽X……不要再提到魔石的事。」俟瀛低吼，後面的語氣多了幾分埋怨。「都怪那個東西，才會有報導說我和鄭彬很要好。」

「……」

宜再默默低下頭。現在他能理解那些只是剛好見面時說了幾句話，就傳出戀愛緋聞的獵人是什麼心情了。李俟瀛和鄭彬只不過是一邊吃解酒湯，一邊交流情報而已，真慘。他下定決心，以後再也不消費明星和獵人的八卦了。

就在這股肅靜之中，交叉雙臂的李俟瀛低聲說道：「……等我一下。」

他從背包拿出防毒面具戴上後，就突然走掉了。被獨自留下的宜再抬起床墊查看，眼前出現完全斷成兩半的坍塌床架。

要賣幾碗解酒湯才賠得起呢？雖然不知道金額，但畢竟是李俟瀛這種挑剔鬼躺的床，肯定不便宜。想到這裡，宜再便嘆了一口氣。

凌晨三點四十分，大部分的公會成員都下班了，總部大樓只剩幾名值班人員。在結束了忙碌的一天，適合躺在床上看 Utube 或逛逛社群網站的深夜時光，波濤公會的匿名論壇出現了一篇貼文。

標題：〔匿名〕〈速報〉休息室的棉被枕頭被洗劫一空……

240拿走了休息室的所有棉被枕頭

留言（3）

—做了這個夢

—無聊

—晚安

波濤公會成員當然不當一回事，因為這個玩笑連笑話都稱不上，蹭熱度也要有點水準……

但馬上又多了一篇貼文，還附上休息室的照片。

標題：〔匿名〕真的被洗劫一空了！！！（有圖為證）

〔照片．JPEG〕

我說的是真的

我親眼看到了

留言（8）

—居然

—枕頭和棉被跑去哪了？？？

—會不會是被打掃的人拿去洗了？

「不不，他們會在沒人的白天打掃QQ 如果有人就不會拿走

—真的是240掃光的？

—可以說詳細點嗎

—大哥 請說詳細一點 這邊有美女獵人在等你

—哇 睡意都沒了

波濤公會的盥洗室和休息室屬於公會成員的福利設施。為了讓攻掠地下城後感官極度敏銳的獵人們能夠好好休息，公會特別設置了這樣的空間。

也因此，波濤公會的休息室十分高級。不僅一人一間，還配備助眠效果絕佳的床鋪和寢具。室內還飄著能有效緩解緊繃情緒的地下城副產物特製香氛，堪稱是波濤公會引以為傲的福利之一。

然而，就在今晚，休息室裡最重要的寢具居然被洗劫一空，只剩下空蕩蕩的床鋪，主嫌甚至還是李侯瀛！

實在讓人難以置信……可是又有照片為證，應該沒有公會成員敢偽造照片栽贓公會

長，因此結論只有一個——這篇貼文貨真價實。

這個八卦足以讓人睡意全消。眾人因為在睡前逛匿名論壇，導致被下了迫切等待下一篇貼文的詛咒。他們只能不斷重新整理匿名論壇網站，等待能補充詳情的救援者。

在波濤公會成員枯萎而死之前，貼文的原PO終於帶著更多內幕回來了。

標題：〔匿名〕E40版尚萬強後續（十分鐘後刪文）

今天為了寫報告加班
事情做完後懶得回家
所以打算睡在休息室隔天直接上班
但突然有人打開隔壁休息室的門！！聲音超大 已經凌晨四點了耶
我想說是哪個白目這麼沒禮貌 結果開門一看
是240
從那刻起我腦中就一片空白……真的以為我在看電影
240拿走休息室的棉被和枕頭……
而且不只拿一個 所有房間的都被他拿走了……
我以為他連床墊都要拆走 結果只有拿走棉被
我睡的那間在最裡面！
240慢慢靠近 我瞬間清醒過來
快瘋掉 超怕他連我的棉被也拿走 嗚嗚……

我死命抱著棉被　和他對到眼
還好他沒有搶走我的
而且人很好　走的時候還幫我關門
完

留言（13）
—事實查核一下２４０穿什麼衣服
「白色短袖上衣　黑色運動褲　戴著防毒面具　腳上是條紋室內拖
「這篇是真的
「你怎麼知道？
「我剛才和穿成那樣的２４０一起搭電梯，還以為我會昏倒
「啊……
—原來２４０也有體貼的一面……他沒有搶走加班員工的棉被
「還親手關門讓人好好睡覺
「God 40
—這個匿名的人也不是普通人　比起２４０更怕自己的棉被被搶走笑死
—但都是花２４０的錢買的，他要拿走也無話可說吧
「確實顆顆
—但他為什麼要拿走棉被和枕頭？？？

俟瀛離開後，宜再不知道等了多久。正當他百無聊賴地做伸展操時，聽到了玄關門鎖解除的聲音，連忙探頭一看。

沒想到開門進來的竟是一大坨白色布料。乍看之下還以為是幽靈，仔細一瞧才發現下方有一雙黑色的腿。

即使那雙腿的主人看不到前面的路，仍然大步穿過走廊，抵達寬敞的客廳。然後那團白色布料像瀑布一樣嘩啦啦地傾瀉在地上——全都是棉被和枕頭。

這又是什麼新型的發瘋方式？宜再無法理解眼前的情況，來回看著寢具堆和俟瀛，示意他給個交代，但俟瀛沒有回答。

宜再用嚴肅的表情問道：「……你是去搜刮棉被店嗎？」

俟瀛脫掉防毒面具放入背包，然後冷臉看著宜再。

「你以為我是小偷嗎？」

看李俟瀛依然話中帶刺的模樣，宜再判斷這傢伙八成還在因為床壞了的事不爽。

俟瀛雙手插腰，下巴朝皮沙發一點。

「躺下。」

「……你是屋主耶，你不能睡沙發嗎？」

「你再囉嗦試試看。」

「……」

「你再多說一句，我就把沙發也砸了，然後我們一起睡地板。」

宜再乖乖躺下。

李俟瀛家的沙發裡面是塞了什麼，怎麼這麼軟綿綿？聽說最近連棉被都有地下城副產物加工的產品，該不會這個沙發也是？車宜再努力轉移注意力，好讓自己接受這一連串荒謬的狀況。

雖然還是有點不自在，畢竟自己佔了比屋主還舒服的位置，但車宜也知道，繼續嘴硬下去只會演變成另一場爭吵。鬧起來的話，說不定連沙發都保不住，然後落得和李侯瀛一起睡地板的下場。

即使不是故意的，弄壞床鋪的事自己還是有部分責任。不能再讓其他好好的家具白白送命，而且弄壞了他也沒錢賠。

——對，成熟的年長者要懂得讓步……

用與生俱來的倚老賣老心態說服自己後，車宜再索性享受起沙發的柔軟。

這時，侯瀛將兩顆枕頭和兩條棉被輕輕丟過來。

宜再反射性接住，嘴裡嘀咕著。

「其實一床就夠了。」

「給你就收下。」

侯瀛的語氣依然帶著冷意。宜再望著他身後像小山般堆積的棉被與枕頭，雖然不知道他是從哪裡拿來的，但真的拿了很多。

宜再當然不會知道波濤公會高檔休息室的存在，不過既然侯瀛那邊多的是，那他拿兩組也不會妨礙對方好眠吧？

確認宜再慢吞吞鋪好枕頭，蓋好棉被後，侯瀛才開始搭自己的地鋪。

用好幾層棉被鋪成鬆軟床墊，李侯瀛枕著枕頭躺下。隨著他雙手一拍，室內的燈就全部熄滅了。

車宜再盯著漆黑的天花板，輕聲說道：「……晚安。」

對方沒有回答，不過他本來也沒期待俟瀛會回應，所以不太在意。

蓬鬆的沙發，柔軟的棉被，枕頭的彈力和高度適當，剛好撐住脖子。宜再已經很久沒有躺得那麼舒服地睡覺了。

但要說能不能好好睡著……倒是未必。大約過了十分鐘，躺在沙發上的宜再還醒著。之所以能夠精準掌握時間，是因為他無聊到開始數秒了。

——睡不著。

他的睡眠時間原本就不長，更何況現在這個時候他通常已經在準備開門做生意了，固定的生活作息沒那麼容易改變。天生就是庶民體質的他，實在難以適應突然變舒適的睡眠環境，加上旁邊躺著李俟瀛，讓他的精神越來越清醒。

「……」

而且俟瀛好像也還醒著。他雖然像死人一樣動也不動，但從躺下的那刻起到現在，呼吸聲一點變化也沒有。這傢伙肯定也知道他同樣沒睡，宜再決定找點別的事轉移注意力。

客廳一片寂靜，他腦中浮現的卻全是關於裂隙的回憶。末日、尹秋天的萬花筒、西海裂隙、同伴的慘叫、血腥味……思緒就像滑進無底洞，越陷越深。

不行，再這樣下去又會被灰暗的情緒吞沒。束手無策的宜再緊咬嘴唇，只好硬著頭皮開口。

「李俟瀛，你還沒睡？」

「哥不也是？」

語調無比清晰，一點都不像剛從睡夢中醒來，反倒是立刻接話。
聽見其他人的聲音，宜再原本糾纏成一團的思緒平靜下來，彷彿意識回歸現實世界。
宜再眨了眨眼，嘆道：「我也睡不著。」
「你應該很累了。」
「為什麼？」
「你不是大鬧了一場？還問為什麼……」
俟瀛輕笑一聲，卻沒半分挖苦的意味。
「又不是什麼大事。」
宜再也笑著回嘴。短暫的沉默流淌於兩人之間，宜再覺得比剛才好受多了。他凝視著天花板，又向俟瀛搭話。
「崔高耀怎麼樣了？他還好吧？」
「嗯……從仁川到首爾的話……」
俟瀛短暫思索，像是在仔細挑選措辭，片刻後才回答。
「大概一天，應該明天傍晚就會醒了。」
「副作用比想像中嚴重。」
「這個技能要是能無限使用，那就太強大了。」
「那倒也是……」
兩人有一搭沒一搭地聊天。人與人之間的談話，本來就不可能毫無間斷地持續下去，必然偶爾會陷入沉默。但至少現在，車宜再已經不再懼怕那片空白。即使有什麼回憶想從這點間隙硬鑽出來，他也能抵擋得住。

這一次，換俟瀛先開口了。

「哥。」

「嗯？」

「那封信我還留著。」

「信？什麼信？」

「自己寫的信居然都不記得……」

宜再仔細回想，但腦中還是一片空白。他完全不記得自己有寫過什麼信給俟瀛。俟瀛翻身時發出沙沙聲響，宜再也跟著轉向沙發外側。

只見俟瀛撐著下巴看向宜再，那張漂亮的臉染上一絲戲謔。

「敢動她們，你們就死定了。」

「……啊。」

難道是當時寫在名片上的威脅警告？他確實沒找錯對象……宜再不由得有些尷尬，啞口無言地看著他。俟瀛輕笑了一聲低下頭。

就在那一刻，一道清淡的藍光斜斜地劃過眼前。那是從客廳落地窗外照進來的晨光，透過窗簾能依稀看到冉冉升起的太陽。他們聊了這麼久？

車宜再揉了揉臉問道：「現在幾點了？」

「嗯……應該四點半左右。」

「……」

「幹嘛，又要去做生意？」

「喂，我當然要去開店。」

「叫裴沅雨去。」

「怎麼可能？」

「他吃了那麼多，應該知道解酒湯怎麼煮了吧……」

俟瀛雖然不悅地嘟嘟囔囔，但還是撐起了身。宜再也跟著爬起來，伸了個懶腰。雖然時間有點趕，但使用剛獲得的新技能，應該三兩下就能完成開店準備。

昨天穿的衣服已經被李俟瀛送去洗了，所以宜再現在還是得借俟瀛的衣服穿。穿上李俟瀛挑的黑色高領上衣和黑色休閒褲後，兩人並肩搭乘電梯。

沒錯，肩並肩。宜再雖然和俟瀛並排站著，但他緊貼著寬敞電梯的牆壁，努力拉開距離。站在電梯正中央的俟瀛嘲弄地看著他。

「靠近點會怎樣？」

「我待在這裡比較安心。」

「都弄壞我的床，穿我的衣服了。」

「不要說這種別人聽到會誤會的話。」

「我們什麼都做了，你怎麼突然這樣……」

「閉嘴。」

車宜再根本不想讓李俟瀛送他，但就像飯店一樣，李俟瀛住處所在的波濤公會大樓電梯，需要感應公會成員證才會運作。就算想走樓梯，也要有公會成員證才能打開樓梯間的門。

於是束手無策的車宜再只好帶著李俟瀛這張活體門禁卡一起下樓。而且出門前李俟瀛又補了一句話，讓車宜再不得不更加小心。

「哥，你很有名耶。」

「我？為什麼？」

「這家公會裡，有誰沒吃過哥煮的解酒湯？」

「……」

「萬一有人問打工仔怎麼會出現在這裡的話，你該怎麼辦？」

他的臉會在波濤公會人盡皆知，不就是因為這傢伙在解酒湯店預付了五百萬元[1]嗎……宜再很想吐槽，但眼下不是追究誰對誰錯的時候。

現在是清晨四點，不太可能會遇到公會成員，但萬一遇到的話？他確實沒有合理的藉口，總不能說是來外送解酒湯的吧？

他可是再三強調解酒湯店不做外送，一用這個藉口搪塞，說不定會因為波濤公會長特權疑雲，被迫召開記者會。

就在車宜苦思對策時，忽然注意到電梯牆上的玻璃。因為牆面全由透明玻璃打造，電梯的採光相當良好，朝向大樓外側那面看起來就像一扇自動門。還是乾脆撞破玻璃……跳下去？雖然以他的體質不至於受傷，但問題是……

「哥？」

「不，算了……」

到時候還得賠償修電梯的錢。他已經因為床墊負債累累了，根本賠不起。

車宜再默默收好這些危險念頭，凝視著前方。雖然考慮過使用無聲步伐技能，但那個技能只能遮掩氣息，讓行動時比較不顯眼，並不能讓他整個人隱身，因此在狹窄的空

1 約等於臺幣十萬元。

間裡根本派不上用場。
伴隨著抵達一樓的通知聲，電梯門打開的瞬間，傳來了令人不安的談話聲。
「可惡，攻掠個地下城，出來就凌晨了……咦，公會長您也在啊？」
「上班前先在休息室躺一下吧……喔？公會長早！您起得真早……嗯？」
「……咦？」
所有人的目光都聚集在電梯裡那兩人身上。準確來說，先是看到電梯中央臉色陰沉的李俟瀛，嚇得齊聲行禮，問候完抬起頭時，又發現待在角落的車宜再。
而且不只剛攻略完地下城回來的獵人隊伍，就連看起來剛晨跑完、正用毛巾擦汗的裴沅雨也在場。
「咦，這不是打工仔嗎？你怎麼會在這裡？」
裴沅雨開心地向他打招呼，結果靠近電梯門時，一眼就看見站在中央的俟瀛，臉上的表情頓時變得迷惑，腦袋也像卡住一樣轉不過來。
車宜再露出靈魂出竅的神情，口中喃喃低語。
「啊……那個……嗯……對……」
「什麼？」
「哈哈……就變成那樣了。」
到底是變哪樣，車宜再自己也搞不清楚，裴沅雨同樣一頭霧水。只有李俟瀛泰面無表情地站在電梯正中央，目光凌厲地瞪著裴沅雨。
當然，裴沅雨這人神經大條得像鋼索，完全沒察覺對方的殺氣，白目地繼續搭話。
「可是打工仔為什麼會在這啊？」

「……」侯瀛沒有回答。

「你來這裡有什麼事嗎？」

裴沅雨好像也不期待侯瀛會回答，轉頭看向宜再。他心想，打工仔應該會告訴他，畢竟兩人認識了一段時間，也有點情分在。但宜再也一樣默默不語。

一片寂靜之中，在場獵人不由得越來越好奇。

這時，裴沅雨眼尖地注意到，打工仔身上穿的是黑色高領上衣和黑色休閒褲，和平時不太一樣。全身黑的搭配很像李侯瀛的穿衣風格。

——咦？

那件高領上衣似乎有點眼熟……李侯瀛前幾天不是才穿過嗎？一瞬間，不該被知曉的禁忌領悟擊中裴沅雨的腦袋。

打工仔穿的……該不會是李侯瀛的衣服？

別說借別人衣服，光是有人靠近就會讓李侯瀛反感了，他卻和打工仔一起坐電梯下來？還借他衣服穿？

裴沅雨瞪大雙眼，感覺眼珠隨時可能掉出來。他不受控制顫抖的食指比向侯瀛，結巴到語不成句。

「喂、喂、喂、喂、喂這個、喂……喔？喂、這個……」

「裴沅雨。」

「你這小子！到底是怎麼回事？快點從實招來！」

「你要不要去漢江多跑兩圈再回來？」

侯瀛的提議貌似體貼，但言下之意就是「快滾」，即使遲鈍如裴沅雨也聽得出來。

但裴沅雨鍥而不捨，圍著兩人打轉。真不愧是坦克，毅力遠非常人能及。

──……再拖下去，就趕不上五點開店了。

結果是車宜再先採取行動。他離開電梯角落，親暱地環抱侯瀛的肩膀，和他勾肩搭背。

電梯前所有波濤公會成員都嚇呆了，連侯瀛都瞪大了眼睛盯著他，不過宜再管不了那麼多了。

他輕拍侯瀛的肩膀，擠出熱情友善的笑容。

「昨天我遇到一些麻煩，幸好李侯瀛公會長及時出手相助，哈哈哈。」

「嗯？什麼麻煩？又有人砸壞桌子了嗎？」

被宜再抱住的肩膀似乎微微僵了一下，但車宜再裝作沒察覺，只是一本正經地搖頭。

「現在不方便透漏太多，但公會長幫了我很大的忙。」

「侯、侯瀛做了那種事？」

裴沅雨的臉上充滿困惑。他固然相信對方不會無中生有，但他實在無法相信李侯瀛會去幫助解酒湯店的打工仔。

「畢竟我是你最愛的那家醒酒湯店的員工嘛，可能是因為這樣公會長才特別照顧我吧。」宜再補充道。

「什麼？……是這樣嗎？」

裴沅雨三兩下就被宜再的三寸不爛之舌蒙混過去，感動地看向自家公會長，卻被侯瀛冷酷地無視了。

不管對方相不相信，宜再像在躲避怪物攻擊般身手矯健地閃出電梯，揮了揮手。

「啊，我還要去開店呢。那我就先走了，各位客人！店裡見！」

「喔？喔，慢走啊，打工仔！」

裴沅雨熱情地揮舞那雙肌肉發達的手臂。車宜再離開後，他才再次疑惑地看向俟瀛。

「……所以為什麼打工仔會來這裡？你真的有幫他忙嗎？」

一直保持沉默的俟瀛嘖了一聲，語氣冷淡地丟下一句話。

「根本幫不上忙。」

The Hunter's Gonna Lay Low

08

動腦不動手

雖然過程一波三折，但宜再仍然辦好了覺醒者登錄，成功搞定不在場證明，也順利完成侯瀛託付的任務。不過，他最近又遇上新的難題。

這要從那臺不靠電力、而是以魔石作為動力來源的辛奇和小菜自助吧說起。雖然耗材費用與效益的性價比極差，但還是為宜再爭取到了一點喘息時間。

只要把空碗疊在自助吧旁，獵人們就會在點完解酒湯後，自己去裝辛奇、醃蘿蔔和青陽辣椒。現在宜再只需要煮解酒湯，以及從保溫箱拿出白飯就好。

據說為了打造這臺究極自動自助吧，波濤公會的工程團隊被折磨到不成人形，看來這並不是隨便說說的。

那麼，稍微爭取到的這點空閒，車宜再都拿來做什麼呢？

「……」

宜再坐在櫃檯，用原子筆搔著太陽穴。雖然他在整理預付帳簿的時候經常是這種狀態，但平時幾乎表情不會變化的清俊帥臉上，難得浮現明顯的煩躁。仔細一看，他面前放的並不是帳簿，而是堆積如山的厚重書本。

「有誰知道為什麼打工仔一臉想殺人的樣子嗎？」

「就是啊，我想再吃一碗，但他看起來很生氣，害我都不敢開口。」

「唉，我們要不要自己煮來吃？」

「呃喔哎咿欸，嗯喔。」

「你在幹嘛，好噁。給我吞下去再說話。」

「打工仔正在接受獵人基礎教育，準備資格考試啦。」

最近才覺醒的某位獵人回答後，周圍的獵人紛紛露出厭惡的表情。一名留著濃密鬍子的中年獵人，難以置信地嘟囔。

「哇……那個跟X一樣的基礎教育還沒廢除？」

二十幾歲的獵人也眉頭緊鎖地附和：「他已經很忙了還要弄那個，應該超級煩的……最近要上幾小時啊？」

「好像要上六十個小時。實體三十小時，線上三十小時。雖然說如果真的沒空，可以向覺管局提交申請書，全部改成線上課程……但上完課還是要通過考試才行，如果考不到七十分，就得一直補考到通過為止。」

「嘔……應該直接廢除的東西，結果現在上課時數竟然不減反增？」

「坦白說，獵人考試我考了四次才過。」

「只考四次已經算很好了，能夠一次考過的根本不是人。沒關係，你不孤單。」

「你們安靜一點，我們現在要營造能讓打工仔專心讀書的環境。」

考了四次的獵人發出作嘔聲，聽到他們所有對話的宜再也有點想吐。他望著書上的字，覺得白色是紙張，黑色則像是荷恩畫的蚯蚓。

這幾天的車宜再非常能感同身受，為什麼之前荷恩會在習作上畫蚯蚓。

大韓民國所有覺醒者都必須根據覺醒者特別法，在登錄中心完成登錄程序。登錄完成時，會發放印有姓名和等級的覺醒者登錄證。

車宜再收到硬邦邦的D級登錄證後非常滿意。雖然比真正的等級低了四級，但這張D級登錄證可是歷經千辛萬苦才到手，顯得更加珍貴，所以他難得向常客炫耀了一下。

然而……

「哇，你拿到登錄證了，恭喜！」

「那現在要開始為考試做準備了……唉，加油。我那邊有寫過的考古題，需要的話再告訴我……」

接收到的卻是帶著淡淡憐憫的目光。

這並不是因為宜再只有Ｄ級就看不起他。解酒湯店的常客不會因為等級不同，就對人有差別待遇。那麼，那些溫暖中帶著同情的微妙眼神究竟是怎麼回事？宜再雖然納悶，但因為在那之後每天凌晨都要去仁川港進行調查，也就沒多想。

然而，等到仁川港事件落幕，這段期間不知道又有什麼傳聞流傳開了，連裴沅雨都在吃完飯結帳時，鄭重其事地塞了一本老舊題本給宜再，表情還十分悲壯。

宜再一臉疑惑地看著題本，「……這是什麼？」

「這個不是禮物，而是你重要的人權。」

「什麼？」

「你很快就會懂了。今天的解酒湯也一樣很好吃，我先走了！」

而隔天早上，Honeybee也風風火火地衝進餐館，把兩本用彈簧裝訂成的教材用力放上櫃檯。

「我都聽說了，車宜再先生，你在準備『那個』對吧？」

「那個是什麼？」

「嗯，確實會讓人很想逃避現實，我能理解。總之，我告訴韓組長後，把教育ＨＢ公會新進人員用的資料都拿來了，你可以多多參考，知道了嗎？」

「Honeybee，記者已經擠在地下城前面了！」

「可惡，這些人手腳真快。那我去攻掠地下城了，掰啦。」

像這樣的事發生了好幾次之後，宜再已經有點哭笑不得了。

試著從這些獵人的隻言片語推敲出來的結論是，近幾年來，在完成覺醒者登錄後，想正式成為獵人還得通過某種考試才行。

光進行登錄就很麻煩了，居然還要考試？而且到底是什麼考試？當年以J的身分活動時，哪有什麼登錄制度和考試啊！

那天晚上打烊後，宜再開始在網路上尋找答案。

「嗨，Netxby，幫我搜尋獵人考試。」

「正在搜尋獵人考試。」

—獵人考試跟X一樣

—下次獵人考試是什麼時候？

—都覺醒了還是沒辦法當獵人 到底要考到什麼時候

—一月考試的第三十題是誰出的？臭XX

「是南宇鎮吧 不然還會有誰

「南宇鎮，拿掉階級章和我堂堂正正決鬥一場吧

—這次是我第八次考獵人考試了 歡迎提問

「考那麼多次 乾脆別當獵人了吧？

—獵人考試去死去死去死去死去死去死去死去死去死去死去死去死去死

而搜尋結果讓宜再備受衝擊。十一年前就成為獵人的資深大前輩車宜再，此刻正難

以置信地望著天花板。

——等等，我還不算是……獵人？

是的。車宜再只是拿到了覺醒者登錄證，還沒成為正式的獵人！

在中心辦理完登錄手續後拿到的登錄證，只能證明他是覺醒者，僅此而已。像宜再一樣不了解這種事的普通人，總以為只要領到這張卡，就能以獵人身分活動了。殊不知法律早就改了，只憑那張登錄證根本無法取得獵人資格。也就是說，那張卡片和廢物沒兩樣。

——我……歷盡千辛萬苦，最後只換來一張廢卡？

宜再眼神空洞地看著那張又硬又閃亮的D級登錄證。但這還不是最糟的，接下來的搜尋結果更讓他震驚。

想從廢物卡片畢業、取得正式的獵人執照，就必須參加「獵人基礎教育課程」，並且通過「獵人資格考試」。而後，才能開啟獵人市場這類平臺的權限。這種規定未免太嚴苛了吧！

尤其「獵人資格考試」還是筆試，以難度極高而惡名昭彰！等同於獵人界的大學入學考試或司法特考之類的，總之是所有高難度考試的代表。是只要搜尋獵人考試，搜尋建議就會自動跳出「獵人考試難度」的可怕程度。

宜再扯著自己的頭髮。

——想成為獵人怎麼那麼難？

獵人基礎教育誕生於五年前。聽說剛實施的時候，難度還沒有像現在那麼高。

當時為了讓剛覺醒的獵人能具備基本的生存知識，因此課程會涵蓋像是新進獵人經常遇到的等級十或等級九怪物的生態，以及地下城的生態系等重點知識。

然而隨著時間過去，覺醒者人數持續增加，

覺醒者犯罪率日益攀升……國民安全是否有保障？

獵人濫權爭議升溫，社會呼籲強化監管

恃強凌弱，欺負普通人的獵人越來越多。即使覺醒者管理局努力緝查，但覺醒者仗勢濫用能力的事件仍然層出不窮。

所以最後政府才會廢止原本覺醒即成為獵人的制度，改為必須完成基礎教育並通過資格考試，才能取得獵人資格。

查完資料後，宜再雙手合十，心裡怒罵。

——覺醒後就去殺怪啊，幹嘛找普通人麻煩……

而且，宜再繼續往下查，竟然發現那些被公會挖角的獵人，只要提交公會長的保證書，就能免試拿到獵人資格。這種保證書根本就是走後門，還真是骯髒的人脈社會。而宜再狹窄的人脈圈裡，認識的公會長只有一位——李俟瀛。

宜再實在不想拜託李俟瀛幫忙開這種保證書，這是自尊心的問題。身為大韓民國排名第一的獵人，如果不能靠自己的力量通過這種考試，那就太丟臉了……

——還是好好讀書吧。

就這樣，車宜再展開了人生中不曾經歷過的備考生活。

自從宜再開始準備獵人資格考試後，獵人常客為了報答他煮的美味解酒湯，紛紛提供物質和精神上的協助。

不少人特地送上巧克力、提神飲料，方便他讀書時補充體力。這種小禮物宜再沒有推辭，雖然這群獵人平常吃起解酒湯來像河馬，但在這種時候還是挺暖心的。

而且，三十小時的實體獵人基礎教育，必須向覺管局提交申請才能改成線上課程。多虧了隸屬裂隙管理廳的另一名公務員獵人楊慧貞，全力幫忙宜再寫申請書，才順利申請成功。

楊慧貞一聽到他的情況，便立刻從系統背包拿出貼著裂隙管理廳標誌的筆記型電腦，以每天寫公文練就的專業筆法，飛快地幫宜再填好各種申請表。她嘴裡叼著一根牙籤，一邊用驚人的速度敲打鍵盤，一邊喃喃嘀咕。

「我們都知道打工仔從早到晚都在解酒湯店工作，那麼忙的人，哪有空去中心上三十小時的課。」

「沒錯，沒錯。」

「老實說，上課時數應該要減少才對。」

「最近的獵人該看的都看過、該聽的都聽了，早就懂得守規矩了。這種東西還抓這麼緊，真的沒必要……但講了他們也不聽，真的有夠固執。」

原本是為宜再打抱不平，逐漸變質成怒罵上司。看來連在裂隙管理廳位居高位的幹部，也累積了很多不滿。說得也是，畢竟越有能力的人就越容易被工作榨乾。

沒過多久，楊慧貞大力敲擊 Enter 鍵，把筆電推開。

「搞定！你沒有筆電嗎？」

「對，我沒有。」

「那我直接寄去覺管局的信箱。有了這份申請書，就可以改成六十小時都線上上課。」

只要把聲音關掉，讓它一直播下去就好了，加油！」

「真的太感謝了。」

展現出專業公務員風範的慧貞，帥氣地離開了解酒湯店。這大概就是同為社畜產生的共鳴吧？宜再覺得心裡的一小角泛起暖意。

課程的問題解決後，這次換裴沅雨把一臺新型筆記型電腦和手機的包裝盒放在櫃檯上。之前恭喜他覺醒的禮物已經席捲解酒湯店一波，雖然「送禮禁令」仍有效，但效果不大。

正當宜再的視線看向寫著送禮禁令公告的A4紙時……

「這可不是我送的，打工仔。」

「那是誰？」

「是和你感情非常好的，我們公會長送的禮物。」

宜再立刻露出不爽的表情。自從裴沅雨那天在電梯意外遇到他們兩人後，就一直誤會李俟瀛和車宜再關係非常親近。但當天發生的事實在太多，他已經失去了一一解釋的力氣。

裴沅雨還擺出一副嚴肅的口吻勸說他。

「這是用員工價買的，很便宜，你就收下吧。」

他的手機螢幕確實是在仁川港碎掉，補償他這個就算了，但為什麼要送筆記型電腦？

宜再用無言的眼神望向裴沅雨，但這位重度解酒湯愛好者為了守護自己的非官方副業，只是堅定地強調自己的清白。

「我只是來送貨的，太空梭速配，就是這樣。」

「……」

「所以說！如果你要禁止誰進出餐館，那應該要禁李俟瀛，不是我。」

聽見這種撇清自己的發言，旁邊翹著二郎腿看熱鬧的 Honeybee 和其他獵人立刻發出噓聲。

「……」

「太難看了，盾牌男。」

「不要用獵人稱號叫我！」

看著 Honeybee 和裴沅雨鬥嘴的宜再，直接把盒子推了回去。

「很抱歉，這個太貴重了，我沒辦法收。你們的好意我心領了。」

「那就在備考期間使用，考完再用接近全新的二手價拿到番茄市場賣吧。」

「……」

聽到「番茄市場」，宜再肩膀一抖，想起了那些不堪回首的記憶。裴沅雨則得意洋洋地揉揉鼻子。

「這是俟瀛推薦的方法。那小子還真聰明。」

確定不是挖坑讓他跳？不會看臉色的裴沅雨肯定是直接過濾掉了李俟瀛的嘲諷。

手指捲著頭髮的 Honeybee 突然想起一件事，「是說，李俟瀛最近在幹嘛？怎麼都沒看到人？」

其實宜再也正好在想這件事。自從那天不得不在電梯裡勾肩搭背之後，他就沒有再過李俟瀛，對方也沒有再來解酒湯店。大概正在為宜再繳獲的那些毒品和毒犯忙得不可開交吧。

雖然平常看他挺不順眼，但畢竟這陣子慢慢產生了一點熟悉感，所以偶爾還是會想看看他——真的是非常偶爾。宜再下意識豎起耳朵，聽裴沅雨接下來要說什麼。

「我也不知道，他最近很忙，好像是抓到很多可疑的傢伙。我也有一段時間沒遇到他了。」

「逮捕可疑分子是覺管局的責任吧，為什麼是李俟瀛在做？」

「就是說啊。」

「他真是……」

最後，宜再以考試完就歸還筆記型電腦為前提，收下了筆電和手機。

從那天起，他會趁做生意的時候，用靜音模式播放基礎課程，過著一邊煮解酒湯，一邊背考古題的日子……

在解酒湯店各路常客的全力支援下，宜再順利背完三本考古題。這段時間他全副心神投入人生第一次的備考，根本感受不到時間流逝是快是慢。

然後，終於來到眾所矚目的獵人資格考試當日。

宜再被分配到的考場在一所國中的教室。他進去後找好座位坐下，裡面的設備比他模糊記憶裡的教室好上許多。

或許是因為考生是覺醒者，所以每間教室的人都不多，監考官則是由隸屬覺醒者管理局的獵人擔任。拿到考卷後，宜再深吸一口氣。

叮鈴——

鈴聲響起，正式宣告考試開始。監考官用毫無生氣的眼神看了一下時鐘，隨口說了句。

「好，開始作答。」

翻開考卷的那一刻，車宜再的眼珠不受控制地震動。他能感受到坐在附近的覺醒者發出無聲的哀號，猶如臨死前的絕望抽氣。而他也不例外。

——題目……和考古題完全不一樣？

歷屆試題的考古題，大部分都是背誦覺醒者特別法的條款，多到讓人覺得是要透過這種方式洗腦考生，讓他們好好遵守規定。簡直要懷疑出題者是不是被死於不知道特別法的鬼附身了。

但這是怎麼回事？這次考題中，歷年得死背的法律問題完全不見蹤影。甚至從第一題開始就是截然不同的類型！聽到周圍的人發出快喘不過氣的聲音，看來不是只有宜再一個人遇到這個問題。

雖然不知道誰是命題委員，但本次資格考試的題型就像把蔥餅翻面一樣，和預期的完全不同。宜再緊咬牙關。

——媽X，我把整部覺醒者特別法都背熟了耶。

宜再拚死拚活付出的努力全都付諸流水。但既然都來考了，只好硬著頭皮寫下去。他呈現半放棄狀態，繼續閱讀題目。

然後……

——怎麼……那麼簡單？

問題比想像中好解，反而讓宜再有點手足無措。

面對多選題，其他考生都哭喪著臉，轉著電腦閱卷專用筆來猜答案。宜再的手卻在考卷上揮灑自如。

這次的考題內容主要是關於各種怪物的特性和行為模式，也就是說，是在大大小小現場東奔西走的J擅長的領域！相較於只讀理論和背誦的人，車宜再可是具備了他們不知道的實戰知識的達人。宜再笑了一下，檢查完作答後，開始在電腦閱卷答案卡上劃記。

——出題的人肯定不是普通的瘋子……

看了一眼手錶，離考試結束還剩三十分鐘。宜再決定趴在桌上，享受悠閒時光。

幾天後，本就熱鬧不已的解酒湯店，一口氣湧入了更多客人。這是因為當天正是解酒湯店打工仔資格考試結果揭曉的日子。常客們偷瞄剁大蒜速度快到看不到手的打工仔，一邊竊竊私語。

「聽說這次獵人考試是歷年來最難的，他考得上嗎？」

「喂，我們公會的新人去考，結果哭著回來。聽說考古題裡面的題目一題也沒出現，全是一些根本沒看過的怪物相關問題。」

「什麼？沒進過地下城的人，怎麼可能答對有關怪物的問題。」

「啊，就是說啊。我們家的新人可是對特別法滾瓜爛熟到可以去當特別法法官耶……」

新人好可憐啊……某個獵人作勢要用袖子擦拭眼角時，突然有人提問。

「這次考試是誰出題的？」

「排名第五的圭圭。」

「哇……那個瘋子。他人又不在韓國，考題到底是什麼時候出好的啦。」

「不知道，感覺要準備安慰打工仔了。」

於是店裡呈現常客們比考生車宜再更悶悶不樂的奇怪狀況。

就在這時，手機震動的聲音響起。聽力敏銳的獵人瞬間就鎖定震動的來源——打工仔的圍裙口袋。看來是收到了考試結果！

車宜再收回以無我之境狀態剝大蒜的手，從口袋拿出手機。

咕嚕一聲，不知道是誰緊張地吞口水。獵人們假裝不在意，卻又偷偷盯著宜再。

「……」

俊秀的臉龐綻放出一抹淡淡的微笑，獵人們面面相覷。難不成，打工仔一次就通過歷年最難的獵人考試？

性情急躁的 Honeybee 忍不住問道：「怎麼樣，車宜再先生。有考過嗎？」

宜再抓了抓臉頰，然後點頭。

「對，通過了。」

「通過了？一次就通過了？」

眾人的喧嘩聲越來越大。

「哇……我們打工仔太優秀了，待在解酒湯店太浪費了。」

「恭喜！」

「恭喜！解酒湯店的驕傲！」

在某位獵人大聲喊出這句話時，宜再溫和的笑容立刻出現裂痕。

——原來布條上的賀詞是那小子寫的。

獵人們一窩蜂湧到宜再身邊，七嘴八舌地道賀。考試通過了，連掛布條的始作俑者也找到了，宜再露出滿意的微笑，對每個人低頭致謝。

而此時，手機再次傳出震動聲。宜再查看簡訊的內容。

俟瀛：恭喜

來自他許久未曾收到聯絡的人。

宜再原本以為通過獵人考試就可以輕鬆一段時間的想法，根本是大錯特錯。成為正式獵人後，該學的東西不但增加兩倍，該注意的事項更是直接變成三倍。

宜再第一本打開的是之前鄭彬留下的《一鍵開始！獵人市場使用方法》。由於他懷抱著總有一天要用魔石大撈一筆的……不太偉大的野心，為了不讓EZ的噩夢重演，他打算精讀每個章節。

宜再表情嚴肅地仔細閱讀手冊內容，這時，手機突然輕震一下。看到手機螢幕上顯示的名字，宜再伸手點開訊息。

不知道俟瀛是怎麼知道他通過獵人考試的，但自從那天第一時間傳祝賀簡訊給他後，對方又銷聲匿跡了一段時日。

俟瀛：有空嗎？

俟瀛：南宇鎮

南宇鎮。雖然只傳了這三個字，但宜再一看到簡訊內容，立刻撥了電話過去。鈴聲才響了兩下，俟瀛就接起了電話。

宜再有些激動地開口：「奶奶的腿可以治療了嗎？」

「對，多虧哥幫我們拿到一些東西……」

手機另一端依稀傳來紙張翻動的聲音。短暫的沉默後，俟瀛開口詢問。

「在後天準備食材的期間進行，你可以嗎？」
「嗯，我要問問奶奶……」
奶奶自從膝蓋疼痛而不良於行後，幾乎都待在家裡，應該沒什麼特別的安排。而且他也因為新獲得的特性，準備食材的效率提升許多，不至於造成太大問題。宜再點了點頭。
「但應該可以。」
「那麼……到時候書院公會見。」
事情應該都講完了，俟瀛卻沒有掛掉電話，平穩的呼吸聲不時從話筒另一端傳來。宜再原本用肩膀夾著手機，一邊閱讀《獵人市場使用守則》，這時稍微挪開手機。確認電話還沒被掛掉後，他語帶訝異地開口。
「……你還有話要說嗎？」
「……沒有，到時候見。」
俟瀛率先掛掉電話。宜再看著通話結束的畫面發愣，接著打電話到奶奶和荷恩家。鈴聲響起沒多久，清脆活潑的聲音便接起電話。
「喂，請問是誰？」
宜再臉上不自覺浮現柔和的笑容。聽到荷恩開朗的聲音，他的音調也升高了半個音。
「嗯，荷恩啊，我是叔叔。奶奶在家嗎？」
「嗯！」
「讓奶奶接一下。」
長喊「奶奶」的聲音漸漸遠去。在宜再讀完使用守則，開始讀《獵人市場注意事項與詐騙案例》時，話筒那邊有人輕咳一聲。

「哎，什麼事？」

「啊，奶奶，您後天下午兩點有空嗎？」

「我還會有什麼事，沒事啊。」

雖然是在宜再意料之內，但聽到還是讓人心情不錯，他直奔主題。

「那奶奶要不要去趟醫院？」

「醫院？為什麼要去醫院？」

「奶奶膝蓋不是不太好嗎？我聽店裡的常客說，有家醫院很擅長治療腳痛，費用也很便宜。」

宜再原本想採用大韓民國排名第七，且身為韓國唯一的A級治療師會為奶奶看病的說法，但最後改為「很擅長治療腳痛的醫院」。

反正南宇鎮以前確實是骨科專科醫師，這也不算說錯。是醫師，會治腿，又不用錢，完全沒問題！宜再如此合理化自己的說法，耐心等著奶奶的回答。

「哎唷，算了啦。」

「為什麼，奶奶？」

「有沒有治療都一樣啦，現在也還能走路。」奶奶這麼回答，嘆了一口氣。

但宜再坐正了一些，語調變得溫柔。

「但奶奶，您要早日恢復健康，才能來解酒湯店啊。常客大叔們都很想您。」

奶奶在店裡煮了三十年的解酒湯。從裂隙之日前到之後始終如一。也正是奶奶為素昧平生的不速之客遞上的那碗溫暖解酒湯，讓宜再有了留下的理由。

如果不是奶奶，他可能依然徘徊在這座陌生的城市裡，無處棲身。這一點，宜再始終記得很清楚，也一直很想報答這份恩情。

他用指尖輕敲桌面，故意讓語氣帶出沮喪。

「您就相信我一次，去給醫生看看好不好？」

「……」

「就算只是吃點藥，也可能會變更好一點嘛……」

「……好啦。」

「真的嗎？」

奶奶像是敗給宜再一樣妥協了，宜再也放下了心中懸著的那塊大石。

「嗯，是後天嗎？」

「對，大概兩點……兩點半左右?我會過去接您。」

「知道啦。如果做生意太累，你就關門去休息吧。健康最重要。」

「好，奶奶。」

宜再掛掉電話後，伸了個懶腰，覺得心情特別好。

兩天後，到了約定的準備食材時間。宜再走出店門掛上告示牌時，一道戴著防毒面具的身影已經等在門邊。他點頭打招呼，那張久違的漆黑面具讓人莫名感到親切。

「嗨，哥。」

「你來啦？」

「奶奶呢？」

「在家裡，她行動不方便。」

「反正都要撕脫逃按鈕，沒差。」

這種傳送按鈕不是一組只有十張，都已經在他身上用幾張了？雖然很想問對方這樣亂用真的沒問題嗎，但宜再最後還是吞了回去。雖然這是交易條件，但自己確實是欠了人情，因此宜再決定今天要盡量好聲好氣地對待他。

「可以帶荷恩去嗎？」

「荷恩？……啊。」侯瀛微微歪頭，彷彿這才反應過來。「你那個侄女？」

「嗯，總不能把她一個人丟在家裡。」

「嗯，好。我會通知他們。」侯瀛點了點頭。

宜再做了一番心裡準備，攤開雙手放在侯瀛肩膀上。侯瀛無奈地輕笑一聲。他從系統背包拿出洪藝星的嘔心瀝血之作，一把撕開傳送按鈕。下一秒，兩人便抵達奶奶和荷恩的住家門前。宜再看了侯瀛一眼，轉身打開門。

等在玄關的荷恩立刻開心地跳起來，整個人掛到他的手臂上。接著又出現小孩面對陌生人的典型反應，躲到宜再背後，再悄悄探出頭來。

宜再粗糙的手輕輕撫摸她的頭頂，一邊向奶奶說明那間擅長治療腳痛的醫院——書院公會。期間，侯瀛都安靜站在幾步之遙的地方等待。

——……嗯？

防毒面具後的視線落在腰部的高度。荷恩一半的身體躲在宜再後面，靈動的雙眼閃閃發光，直直盯著他。侯瀛用一貫冷漠的眼神和她對視，直到聽見呼喊自己的聲音，才將視線轉向說話的人。

「李俟瀛，走吧。」

俟瀛慢慢走過去，又拿出一張脫逃按鈕。光是今天就用了兩張，但他依然毫不猶豫地撕了下去。

書院公會的總部位於市中心，是一棟高聳的辦公大樓。站在大樓入口的俟瀛向保全人員比了個手勢，對方應該是從耳機另一端收到了什麼指示，彎腰向他打招呼。

「歡迎您，波濤公會長李俟瀛。南宇鎮公會長正在裡面等您。」

「地點？」

「中央圖書館。」

幾人分別領到確認身分用的識別證，才獲准入內。出發前就很開心的荷恩，緊緊抓住掛在脖子上的識別證，不斷撫摸。

進到大樓後，眼前出現的，是和現代化建築外觀截然不同的場景。

「**正在確認通行權限……**」

「**李俟瀛公會長與同行者三人，已確認身分**。」

「**歡迎來到書院公會**。」

考慮到南宇鎮以前是醫師，宜再原本以為這裡會像一間醫院。然而，映入眼簾的卻是一座巨大的圖書館。

荷恩張大了嘴，不斷左顧右盼。無數書架延伸至高聳的天花板，不留一點空隙，架上擺滿數不盡的書本，排列得整整齊齊。書院公會旗下的獵人手臂上都別著黃色的圖書管理員臂章，推著書車，於書架之間忙碌穿梭。

宜再邊走邊環顧四周，從地磚的圖案到書架的造型都讓他覺得很眼熟。如果沒記錯，這裡正是他在尹秋天的碎片裡見過的地方。看來末日來臨後，倖存者們暫時居住的基地，就是書院公會的圖書館。雖然在另一個世界裡，這裡幾乎全坍塌了……

熟門熟路的俟瀛邊走邊道：「南宇鎮應該在中央書區。」

「中央書區？」

走出宛如迷宮的書架區後，他們來到一處被巨大書架環繞的幽靜大廳。大廳中央有座從通往二樓的階梯。

在那座階梯上，一名身穿白袍的男子正背對著他們靜靜佇立。一頭如雪般的白色長髮，束成一束垂在背後。

察覺到動靜，白袍男子轉過身來。俟瀛微微點頭致意，那人便緩緩走下樓梯。

「沒想到你們那麼早就到了。」

他將手上的書夾在腋下，以這句話代替招呼。

宜再身邊的人低低道出白髮男人的名字。

「南宇鎮。」

眼前之人就是大韓民國排名第七的A級治療師南宇鎮。

不只頭髮，南宇鎮連眼瞳都是一片純白。他用眼神向俟瀛致意，接著才轉向站在他身後的宜再、奶奶與荷恩。銀框眼鏡後方的白色雙眼觀察著三人，接著鞠躬問候。

「你們好，是前來看診的病患崔弼順女士，和家屬車宜再先生吧？」

「啊，是的，沒錯。」

宜再連忙跟著鞠躬，恭敬地打招呼。原本還擔心這位和俟瀛很熟的治療師會不好應付，幸好南宇鎮看起來是正常人，讓他鬆了口氣。

白髮男子直起身，瞄了眼手腕上的錶。

「那麼……我們先去看診吧？時間寶貴，請隨我到診療室。」

「可以帶荷恩一起去嗎？」

「當然沒問題。」

宜再小心翼翼地詢問，結果對方毫不在意地答應了。但荷恩本人對大人之間的對話絲毫不感興趣，那顆小腦袋忙著左顧右盼。

或許是人生中第一次看到那麼壯觀的圖書館，女孩的眼睛骨碌碌地轉來轉去。連宜再自己都覺得這裡的景象超乎想像了，更何況小小的荷恩。

荷恩聚精會神地看著一輛輛書車，由圖書管理員推著在書架間穿梭。

——她該不會想坐上去吧……

宜再認真思考著，要是荷恩吵著要坐書車而跑走時，該從哪個方向、用什麼招式抓住她才好。這時，他的目光偶然和南宇鎮交會，對方微微一笑。

「荷恩……比起來診療室，好像比較想逛圖書館。你不覺得嗎？」

「……確實。」

「那就讓荷恩逛逛我們的圖書館吧，家屬和病患請隨我到診療室。我們的公會成員會幫忙攙扶病患。」

「哎呀，不用麻煩了……」

雖然老人連連擺手，說著自己還能走，但南宇鎮語氣溫和又堅定地勸道。

「雖然您還能走路，但離診療室有段距離。讓我們的人攙扶您，走的時候腳比較不會那麼吃力。來吧……」

南宇鎮以前在一般醫院工作時，肯定看過不少老年病患。那種與老人家打交道的熟練態度，讓宜再暗自佩服。

南宇鎮淺淺一笑，轉身領路。手臂上別著黃色臂章的圖書管理員立刻上前，小心翼翼地攙扶奶奶往前走。

宜再轉向站在一旁的人，「那你呢，李俟瀛？」

「我不需要跟去吧。」

「說得也是……」

在跟著奶奶步入走廊前，宜再回頭看了一眼荷恩，女孩雙眼閃閃發亮，感覺下一秒就會衝向書架……

宜再悄悄拉住俟瀛的手臂，湊到他耳邊小聲道：「喂，俟瀛。」

「……」

防毒面具靜靜地看著宜再，眼神有些微妙。

但宜再直接無視，在他耳邊悄悄低語。

「你可以幫我顧一下荷恩嗎？」

「……」

鏡片後方的紫眸瞇起，一副「你在說什麼鬼」的態度。

「你現在是把我當作保母嗎？」

「不是，我也不想拜託你這件事！但你看現在的情況。」

宜再指向荷恩。只見女孩的目光在書架、館員、書車之間不停跳動，二十秒內沒有一次停留在同個地方。如果她是專注在某本書上，他還能放心一點，但這裡有太多東西比書有趣了。

宜再喃喃道：「我覺得在奶奶看診期間……荷恩可能會變成走失兒童。」

「……」

「只要陪著她，不要讓她迷路就好了。拜託你了。」

「……」

俟瀛沉默地俯視他，宜再也迎著他的目光毫不退讓。

片刻後，俟瀛非常輕微地點了頭。見他答應了，宜再立刻露出燦爛的笑容，拍了拍俟瀛的背。

「謝謝，那我先過去了！」

說完人就一溜煙地跑掉了。

——……背被打原來這麼痛嗎？

好久沒感受到這種刺痛的感覺，李俟瀛揉了揉被拍的地方，緩步跟上一個不注意就消失在書架之間的荷恩。

荷恩正蹲在某座書架的最底層，努力地把一本幾乎和她手臂一樣厚的精裝書抽出來。

俟瀛看了一下書背的標題。

《T-0783人體實驗報告書》

怎麼看都不是適合九歲小孩的讀物。為什麼她會剛好抽到這種書？果然是車宜再的侄女，這孩子也不簡單。

俟瀛快步向前，「小妹妹。」

「……」

明明聽力應該沒問題，卻沒有任何反應。俟瀛微微皺眉，改叫她本名。

「……朴荷恩？」

「有什麼事嗎？」

荷恩這才用圓滾滾的眼睛仰望李俟瀛。呵，看來是不喜歡被叫「小妹妹」，直接假裝沒聽到了。俟瀛指向荷恩手上那本精裝書。

「妳叔叔應該不會喜歡妳看那種書。」

「這是什麼書？」

「妳叔叔不喜歡的書。」

眼前這小孩明顯不喜歡被當成小朋友。原本想說「這不是小孩該看的書」，李俟瀛便改成「妳叔叔不喜歡」。因為他知道越是說不行的事，小孩就越想做。

荷恩圓嘟嘟的小臉上浮現猶豫的神情，俟瀛揮手叫來路過的圖書管理員。

「喂。」

「嗯？啊，李俟瀛公會長。請問有什麼事嗎？」

「這裡有適合這個小孩讀的書嗎？」俟瀛用下巴比了比身旁的小小身影。

圖書管理員親切地介紹：「啊，那邊有適合小孩子的繪本區，也有兒童漫畫區。」

俟瀛造訪這座圖書館這麼多次，頭一回知道這裡還有繪本和兒童漫畫區。這裡的書應該全都是南宇鎮挑選的，看來今天要特別感謝那人旺盛的求知欲。

俟瀛俯視著圓滾滾的腦袋瓜，「我覺得，妳叔叔會比較喜歡妳看學習漫畫。」

「唔……」

「那本書裡面沒有圖吧。」

「……」

雖然應該會有分不出是人類還是怪物實驗體的解剖照片，但沒必要說出口。

猶豫片刻後，荷恩哼了一聲，把精裝書放回原位，然後悶悶不樂地嘀咕。

「兒童漫畫區在哪裡？」

很好。俟瀛露出滿意的微笑，兩人跟著圖書管理員來到童書區。

這裡的書架高度比其他書架低了一些，擺滿了五顏六色的童書。地上鋪著柔軟舒適的墊子，並擺放了幾隻大型玩偶。

——讓她待在這裡應該沒問題。

原本悶悶不樂的荷恩此刻眼神閃閃發亮，開始在書架上東翻西找。俟瀛向圖書管理員要了一張椅子，坐在能清楚將童書區納入眼底的書架旁，閉目養神。

終於清淨了。正當俟瀛這麼想時，某個熟悉的小小腳步聲朝他慢慢靠近——正是朴荷恩。俟瀛稍微睜開眼，俯視著荷恩。

「……」

「那個，就是啊。」

那雙眼睛裡閃著剛剛第一次看到圖書館時的光。俟瀛一和那個眼神對視，便冒出一股不祥的預感。

荷恩打開手掌，另一隻手比出V放在上面。那是李俟瀛在公益廣告裡做過的手勢。

「你是在電視上比這個手勢的人吧？」

「……」

「你可以再做一次給我看嗎？」

荷恩炯炯發亮的眼神，讓俟瀛感到負擔。只要做一次，她就會失去興致，跑回去看書吧，反正這也不是什麼難事……雖然不太情願，但不想浪費時間的俟瀛還是做了那個廣告手勢給荷恩看。

然而朴荷恩卻像個吹毛求疵的陶藝工匠，冷酷地說：「不是那樣！」

那雙圓滾滾、閃閃發亮的眼眸緊盯著他，看起來就像走火入魔的小洪藝星。俟瀛擺了擺手，像是在趕蒼蠅。

「我已經做了，快去看書吧。」

「啊啊啊，再一次啦，拜託！」

俟瀛輕輕嘆了口氣，然後又做了一次廣告手勢，期盼這次能讓小女孩滿意。

但荷恩毫不留情地大喊：「再一次！」

「去看書。」

「再一次就好。」

——明明說只要看著她，不要讓她迷路就好了，媽X……

這一刻，李俟瀛無比想念車宜再。

俟瀛因為忘記「第一次很難，但第二次開始就簡單了」這條宇宙真理，結果就這麼掉進了無限循環的手指遊戲地獄。

俟瀛每次比出那個手勢，荷恩就會大喊「再一次！」。只要他再做一次，荷恩又會大喊「再一次！」。對於在電視上看到的人就出現在自己眼前，擺出一樣的手勢，似乎讓荷恩非常開心。俟瀛已經做了大概有二十次，但荷恩仍然樂此不疲。

俟瀛又一次擺出手勢，默默思索著——她不怕毒嗎？

大多數的人都不想靠他太近。即便他一直戴著防毒面具、手上也戴著洪藝星特製的防毒手套，更隨身攜帶專用解毒劑，大家仍然選擇和他保持距離。

俟瀛對此從來沒有怨言，反而認為理所當然。畢竟他只要稍微放鬆，光是正常呼吸都可能會害死旁人。其他人如果有珍惜身體的自知之明，他要顧慮的事也會減少，何樂而不為。

然而，朴荷恩和車宜再，卻與其他人不一樣。

「再一次！」

俟瀛聽到「再一次」時，就會機械地自動做出手勢，仍然深陷思緒。

或許是因為朴荷恩年紀太小，對許多事還懵懂無知，以至於不了解為什麼俟瀛要戴著防毒面具，又為什麼不脫掉手套。或是她理論上知道，但還無法真正感受到這份危險。畢竟小孩子總是有特別勇敢與大膽的一面。

但車宜再不同，他明明差點因為李俟瀛的毒送命，不但沒有和他保持距離，甚至動不動就來抓他的手臂。這不是無知，而是知情之後的無畏。

俟瀛無法理解，宜再為什麼明知道風險，卻依然毫無懼色地靠近。但若要問這種不理解是不是令他難以忍受……

——明明差點沒命。

不，倒也稱不上討厭，雖然有時他確實會氣極敗壞或是緊張。車宜再吐出鮮血的模樣，至今仍深深烙印在俟瀛腦海中。

為什麼解毒劑沒有效果？連這種基本的邏輯問題，他當時都沒有餘裕去思考。腦海裡只剩下一個念頭——

車宜再不能死，他不能眼睜睜看著他死去。

當下俟瀛只有這個想法，腦中警鈴大響，紅燈齊閃。他毫不猶豫地讓宜再喝下他在一級地下城裡獲得的甘露水。黃金樹的甘露水有多麼稀有、值錢，統統不在考慮範圍內。那一刻最重要的唯有……

「再一次、再一次！」

朴荷恩又一次要求。俟瀛默默配合時，身穿白袍的小男孩匆匆走向他們。來者的外型精緻無暇，猶如白瓷製成的娃娃……但並不是真正的小男孩。

「李俟瀛公會長。」

南宇鎮曾經救過某個義大利人形師一命，對方為了報恩，便送了他這個活動木偶。木偶小孩面無表情地仰望俟瀛。

「朴荷恩，現在真的該去看書了。」

「唉……」

荷恩輪流看向小男孩和俟瀛，噘著嘴走回童書區，與剛才一直纏著他做手勢的樣子截然不同。

——重要時刻很會看臉色這點……

俟瀛腦中閃過車宜再的臉，但馬上搖頭，中斷後續的思緒。確認荷恩乖乖坐好、翻開了書，俟瀛才朝活動木偶點頭。

「說吧。」

活動木偶用無機質的聲音開始說明。

「您委託的病患已經完成看診。老師正在挑選治療方式，所以由我向您傳達狀況。」

侯瀛簡潔地問：「如何？」

「根據老師診斷的結果，病患是罹患了類風濕性關節炎。會先從手部出現症狀，看來是因為未及時治療，才會擴散到膝蓋。」

「有辦法根治嗎？」

「老師說，使用藥物治療並妥善照顧，病況會大幅好轉。還有，比起把目標放在根治，打算以減少疼痛程度，不影響日常生活為目標。」

「看來他沒有使用能力。」

「是的。因為這是自然疾病，並非根據系統法則，而是因循現實規律，所以無法利用老師的能力治療。」

「……」

侯瀛點頭表示明白。小孩低下頭，繼續說第二件事。

「前陣子您送來的大量 PRO-009 樣本，對於進行中的試驗和分析很有幫助。老師要我向您道謝。」

車宜再冒著生命危險拿回來的行李袋裡裝滿了毒品，而 PRO-009 正是那種毒品的臨時代號。

到目前為止，他們取得的毒品樣本逐漸出現變化，毒性與功效越來越強。因此在分析完毒品後，若發現成分有產生變動，就會更新編號。

由於這次發現的毒品和之前拿到的毒品不同，因此換上「9」這個數字。也因為更新到了第九次，其危險性與性能也是至今發現的毒品中最可怕的。

活動木偶補充道：「老師說您可以親自到實驗室確認分析結果，圖書管理員會協助照顧小孩。」

「……」

侯瀛目光冰冷地俯視面前的木偶。

雖然這個提議合情合理，不過是急迫的必要行程嗎……絕對不是。實驗分析的報告晚點看也沒差，那為什麼南宇鎮要把自己支開到實驗室……？

「……好吧。」

不管南宇鎮在打什麼主意，都傷不到自己和車宜再。這並不是出於信任，而是基於「合理」的判斷。

侯瀛緩緩起身，走向實驗室。

「……這種病雖然不是絕症，但必須長期控制。你可以想成糖尿病，一輩子都要加以注意。」

南宇鎮的診療室位於如迷宮般錯綜複雜的圖書館最深處。穿過堆滿書本、幾乎讓人窒息的昏暗走廊，推開盡頭的鐵門，就會看到一間無異於一般醫院、平凡的醫師診療室。

奶奶已經在公會成員的攙扶下，前往物理治療室接受物理治療，診療室便只剩下南宇鎮和車宜再兩人。南宇鎮按了一下原子筆，繼續說明。

「我的能力只能治療根據系統法則產生的傷口……很抱歉沒辦法讓病患痊癒。」

「沒關係。光是您願意幫奶奶診療，我就非常感激了。」宜再小心翼翼提問，「那麼，以後去哪間醫院追蹤治療比較好？總不能每次都跑來麻煩你。」

「是啊。我的行程不太固定，沒辦法每次都安排為病人看診。不過……」

南宇鎮用鍵盤輸入幾個字後，在黃色便條紙上寫下醫院名稱。是位於首爾市中心的大學附設醫院。

「我會再聯絡醫院那邊，以後去那裡看診就可以了。」

「啊，謝謝你。」

「不需要支付醫藥費，書院公會全額負擔。」

「嗯？為什麼？」宜再訝異地反問。

今天和南宇鎮是初次見面，為什麼他會替素昧平生的人付醫藥費？關節炎也不是什麼罕見疾病。

南宇鎮沒有回答，而是用那雙透明如白玉的眼眸看著宜再。

「既然我身為醫師的工作告一段落了，接下來就以獵人對獵人的方式向你自我介紹吧。」

他慢慢眨了一下白色雙眼，繼續說下去。

「我是大韓民國排名七的南宇鎮，同時是書院公會的公會長，也是這座圖書館的主人。你是車宜再吧？」

「啊，是的。」

「是李俟瀛的『助手』。」

「……」

宜再的眼尾微微瞇起。南宇鎮仍舊掛著和面對奶奶時相同的禮貌微笑，話鋒不斷。

「你可以不用回答。畢竟，你會出現在這裡，本身就是一種答案。」

他說得十分篤定。宜再咀嚼著這句話，接著反問。

「為什麼我在這裡就是答案了？」

「……李俟瀛從來不曾帶其他人來過這裡，你是他第一個親自介紹進來的人。」

說到這裡，他站起身，居高臨下地望向宜再。

「可以隨我去一個地方嗎？」

宜再默默起身。南宇鎮踏出一步，潔白的診療室頓時如幻影般消散，取而代之的是一片綠意盎然的庭園。青草的氣息拂過鼻尖，空氣緩緩流動，一切都和真的戶外庭園沒兩樣。這是南宇鎮的技能嗎？

走在前方的南宇鎮開口了。

「裂隙之日過後，我就對這個徹底改變的世界產生了極大興趣。什麼是系統？裂隙又是什麼？怪物從何而來？」

這些也是所有人都想知道的事。但包含宜再在內，整個大韓民國，不，是全世界都沒有人能對這些問題的答案做出明確定論。

南宇鎮似乎也不期盼獲得解答，慢慢地繼續說下去。

「我為了尋找這個問題的答案，正在盡量收集許多知識。也和李俟瀛維持良好的合作關係。」

「是嗎。」

兩人踩在被露水沾濕的鬆軟草地上，能聞到陣陣青草香。

南宇鎮停住腳步。

「前陣子，李侒瀛交給我一大批毒品。他說是助手拿到的。」

「……」

「你知道那個毒品叫作什麼嗎？」

他指的應該是自己整個行李袋提回來的毒品，宜再搖頭。

「我只知道是毒品，沒聽說名字。」

「毒品的名稱是PRO-009。」

「……」

「那是一個名為普羅米修斯的組織，為了收集實驗體而製作的第九號毒品。」

在裂隙之日降臨前，希臘羅馬神話是大韓民國兒童人人具備的基本知識，宜再也聽過這個名字。

「普羅米修斯……是希臘神話人物吧？」

「沒錯，那位將火與知識帶給人類而遭受懲罰的神。那些人自稱是睿智者，主張透過夢境預見了未來，而為了阻止末日來臨，他們要培養人類的力量。」

普羅米修斯這個組織為了收集實驗體而散布毒品，然後用收集到的實驗體進行人為製造覺醒者的實驗。他們的主張和尹秋天之前給他看的碎片景象有很多雷同之處。

南宇鎮微微側過頭來。

「看來您很有興趣。」

「……」

「那……這個故事你覺得怎麼樣？」

一片雪白的眼眸中只映出宜再的臉孔。南宇鎮仔細關注他每個細微的表情變化，然後說了一句話。

「李俟瀛曾經是普羅米修斯的實驗體。」

李俟瀛……什麼？宜再表情僵硬地看著南宇鎮，然而對方只是轉過身，繼續徐徐往前走。

「從現在起我所說的每一句話，都是不為人知的事。」

他指向天空。

「那時官方正式宣布J的死訊沒多久……全國局勢動盪，也是政府最無力履行責任的時期。」

正值痛失國家戰力而陷入混亂的時期，政府高層為了消除民眾的不安，自然會極力粉飾太平。宜再忍不住思索，自己未知的那八年間，究竟有多少真相遭到掩蓋。

不知不覺間，他們穿過庭園，抵達靜謐的森林。濃綠樹蔭中，南宇鎮一身潔白如雪的模樣顯得格外醒目。

「李俟瀛是在某間研究所被人發現的。」

「……」

「不，應該說……曾是研究所的地方，那裡的一切都被毒液侵蝕殆盡。聽說當時他穿著寬鬆的病人服，獨自坐在漆黑的廢墟裡。」

宜再腦中自動浮現在裂隙中見過的畫面。俟瀛只是用手輕輕一碰，繁花盛開的庭園便瞬間融化成一片黑液，成為沒有生命能倖存的毒沼。宜再親眼目睹面積和這裡一樣大的翠綠森林，從俟瀛的指尖開始化為烏有。

那種劇毒，就連A級獵人敏奇蹟都不敢輕易靠近。要是宜再體內沒有巴西利斯克之毒這項特性，待在李俟瀛身邊時或許也無法安然無恙。

「那一帶成為焦土，根本無法輕易靠近，稍有不慎就會喪命。」南宇鎮緩緩說道，「當時，唯有穿上特殊防護裝備的鄭彬能勉強靠近他。但就連他也中了毒，必須另外服用解毒劑。」

在摧毀普羅米修斯研究所之後被人發現的李俟瀛，而現在的他又正在追查普羅米修斯的行蹤。

感覺曾經銜接不起來的線索正在一片片拼湊，逐漸呈現出完整的圖像。宜再感到一絲難以形容的不快，忍不住皺起眉頭。

「你的意思是，李俟瀛是他們第一個成功的作品？」

「這個嘛，無從得知。」

某處傳來了鳥鳴聲。

「李俟瀛究竟是因為他們的實驗而覺醒，抑或是系統回應了他的迫切期盼，我們無法確定。」

「……」

「嗯，雖然我個人比較傾向於後者。」

即使口中說的是如此衝擊的內容，南宇鎮臉上卻依舊帶著溫和的笑容。

「再說，當時他們的研究還處於起步階段，因此會刻意找具有特殊之處的對象作為實驗體。」

「特殊之處？」

「是的，比如說曾被捲入裂隙，或者身上有被怪物襲擊過的傷痕等等。只要具備那些與裂隙相關的特徵，他們便會視為特殊的實驗素材。說得誇張一點，當時幾乎是無政府狀態，為了獲得實驗體去綁架人並不困難。」

「具備與裂隙相關的特殊之處」。那一瞬間，猶如幻聽般，熟悉的細語在宜再耳畔輕聲呢喃。

劇毒侵襲萬物、慘不忍睹的裂隙之中，被毒液融化的兩具人體緊緊抱著一名垂死少年。J徘徊在裂隙裡，四處尋找倖存者蹤影。微弱的生命氣息吸引了J的注意，最終在拆開一棟坍塌的建築外牆後才找到了他。

「救……我。」

雖然少年渾身沾滿毒液，逐漸腐蝕潰爛，但他依然努力睜眼看著J。無力的唇微微顫動，毒液似乎損傷了聲帶，少年的聲音嘶啞而破碎。

「救救我。」

那模樣就像曾經的自己，那個懇切盼望救援的、十七歲的車宜再……宜再別無選擇，只能抓住少年的手。

即便那孩子在甦醒之後，會面臨失去所有家人的痛苦，以及傷勢可能永遠無法復原、比死亡更痛苦的人生；即便這孩子將來會怪罪他、將所有的憎恨傾瀉在他身上……

宜再也無法對那樣的懇切盼望視若無睹。

車宜再怔怔地看著眼前這名全身雪白的男子。說不定當時他救下了少年，反而害他像俟瀛那樣被普羅米修斯盯上。

南宇鎮將手插入白袍口袋，靜靜觀察著宜再。宜再突然意識到，自己從剛剛開始就感受到的不快究竟來自哪裡。

「但你為什麼要告訴我這些？」他直視著那對白色瞳眸問道。

「……」

俟瀛會隱瞞自己的過去，一定有他的理由。就像自己也有不想被人知道的秘密。

他和俟瀛之所以能達成合作，就是因為他們都尊重對方的底線，不會去探究彼此的隱情。雖然那傢伙應該有私下調查過，但從不曾當面追問他為何要隱姓埋名度日。

所以宜再也不想在當事人不在的場合聽到俟瀛的祕密。如果不是俟瀛親口所說，他就不想知道。

「就算我是李俟瀛的助手，也沒有資格知道這種事。」

宜再面露不滿，南宇鎮反而露出一抹滿意的笑容。

「你會有這種反應很正常。如果不是這種反應，我反而比較擔心。」

「什麼？」

「嗯，你可以把這當作是一種枷鎖。」

「你在說什麼……」

正要繼續追問，宜再察覺一絲細微的氣息從後方悄悄靠近。他回過頭，發現有個小男孩站在森林的邊緣處。

他一眼就能認出，對方……並不是人類。如玻璃珠般清澈的眼眸看著宜再，小男孩低下頭打招呼。

「老師、客人好，病患的治療已經結束了。」

「那我們就散步到這裡吧？我帶你去找他們。」

話音落下，四周的森林便如泡影般散去，周遭風景恢復成書架林立的圖書館。

南宇鎮擺手示意宜再跟上，邁步走在前頭。

他們經過一排排總有一天會倒塌腐朽的書架，以及其上的無數書籍。南宇鎮知道嗎？末日來臨時，這座他如此用心打造的圖書館，也會隨之崩毀。

這時，南宇鎮打斷了宜再的思緒。

「對了，你認識洪藝星嗎？」

「是，認識。」

不僅是認識，甚至可以說是單方面結仇。他早就下定決心，哪天遇見一定要狠狠巴那傢伙的腦袋。自從那傢伙在Inheart每日一文提起魔石，宜再就深深記住了他。

抵達書架中央的大廳後，南宇鎮停下腳步轉身，從醫師袍的內袋抽出兩張質感厚實的票券遞給他。

黑色票券看起來是某個展覽的門票，上面以白色毛筆字體印著韓文與漢字。

장인전　匠人展

「……匠人展？」

「匠人展是為洪藝星製作的裝備舉行的拍賣會。過幾天會在松島開幕，只有持有門票的人才能進場。」

宜再一頭霧水地收下票，而南宇鎮親切地進行說明。

如果是洪藝星的作品，那現場應該會有很多S級裝備。覬覦高階裝備的獵人肯定會搶破頭參加，所以票價絕對不便宜。比起裝備，宜再其實更想要高級廚房用品，所以對於手中的門票，只覺得像接下了燙手山芋。

「為什麼要給我這個……？」

「報答你奮不顧身取得 PRO-009 的謝禮。」

南宇鎮露出春風般的微笑，但宜再的大腦陷入了混亂。

——我要怎麼處理掉這個東西？這兩張紙片絕對會惹出一堆麻煩。

宜再該怎麼解釋自己是如何獲得這些門票的？就算坦白說是南宇鎮給的也有點怪，說是在路上撿到的只會更可疑。一旦上架到番茄市場，肯定會招來比魔石事件更棘手的風暴。幸好宜再現在已經能預測自己的行動會有什麼後果了。

「不，我只是D級，不需要這個。而且也沒錢競標……」

「那就賣給其他獵人吧。這些票數量有限，大家應該會搶著跟你買。」

不行，他才不想拿這東西當魚餌丟給那些瘋子獵人。要是被人發現他就是這兩張票的賣家，解酒湯店應該會直接被塞爆。

然而，匠人展的票已經躺在宜再手裡了，根本推不回去，他簡直欲哭無淚。

回程路上，書院公會安排了一輛休旅車送他們回去。奶奶和荷恩並肩坐在中排，宜再和俟瀛則坐在最後一排。荷恩一路上嘰嘰喳喳，好像一點都不累。

「叔叔，那裡真的好好玩。有好多書，路過的叔叔和姐姐人都很好，還有好多漫畫書。而且還有個男生陪我一起塗顏色。」

「這樣啊。」

「嗯！啊，還有啊……」

荷恩窸窸窣窣轉過身，朝宜再攤開手掌，另一手比V疊在掌心上。

這個手勢很眼熟。宜再準時收看的週末綜藝節目和連續劇播完時，防毒面具都會出現在畫面上，做出這個動作！

不知道有沒有發現宜再的表情微微僵住，荷恩開心地大聲說。

「坐叔叔旁邊的哥哥也有做給我看。」

「嗯？」

「我請他做給我看，結果他做了超過二十次耶！」

宜再瞪大雙眼看向旁邊的人。俟瀛正雙手抱胸看著窗外，似乎感受到他的目光，緩緩轉過頭來。兩人四目相對。

「你……」

他……他真的在她面前做了那個手勢？還做了二十次以上？宜再驚訝到說不出話來。看著他那副表情，俟瀛輕笑一聲，明顯是在嘲弄他。

「怎麼？太感謝我到要發瘋了？」

「……」

「我也不知道原來我有哄小孩的才能，都是託了某人的福呢。」

「……」

這混蛋……居然能面不改色做出那種怪動作？荷恩肯定是看到幻影，肯定是搞錯了。宜再忍不住伸出手指，狠狠一戳俟瀛的腰側。坐在旁邊的結實身軀微微一震。

「呼……呼呼……」

智異山山腳下，一名身穿五彩繽紛登山服，連登山帽和墨鏡也無一遺漏的青年，腳步踉蹌地走下山。他氣喘如牛，以至於路上所有準備攀登智異山的人，都忍不住回頭看他一眼。加上他身後還有一群穿著西裝的彪形大漢緊緊尾隨，更加引人注目。

看著像是被人追趕著跑下山的青年，齊心山岳會的總務鄭英淑忍不住驚呼。

「天啊……是不是該幫忙通報那個年輕人啊？」

「就是說啊，怎麼一堆看起來像特務的人在山裡？」

「別管他們了，應該是在拍電影吧。」

「哇，那我會出現在電影裡嗎？」

齊心山岳會伙伴交頭接耳的聲音逐漸遠去，穿著登山服的青年總算踏上了平地。

青年撲通一聲，一屁股跌坐在地上，伸直雙手做出萬歲的姿勢。

「媽X！終於！終於逃出來了！」

此時正好一陣風吹來，掀掉了帽子，讓青年的臉露了出來。他清澈的雙眼裡噙著淚水。而站在他身後的西裝大漢則拿出無線電報告。

「是，組長，洪藝星老師剛才下山了，我們會立刻前往松島。」

「嗚啊啊啊啊啊！」

「什麼？不是，不是獐的叫聲，是洪藝星老師的哀號聲。是，是，我知道了。」

這位終於踏上塵世平地、重獲自由的青年，名為洪藝星，是現今唯一的S級製作者。在智異山般若峰度過漫長的監禁生活後，總算重返人間。

「哇哈哈哈啊啊啊！」

為的就是參加即將在松島舉行的拍賣會！

而此時，距離匠人展還有一週。

The Hunter's Gonna Lay Low

09

種豆得豆

洪藝星返回塵世後仰天長嘯的那天傍晚，獵人網匿名論壇上出現了一篇貼文，內容正是目擊洪藝星的爆料。

標題：〔匿名〕怎麼回事 洪藝星下山了？

他怎麼會出現在這裡

留言（99+）

—咦，已經下山了？

—下山？怎麼沒有新聞

—他終於做出脫逃按鈕了嗎……

—啊～再一週就是匠人展，確實該下山了，嗯嗯

「上次是在前一天下山……這次藝星超努力……

「真的 顆顆顆顆顆

—匿名，你現在在哪？

「炸雞店

「？？笑死

「一下山就直奔炸雞店？

「啊，顆顆，看來排名第八也抵擋不了炸雞的誘惑，顆顆

「再多說一點吧，拜託

洪藝星突如其來的現身，讓獵人網炸開了鍋……當然是好的那種炸鍋。

現在離匠人展僅剩一週，獵人界當前最火熱的話題就是洪藝星與他製作的裝備。所以大家都翹首以待後續爆料，幸好原PO獵人很快就出現了。

標題：〔匿名〕我是下面那篇問洪藝星是不是已經下山的人

我下班後去炸雞店，結果店裡超忙

我還以為今天有什麼足球賽，但查了一下也不是

問了店員才知道，原來是有個傢伙瘋狂點了一堆炸雞，媽的

我好奇一～看

居然是洪藝星雙手各拿著一隻雞翅，一邊痛哭，一邊大口大口吃……

而且還穿著像樂高玩具那種花花綠綠的登山服……

氣氛實在太悲壯，我就默默離開了

最後我還是乖乖付了一萬塊叫外送

留言（99+）

—笑死

—邊哭邊吃＾顆顆顆顆顆顆顆顆顆顆顆顆顆顆顆顆

——那麼有錢的人為什麼是雙手拿雞翅，不是雙手拿雞腿？

——大概是想飛吧……才會雙手拿著翅膀

「下一個新裝備該不會是人造翅膀？讓他可以遠走高飛

「哇（汗）希望真的做出來

「從今天開始餵洪藝星吃一堆雞翅吧？

「啊，顆顆，我會送你一千隻雞翅，洪藝星你等著吧

——洪藝星應該給他一萬塊外送費吧？

「藝星大大，既然你那麼有錢，請匯一萬塊到我的戶頭吧，銀行帳戶是農協30247……

隨著獵人的數量逐年增加，裝備的價格也跟著水漲船高，這是需求增加必然會帶來的結果。再說，即使賭上性命清空一級裂隙和一級地下城，也很少會出現S級裝備。

在這種情況下，能緩慢但穩定產出S級裝備的洪藝星，價值自然直線飆升。

也因此，每逢匠人展，不僅大韓民國的獵人翹首期盼，連全世界的高等級獵人都會湧入韓國。

所謂的匠人展，簡單來說，就是每兩年一次在松島舉行的洪藝星裝備拍賣活動。

這也是政府特別重視且珍惜洪藝星的原因。他的存在本身就是國力的象徵，當然必須固定為他舉辦這種大型活動！不僅能促進觀光產業，還能大舉獲得外匯！

所以覺醒者管理局旗下的公務員獵人，每逢匠人展就得分組行動，負責維持城市的

治安，或是保護洪藝星的人身安全。畢竟這麼多覺醒者齊聚一堂，一不小心就可能出大事，當然得謹慎維持秩序。

因此，鄭彬今天也咬著紙杯杯緣，聽取組員報告。

「組長，我已經把會展中心附近的人力配置圖寄給您了。」

「辛苦了，我看完再回信給你。洪藝星現在人在哪？」

「他在炸雞店啃完十一隻炸雞後，正往韓牛專賣店移動中。」

「……他是被吃不到肉餓死的鬼附身了嗎？」

鄭彬喃喃低語，入耳式耳機另一側傳來微弱的嘆息。

洪藝星一返回俗世，便成為肉類屠殺者。

把他關在智異山的期間，覺管局難道只讓他吃素齋嗎？……並不是。

還是監禁期間都沒讓他吃到肉呢？……也沒有。

覺管局明明每餐都提供營養均衡的飲食給他。鄭彬扶著隱隱坐痛的額側，依然語氣溫和地回應。

「嗯……既然目睹他出現的消息已經在獵人網傳開了，務必多加注意。」

「收到。」

隨著匠人展的日期逐漸逼近，松島也變得比平時更加繁忙熱鬧。周圍的飯店早在匠人展一個月前便訂滿，湧入各方媒體記者，以及獵人的粉絲。

為了保護成為吃肉河馬的奇人，維安必須更加上緊發條。

鄭彬用平板電腦打開電子郵件，又嘆出一口氣。在匠人展開始前，感覺每天都無比漫長。

匠人展的影響力，最終還是延燒到這間平靜的解酒湯店。

輕輕鬆鬆清空兩碗解酒湯的裴沅雨咬著湯匙，用遙控器打開電視。他急急忙忙轉臺，見狀，一名獵人常客好奇地詢問。

「今天電視有什麼要播嗎？」

「那個啊，WEQUIZ。聽說會重播洪藝星有上的那集，我之前沒看到首播。」

在廚房裡用完美刀工切著大蔥的宜再突然停止動作。

「哇，他下山了？」

其他獵人發出驚嘆。

「你沒看獵人網嗎？有人在炸雞店和韓牛店遇到他。」

「看來他在山裡吃野菜吃到瘋了，現在瘋狂找肉吃。」

「不過，如果是我去了一趟寺廟體驗清修回到首爾，應該也會先去怒吃炸雞。」

「也是，我懂。」

宜再也知道洪藝星在智異山上閉關，畢竟他偶爾會去偷看對方的 Inheart，不可能不知道。

洪藝星根本是 Inheart 成癮症患者。就算是熬夜到天亮，他也要配合日出時間上傳智異山的日出照。

那些日出照總給人一種能消災解厄的感覺，所以即便宜再對他怨氣深重，照片倒是默默存了不少。

——那傢伙……居然下山了。

宜再有義務去打那個混蛋的後腦勺。

他默默放下菜刀，從廚房走了出來。剛好努力轉臺的裴沅雨停下手，節目已經開始了，家喻戶曉的主持人鼓掌歡迎某位特別嘉賓。

「哇~聽說這位今年是待在智異山，一下山就來上我們節目了。讓我們歡迎世界唯一的S級製作者！大韓民國的驕傲，工匠洪藝星獵人！」

「哈哈，大家好，大家好。」

螢幕上，洪藝星看起來精神飽滿、兩頰圓潤發亮，氣色非常好。

「看來他下山後吃得很好。」某人喃喃自語。

——就是啊。

主持人吹捧完洪藝星，等他向觀眾打完招呼後，便小心翼翼地開口。

「您一直以來都以製作頂尖裝備聞名，想請問您這次都製作了什麼新品呢？」

「如果在這裡先說，會降低期待感……就等拍賣當天揭曉吧。」

「啊，不能稍微透漏一下嗎？」

「哈哈，不行。」

電視上的洪藝星笑得一臉人畜無害。

某個獵人常客原本想拍桌，在最後一刻及時改成用力一拍大腿。

「唉……真的好想去啊。」

「就算很想去……也要有黑色門票才能入場啊。」

「門票現在市價多少？」

「我不知道，聽說要幾十億，但幾乎沒人在賣。」

「我什麼時候才能去一次拍賣會啊？」

獵人們沮喪地低語，句句都傳進宜再耳裡。他環顧店內，已經接近打烊時間，應該不會有客人上門了。

〈**無聲步伐！**〉

宜再使用隱藏動靜的技能，悄悄回到自己的小房間。幸好眾人的目光都聚焦在電視上，沒有人發現他偷偷溜走了。

他掀開疊得整整齊齊的棉被，眾獵人渴望的黑色門票，正靜靜地躺在粉色花紋的棉被之間，而且還是兩張。

宜再盯著那兩張票，不知道是用什麼材質印製的，躺在棉被上仍然硬挺閃亮。

南宇鎮……為他帶來了災難。而且還不是普通程度，是毀天滅地的等級。

——被他的話術迷惑，居然不知不覺就收下了……

宜再扶著額頭，深深嘆了口氣。

不知道南宇鎮的目的是什麼，竟然在兩人獨處時提起李俟瀛的往事，就這麼莫名其妙把宜再捲了進來。

想到這裡，他頓時怒火中燒，無聲地一拳捶在花棉被上。那個人為什麼要突然提起李俟瀛的過去？害他現在心煩意亂。

宜再望向價值幾十億的入場門票，若加上溢價，還能賣得更高。但他從魔石事件學到了很多。

——凡事不要太衝動。

雖然至今已經做了一些……很多不假思索的事，但不能再這樣下去了。說好要安靜生活，這段時間卻做了太多引人注目的事。但現在回頭還不算太晚，一定要低調再低調。

——認真工作賺錢吧。

仔細想想確實應該這麼做。獵人靠販賣地下城副產物維生，但車宜再早已決定不當獵人，要過著普通人的生活！

雖然申請了獵人證……但他不打算拿來用，所以實際上和裝飾品沒什麼兩樣。就像駕照一樣，考到之後不開車，就只是多了一張印了十二位數，能證明是本人的證件，除此之外都派不上用場。

低調度日的普通人怎麼可能販售和地下城有關的東西？上次番茄市場的ＥＺ事件，只是他一時錢迷心竅做出的蠢事。

——是啊，人要腳踏實地。

雖然實力的量級接近恐龍，但宜再開始洗腦自己只是一條毛毛蟲。毛毛蟲不配擁有如此高貴的黑色門票，必須考慮該拿它們怎麼辦。

目前他有三條路可走：

第一、去松島參加拍賣會。

第二、把門票處理掉。

第三、當作它不存在。

第一條路是前往松島參加拍賣會。

可是一旦靠近松島周圍，就會立刻和安靜低調的生活說再見。

根據獵人常客的聊天內容，匠人展期間的松島不只有洪藝星、鄭彬，還會聚集所有赫赫有名的獵人。那些人可都是能輕鬆買下黑色門票的大咖。

——我又不是瘋了。

雖然平常聚集在解酒湯店的客人也不是什麼等閒之輩，但畢竟這裡是宜再熟悉的地盤，有很多隨機應變的方法。松島對他來說卻是未知地帶，宜再決定敬而遠之。

第一條路，淘汰。

第二條路是把門票處理掉。

但這也有困難，因為根本就沒有適合的方法！

販售或轉讓一定不可行。除非他想繼番茄市場的ＥＺ之後，成為登上雷霆市場名人堂的神祕賣家。

那只能銷毀了……其實他早就試過把票塞進煮解酒湯的瓦斯爐，結果這兩張被詛咒的門票完全燒不掉，不知道材質到底是什麼。

——直接撕掉算了？

靠宜再的力氣應該可以把門票撕爛，但要是沒有碎成粉末，萬一被人發現紙屑就麻煩了。這兩張要丟也只能當不可燃垃圾，根本不可能徹底毀屍滅跡。

那麼只剩最後一條路，自我欺騙這兩張門票並不存在。

把兩張紙片塞在某個角落，徹底忘記就好。於是宜再重新把票塞進棉被深處，努力無視。

——好好待在這裡，直到匠人展結束吧。

他默默祈禱著，雖然他的祈禱總是不太靈驗。

「……」

「你去過松島嗎？」

看到深夜造訪的漆黑防毒面具向他遞出黑色門票，宜再就知道這次的祈禱又落空了。

李俟瀛敲門時，宜再剛好洗完所有碗盤，打掃完餐館和廚房，連隔天的食材都處理好了。時機巧妙到讓人懷疑他是不是躲在哪裡觀察。

宜再從廚房探頭看向門口，一見到懸浮在玻璃上的漆黑防毒面具，立刻瞪大雙眼。

「有什麼事嗎？怎麼這麼突然？」

「我有話想說。」

那聲音像悄悄話般飄進來。

難道又有事要拜託他？宜再解開綁得緊緊的圍裙，然後走向拉門。而俟瀛站在門前，安分地等宜再幫他開門。

唰——宜再打開拉門，黑色人影這才踏入餐館。但他並沒有坐下，而是……

「你去過松島嗎？」俟瀛如此問道。

宜再一臉不悅地來回看著閃亮的黑色門票、拿著票的黑色皮革手套，以及黑色防毒面具。每次想看在這段時間相處的情分上稍微歡迎他，他就會從口袋裡掏出炸彈，這要宜再怎麼歡迎得下去？而且……

——這種黑色門票怎麼到處都有？

不是說幾十億都不一定買得到、供不應求的夢幻入場券？

宜再實在無法理解，明明解酒湯店常客個個為了搶這張紙雞飛狗跳，為什麼自己什麼都沒做就接二連三收到？

宜再將視線從那不該存在於普通人世界的門票上移開，順勢轉移話題。

「你今天怎麼這麼晚過來？」

「嗯？」

俟瀛歪頭，接著誠實以告。

「如果我在營業時段來，你一定會瞪我，說我妨礙你做生意。」

——媽X，一定要講成這樣嗎？

想轉移話題卻被擊中良心的宜再默默看向天花板。

但李俟瀛說得並沒有錯，他如果在晚餐時段來，肯定又會形成李俟瀛ZONE，讓一整晚的生意直接泡湯，宜再就會一臉不爽地看著他——雖然現在也差不多就是了。

俟瀛像是特地要讓他聽見，又低聲補了一句。

「是他們自己害怕，不敢靠近我的，我能怎麼辦？」

拿著黑色門票的防毒面具看起來有點落寞，明明那張面具根本沒有表情！

宜再的腦中浮現南宇鎮所說的話，畫面接二連三地冒出來——

在暗巷踹人的防毒面具、露出漆黑舌尖的李俟瀛、厚臉皮出現在公益廣告中的防毒面具、普羅米修斯的實驗體、抱著一堆棉被和枕頭的李俟瀛、獨自坐在被毒液融化殆盡的廢墟之中的李俟瀛、瞬間融掉裂隙之主後關心他好不好的李俟瀛、碎片中將臉埋進J頸間悄聲低語的李俟瀛，以及……

那個被J所救，但因為自己已不再是J，如今連一點痕跡都找不到的少年……這些記憶全都混亂地糾纏成一團。

從初次相見到不久前，宜再眼中的李俟瀛一直是個沒禮貌、麻煩又奇怪的人，是憑存在本身就能讓宜再的平凡人生翻車的瘋子。

畢竟兩人的初次相遇實在不能說有多美好。客人雖然很多，但還算平靜的解酒湯店，就是從李俟瀛登場那刻起，被搞得一團亂。

但俗話說看得越多，就會了解越多。在並非出於本意而與李俟瀛相處碰撞的這些日子，宜再知道了比自己想像中還要多的事。

「嗯，你可以把這當作是一種枷鎖。」

南宇鎮所說的戴上枷鎖指的就是這個嗎？良心的枷鎖？因為沒有什麼東西可以綁住他，就把名為李俟瀛的枷鎖戴在他身上？

宜再最近深切感受到，這些上榜獵人一個比一個更目中無人。

——排行榜上那些人真的應該好好接受一次精神教育……越來越肆無忌憚……

就在宜再心煩意亂時，俟瀛又開口了，這次聲音比剛才稍微大一點。

「哥，你知道我有多遷就你嗎？」

「喔喔，知道啊。」

宜再敷衍地回答，默默退後一步。

但李俟瀛的觀察力像鬼一樣敏銳，馬上就察覺到他的小動作。防毒面具後方的眼睛精光一閃。

「你要去哪。」

「嗯？廚房。」

「不先回答我的問題？」

「哪有……時間還很多，喝杯咖啡慢慢聊吧。你喝咖啡嗎？」

雖然只是隨口敷衍，但成功讓俟瀛尖銳的氣勢瞬間緩和下來。

俟瀛轉了轉眼珠，像是勾起了很久以前的記憶，視線定格在左上角許久，然後喃喃低語。

「……應該？」

這個模糊不清的答案是怎樣？宜再也跟著陷入沉思，雙手抱胸苦惱一番後，他指向其中一張餐桌。

「……你先坐一下。」

沒想到俟瀛二話不說乖乖就坐，還脫下了防毒面具。確認這點後，宜再才回到廚房開始認真思考。

——這麼晚了，讓他喝咖啡沒關係嗎？

雖然咖啡因對覺醒者的身體沒什麼影響，尤其是李俟瀛這種S級……但這是感覺問題。就像解酒湯店那些獵人常客，明明喝燒酒不會醉，卻還是每次都想喝兩瓶以上。再加上回想在李俟瀛家過的那一夜，感覺他的睡眠品質也不太好，知覺敏銳的S級覺醒者幾乎都這樣。

事到如今，也沒有其他辦法了，只好拿出能讓挑食的九歲小學生也吃得津津有味的必殺食譜。宜再從冰箱拿出一只黑色袋子，以及一罐小白山槐花蜜。握著湯匙的背影，在廚房裡散發淡金色光芒。

「**啓用特性：融入生活的戰鬥（S）**。」

沒多久，宜再一臉自信地走出來，把一個紙杯放在俟瀛面前。

俟瀛本來正撐著下巴滑手機，這時停下動作，抬眼看向他。

「這是什麼？」

「麵茶。」

這可不是一般的麵茶。是放入麵茶、蜂蜜，以及原本買來給荷恩配點心的牛奶，由宜再精心調配的特製麵茶。而且用免洗紙杯裝，就不必擔心餐具的費用，既照顧到李俟瀛，又能省錢，可說是一箭雙雕。

但俟瀛看著眼前的紙杯，臉上卻浮現狐疑。

「咖啡呢？」

「你睡不太好吧。」

「……」

俟瀛表情微妙地直盯著宜再，宜再不開心地數落。

「睡不好的人喝什麼咖啡，喝麵茶吧。」

俟瀛放下手機，握著紙杯喃喃低語。

「你自己也睡不好吧。」

「所以我喝水。」

「……」

俟瀛沒有再頂嘴，乖乖捧起餐桌上的紙杯。默默看了一眼杯中的液體，小口小口啜飲起麵茶。

而宜再坐到他對面，端起水喝了一口，偷偷觀察他的表情。

漆黑舌尖舔過嘴唇，俟瀛眨了眨眼，長長的眼睫毛隨著動作上下輕扇。

「你有去過松島嗎？」

宜再想起塞進棉被深處的票，搖了搖頭。

「沒有。」

他以J的身分活躍時，足跡雖然踏遍全國各地，卻不曾造訪松島，而且未來也完全沒有這個打算。

俟瀛放下空紙杯，托著下巴。

「那剛好，就趁這次機會去看看吧。」

「去松島？為什麼？」

「最近到處都鬧哄哄的。」

他用下巴示意牆上密密麻麻的簽名板和海報。說沒聽過的話更奇怪，於是宜再故意用毫無興趣的語氣回問。

「是因為辦那個什麼匠人展的嗎？」

「嗯，就是那個。」

「我為什麼要去？」

「和我約會。」

「麵茶壞掉了嗎？媽X……」

不管宜再的臉怎麼扭曲，俟瀛仍自顧自地說下去。

「這可是價值幾十億的約會邀請。」

俟瀛用眼神示意靜靜躺在桌上的門票。然而，對已經把價值上百億的票塞進棉被裡哄睡的宜再來說，這種「約會」根本毫無吸引力。

他沒有任何非去不可的理由，卻有一堆不去的理由。於是他嘆了口氣，舉起自己最牢固的防禦盾牌。

「我沒空去松島，我得開門做生意。」

「就說要帶奶奶去醫院所以休息一天，只要匠人展當天來回就好。」

俟瀛立刻提供解決方案，彷彿早就知道會有這種對話，在來之前預習了問題和答案。只見他露出從容的微笑說道：「店主奶奶身體不舒服，還能怎麼辦？」

「喂，拿奶奶當作藉口……」

「要是你真的很擔心，我會叫崔高耀陪奶奶去醫院。還有嗎？」

看來最高耀已經清醒了。想想也是，離仁川港事件也過了一段時間，還沒醒來才有問題。宜再舉起第二面盾牌。

「D級獵人怎麼有資格去匠人展？如果被問到票是哪來的怎麼辦？」

「那也沒關係。」

李俟瀛從系統背包拿出一塊防毒面具放在票旁邊，看起來像是全新的。老舊俗氣的綠色餐桌上，並排放著價值幾十億的門票和兩張防毒面具。

——這就是……認知失調嗎？

宜再腦中一片混亂，不輸第一次看到李俟瀛出現在電視公益廣告上那天。把別人的腦袋攪得一團糟的當事人，卻依舊神色如常地開口。

「你戴上這個，再說你是波濤公會祕書組的人就可以了。」

「……你要我戴這個？」

「和我一起出外勤的祕書都會戴，沒什麼特別的，大家都習以為常。」

不，兩個防毒面具一起行動，怎麼想都超級引人注目吧？要是宜再在路上看到兩個戴防毒面具的人走過去，一定會多看幾眼。

眼看情況已經演變成這樣，宜再也開始猶豫，到底是該把他罵一頓趕出去，還是婉拒讓他知難而退。

侯瀛雙手撐著下巴，靜靜看著陷入糾結的宜再，而後忽然開口。

「對了，哥。」

「嗯。」

「我可以問你一件事嗎？」

「什麼事。」

「上次去書院公會，」侯瀛勾起淡淡的笑容，「南宇鎮那小子都對你說了什麼？」

「……」

「你今天為什麼對我這麼好？」

宜再抬起頭，正好對上那雙紫色眼眸。侯瀛的嘴角雖然微微上揚，眼神卻透著冷意。

「**啓用特性：撲克臉（B）**。」

——這個瘋子，觀察力也太敏銳了。

幸好撲克臉特性自動啟用了。宜再面不改色，心裡卻不禁對南宇鎮產生懷疑。

難道李侯瀛早就知道那天他們談了什麼，所以才會忽然問這種話？這兩人是不是事先套好的？畢竟他們是合作關係。

但他很快又打消了這個疑心。因為那時候的南宇鎮……只是單純在觀察聽到李侯瀛往事的宜再會做出什麼反應。

照理說，突然冒出一個李侯瀛的助手，本來就很值得懷疑。可偏偏南宇鎮對宜再的來歷也好、背景也好，甚至異常突出的戰力也好，完全沒有多問一句。他的眼神彷彿能直接看穿車宜再的本質，就像是……

——在衡量價值……

宜再默默吞了一口唾沫。口頭上說是報答他提供毒品的事，卻給了兩張黑色門票，或許這代表自己已經通過了南宇鎮的標準或考驗。

南宇鎮似乎是對尋求新知和真理充滿渴望的人，面對自己這個突然冒出來的存在，他自然會想觀察分析。不過，因為觀察時間不長，收集到的情報稱不上是知識。

南宇鎮身為天生的學者，不會將尚未撰寫完的書籍放入自己的圖書館。所以照這個邏輯來看，他應該沒有把那段對話轉告李俟瀛。

那麼結論只有一個，李俟瀛的直覺就和野獸一樣敏銳。

也就是說，光是從自己態度的一點改變，他就立刻察覺不對勁。雖然宜再確實有點心虛、稍微放軟了態度，但也不至於被他這樣盯著看吧？

李俟瀛那雙半瞇的眼睛，彷彿在問「哥什麼時候變得會這樣主動給東西了？」。

這……這傢伙老是說宜再不相信他，自己不也是對誰都不信任？宜再無言以對，決定先裝傻。

「什麼對你好，我做了什麼？」

「這個。」

俟瀛用戴著皮革手套的手輕輕敲了下紙杯。

——這個？

宜再看了紙杯一眼，又看向俟瀛，皺起了眉頭。只是泡杯麵茶給他喝就是對他好的話，李俟瀛心中產生「被善待」感覺的門檻到底有多低？

宜再正想回嘴，卻看到了李俟瀛的神情，那張精緻的臉上滿是戒心。

這傢伙……就只是個小朋友吧？而且只比荷恩情緒穩定一點而已。

「這段時間會讓你突然改變態度的事……」李俟瀛微微歪頭，喃喃說道，「除了見到南宇鎮，就沒有其他的了。」

「……」

「那傢伙話挺多的……」

他說得……倒也沒錯。雖然只有短暫交談過，但從頭到尾南宇鎮都自顧自在說他想說的事，完全不給人插話的機會，確實不是一般的話多。

俟瀛摩挲著紙杯上緣，緩緩說下去。

「哥也不太會聽別人說話……所以更可疑了。」

——居然突然人身攻擊。

「我不由得懷疑，他是想介入我們之間。」

我們之間有什麼？契約關係？宜再想頂回去，卻又默默閉上嘴，因為說著這番話的李俟瀛，眼神異常冷冽。

俟瀛閉了閉眼，「嗯……我的推理大概就是這樣。」

見他抬抬下巴，一副「輪到你回答了」的姿態，宜再開始快速思索。

關於南宇鎮揭露李俟瀛過去的事，還是暫時保密比較好。

雖說那些話是南宇鎮趁俟瀛不在時講的，但自己如果再背著南宇鎮把他的話轉述給俟瀛，感覺也不太妥當。

宜再原本想隨便編個理由……但最終還是放棄了。他用力地抓頭，乾脆老實說了。

「對你太好……也要被嫌？只是泡杯麵茶而已，這樣就算對你好了？」

「……」

「對，是啦。我很感謝你，怎樣？」

侯瀛一臉不解，「感謝我？為什麼？」

「你帶奶奶去醫院啊。」

「那是簽約時就談好的條件，還是我主動提出的。」

「還有……幫我照顧荷恩。」

「……」

雖然他還是無法相信侯瀛會為荷恩做出公益廣告的手勢，但他確實陪著荷恩，沒讓她在圖書館裡走失。

宜再嘀咕著繼續說道：「上次被捲入裂隙……你也跑來救我，雖然那嚴格來說也算契約的一部分。」

仔細一想，以J的身分活躍的那段日子，從來沒人來救他。身為J，他必須靠自己的力量突破一切難關，永遠都是他自己去救別人，這也是理所當然的事。

「……」

雖然迎來了短暫的沉默，但宜再腦中一片混亂，根本意識不到。

說出口才發現，這段時間他和李侯瀛之間居然發生了這麼多事。仔細數起來，他被對方幫過的地方更是不少。這些來自李侯瀛的善意，只要一開口就停不下來，一一傾瀉而出。

他抿了抿嘴角，稍微移開視線，躲避侯瀛的目光。偏偏那臺辛奇和小菜自動自助吧卻映入眼簾，包括嵌在中間那顆散發璀璨光芒的魔石。

「魔石是由波濤公會長李俟瀛友情提供。」

可惡，怎麼連那個都和李俟瀛有關？

宜再緊咬牙關，倉促地補充。

「嗯……如果那時候沒有你……店裡可能就失火了。我可能也會變成劫走救護車的……通緝犯。」

「你那時……該不會真的打算搶救護車？」

「……」

俟瀛輕輕笑了出來，還抬手掩住嘴角，「我還想說你幹嘛問我有沒有駕照。」

「……」

「看來你真的是個瘋子。」

——閉嘴，你懂什麼？這間店差點就燒掉了耶。

雖然被瘋子認證為瘋子讓宜再緊皺眉頭，但俟瀛臉上的疑惑卻像雪一樣慢慢融化，甚至看起來心情很不錯。

他還得寸進尺地問道：「還有呢？」

「還有什麼，又怎樣了？」

「沒有其他要感謝我的事嗎？」

「還有什麼？已經沒了。」

早知道就把從南宇鎮那邊聽到的事直接告訴他就好了。為了維護和不重要的南宇鎮之間的義氣，宜再反而被逼得說出了內心最深處的話。

李俟瀛剛才咄咄逼人的氣勢已經散去，緊張的氣氛也逐漸緩和下來。但宜再抵擋不住心頭湧上的羞恥，用掌根按住眼角。

「真是的……不信任人，但門檻又很低。」

宜再的語氣雖然像在諷刺，但並沒有挖苦的意味。

俟瀛用指尖敲了敲餐桌。

「那麼感謝我的話，就接受我的約會邀請吧。」

該死，結果又回到原點了。宜再咬牙回應。

「我不要。」

「為什麼？」

「我就是完全不想去。」

雖然從第一名寶座被擠下，但全國第二終究是第二。李俟瀛肯定會吸引眾人的目光，連帶跟在他身邊的祕書也不免受到關注，就算戴著防毒面具也一樣。

「你自己也叫我好好安靜生活，所以我要在這裡賣解酒湯。」

「你可以安靜去、安靜回。」

宜再一點也不想踏出這間吵鬧但溫暖的餐館，自己送死走進戰場。

再說，他前陣子已經闖下太多禍，正準備進入反省修身模式，李俟瀛卻不放過他。

「你為什麼要帶我去？」

「約會。」

「不要說約會這種屁話，快從實招來。」

「嗯，因為一個人去很孤單？」

李俟瀛有時會用煞有其事的表情，說出這種毫無說服力的話。
宜再繼續咬著牙回應：「裴沅雨不會去嗎？你們公會的副會長？」
「嗯……他應該會去吧。」
「那你可以和裴沅雨一起行動。」
「你不怎麼叫我的名字，裴沅雨的全名倒是叫得很順口嘛。」
「唉……李俟瀛，你知道你很難搞吧。」
「很常有人這樣說。」
聽到宜再叫他名字，俟瀛這才心滿意足地點頭，接著悠悠開口。
「裴沅雨會和其他公會成員一起去……」
「那你加入他們不就好了。」
「不行，跟上司待在一起會很不自在。」
李俟瀛像是在教宜再職場上做人的道理。
這人什麼時候這麼為下屬著想了？宜再忍不住重重嘆了一口氣。
再次用雙手托著下巴的俟瀛緩緩眨眼。
「如果我告訴你這件事，你又會多一件要感謝我的事。」
聽他語帶笑意，似乎是很高興看到宜再不自在的模樣。
「你還記得你之前拖來的那串小黃魚乾嗎？」
小黃魚乾……指的應該是他從仁川港抓到的那群毒販。仍舊按著眼角的宜再微微點頭。
「那時候哥有點……魯莽地闖進去，也沒看我的簡訊。」

只是沒看一則簡訊就記恨那麼久。

「所以在送他們上運輸車前，我稍微試探了一下……那些人對你印象很深刻呢。」

──媽X。

糟糕，當時沒考慮到這點！宜再閉上雙眼，掌根用力按下。

雖然向浪漫開瓶器施展了記憶刪除術，但對小黃魚乾只有施加物理傷害，居然忘了再補一劑記憶刪除術的威脅。

這都要怪自己的疏忽。直到不久前，宜再都還整天戴著面具行動，習慣了不會被別人認出來，一時忘記現在自己的臉已經沒有遮擋了。他揉著眼睛的手不自覺更加用力。

「那可是我聯絡覺管局叫來的運輸車……幸好沒有送出去，差點就出大事了。」

俟瀛輕描淡寫地這麼說。

覺管局……對於自己因為衝動而忽略的各種細節，宜再在心中默默懺悔起來。

鄭彬以為車宜再是D級覺醒者，但D級覺醒者卻能單挑二十名流氓，把他們打到落花流水？更何況裡面還有B級覺醒者！

要是這件事情傳出去，自己肯定會被覺醒者管理局抓去和鄭彬聊聊。想到這裡，宜再背後冷汗直流。

「所以他們現在還關在我們公會的地下室，不知道什麼時候會轉送到覺管局呢。」

「……要是他們抖出我的事，對你也不利吧？」

「嗯，即便如此，我受到的影響也不會比哥大吧？我還有退路。」

李俟瀛把可以用一句話解決的內容繞了好幾個彎──你要和我同歸於盡，還是一起去松島？

「我原本想說……如果你拒絕，我也不會強迫你去。」

「……」

「但哥因為這點小事就那麼感謝我……」

冰涼的皮革覆上宜再揉著眼睛的手背，侯瀛輕輕抓住他的手挪開。兩人的視線在拉近的距離間交纏。

侯瀛剛才的陰沉神色早已消失得無影無蹤，那張俊美的臉上只留下一抹微笑。

「我還想為你做更多事，這個也想，那個也想。」

——不需要，臭小子……

宜再活了二十八年第一次領悟到，有時候太誠實並不是什麼好事。

次日清晨，五點三十分。

宜再拿著掃把走到餐館外，想趁開店打掃一下等等那些藤壺客人要貼著的地方。然而沒過多久，一名身穿厚重外套的陌生男人抱著一大一小的箱子，搖搖晃晃地走過來。

他有一股不好的預感……

——之前花環好像也是用這種方式送來的。

果不其然，車宜再的的第六感這次也沒有失誤。只見那位左顧右盼的外送員，在看到拉門上貼的解酒湯字樣後「啊」了一聲。

「你是這間店的員工嗎？」

「……」

影。

「有快遞。」

什麼快遞會在一大早就送來？宜再的臉色瞬間僵硬，已經對快遞和掛號信產生了陰影。

但送貨員並不在乎他是什麼表情，把箱子遞給宜再簽收後，便踩著輕快的步伐離去。

宜再放下手中的掃把，蹲在解酒湯店門口確認託運單上寫的品項——名牌男士西裝和皮鞋。

寄件人是……李俟瀛。

就在這一刻，宜再終於明白了一件事——他已經徹底踏上了不歸路。

「媽X……」

一聲低罵在清晨的冷空氣中飄散。車宜再確定前往匠人展。

在業報與俟瀛的威脅之下，宜再即將陪同對方前往松島。時光無情流逝，一眨眼就到了匠人展當日清晨。

宜再穿上俟瀛寄來的藏青色西裝和皮鞋，站在解酒湯店門口。貼在門上的A4紙在晨風中飄動，模樣相當淒涼。

匠人展當日公休。

原因：要帶奶奶去醫院。

「**祝奶奶身體健康!!**

宜再默默摸了外套袖子。李俟瀛寄來的西裝很合身，到底是怎麼知道他衣服尺寸的？

不久後，一道黑色人影出現在巷口。

俟瀛的打扮一如往常。他緩緩走到解酒湯店門口，交叉雙臂，從頭到腳打量了宜再一番。那神情看起來不太滿意，讓宜再忍不住瞪回去。

「怎樣？」

「領帶……」

「嗯？」

「打得滿好看的。」

雖然沒想到他會這麼回答，但宜再自豪地聳肩。看著 UTube 影片學果然不會錯。

然而俟瀛卻伸手戳了戳他打好的領帶，把領帶弄亂了。

「我以為你不會打領帶。」

「你是在找碴嗎？」

「我本來還想說如果你不會打的話，我可以幫你。」

「一大清早就在說什麼鬼話。」宜再不滿地抱怨。

俟瀛沒有回嘴，只是默默幫他調整領帶，接著從系統背包裡拿出識別證和防毒面具。

識別證上印著陌生男人的臉和名字。

波濤公會祕書組　金承斌

宜再將識別證掛到脖子上，「真的有這個人嗎？」

「對，你先戴這個。」

宜再一戴上防毒面具，黑色皮革手套又伸過來，幫他整理面罩。

從旁人角度來看，在一間老舊的解酒湯店前，一個戴著防毒面具的人幫另一個戴防毒面具的人整理儀容，畫面肯定詭異得不得了。

幸好現在是一大清早，不會有人經過。

「以防萬一，我先提醒你……到會場之後聲音壓低點，只讓我聽見就好。」俟瀛低語道。

宜再用點頭代替回答，黑色手指戳了一下防毒面具的濾毒罐。

「還有，你知道獵人聽力很好吧。」

「……」

「從現在開始，哥就是波濤公會祕書組的人。」低沉嗓音裡混著一絲笑意。

因為大概猜得到他下一句要說什麼，宜再面露不爽。

彷彿能夠看見防毒面具後的表情，俟瀛笑道：「對我說話要畢恭畢敬，你做得到吧？」

宜再緊閉雙眼，心想這傢伙是為了這樣才故意找他一起去的嗎？但李俟瀛的話確實很合理，祕書組員工如果對上司說話不尊敬，一定會引人側目。

宜再決定放寬心。一想到可以藉此機會展現至今鍛鍊的演技，心情反而有點輕鬆。

「……那我要叫你什麼，公會長？」

「李俟瀛公會長。」

「太冗長了。」

「現場公會長不少……如果只喊公會長，其他人可能會誤以為你是在叫他們。」

「喔，我就叫你公會長。」

懶得再爭，宜再隨口敷衍。俟瀛聳了聳肩，從系統背包拿出緊急逃脫紙。

「隨便你。抓住我的手臂。」

「居然還有剩？感覺每次見面你都在用。」

「開車到松島太麻煩了。」

這是什麼資產階級發言？宜再抓住俟瀛的手臂，正準備針對上榜獵人肆意揮霍的金錢觀發表長篇大論，俟瀛已經毫不遲疑地撕掉緊急逃脫按鈕。

再次睜開眼，兩人已站在一棟陌生的巨大建築物前，應該就是舉行匠人展的松島會展中心。

整齊的街道上，兩側路燈懸掛著整排和票面設計相同的匠人展旗幟，會展中心的外牆上也掛著洪藝星比讚的大型布條。

睽違兩年，傳奇工匠回歸！

奇人洪藝星匠人展

或許因為現在還很早，現場感覺沒什麼人。

雖然入口附近可以看到幾名電視臺記者和粉絲，身穿厚實的長版羽絨衣，裹著毛毯，在冷風中蜷縮成一團。但獵人幾乎都還沒來，宜再不禁感到慶幸。

四名應該是工作人員的獵人滿臉倦容，站在會展中心寬敞的入口處。他們見到大步流星走來的防毒面具二人組，明顯滿臉錯愕。

「咦？奇怪，怎麼那麼早……」

「兩人。」

俟瀛毫不猶豫地遞出兩張黑色門票，一名慌張的獵人立刻用巴掌大的機器掃描。黑色票面上泛出星星點點的藍色光芒，組成了兩個字。

藝星

「票券確認完畢。波濤公會長李俟瀛，以及這位……」

「祕書。」

工作人員獵人的視線停留在宜再脖子上的識別證。他嘴唇蠕動，似乎是想確認防毒面具下的臉，但一感受到俟瀛冰冷的眼神便立刻低頭。

「是，兩位請入場。」

李俟瀛牌特別通行證真好用，不需要脫下防毒面具檢查，就能直接進場。宜再不禁心想，這難道就是權力的滋味嗎？

宜再環顧會展中心前廳，看到位於角落的洗手間標示後，便戳了戳俟瀛的背。

「公會長，我先去趟洗手間。」

走在前面的俟瀛猛然回頭，渾身隱隱透出不爽的氛圍。

「……一來就要把我一個人丟在這裡？」

「如果一整天都要畢恭畢敬，我需要一點心理準備。」

「哈……」李俟瀛雙臂抱胸，開始冷嘲熱諷。「金承斌看起來怎麼不像這種做事周到的人？」

「要是我沒做好心理準備，途中可能會罵髒話，這樣沒關係嗎？」

「……」

「……」

——我說要去洗手間，你能拿我怎麼辦？

最後，俟瀛擺擺手，像是默許了。宜再默默後退，離開俟瀛身邊，快步走向剛才看到的洗手間。雖然前往洗手間的一路上都能感覺到對方如影隨形的視線，但還在可以忍受的範圍內，只要不要跟過來就好！

幸好洗手間裡同樣沒有人。宜再走進最裡面的廁間後鎖上門，坐在馬桶上默默嘆了口氣。

從收到西裝那天開始，這幾天他都在Netxby的幫助下背誦知名獵人的基本資料，精神極度緊繃，導致現在拍賣會都還沒開始，他就精疲力盡了。加上戴著防毒面具視野受限，整個人更容易煩躁。

——李俟瀛怎麼有辦法每天戴著這個生活？

以前身為J時使用的面具，可是自帶變聲功能的高級貨。如今被迫戴上這種悶熱的防毒面具，他忍不住懷念起原本那張面具。雖然面具在他被西海裂隙踢出來之前就損毀了，再也無法使用。

宜再悄悄打開系統背包，一眼望去，裡面躺著解酒湯店常客送的藥水、占了一大格空間的巴西利斯克的尖牙、萬惡根源的魔石，以及兩張黑色門票。

除了藥水以外，其他每一樣拿出來都足以讓這座會展中心暴動。這就是問題兒童班導師的心情嗎？宜再雖然沒有當過老師，但他現在能對那些老師感同身受。

這幾樣裡最棘手的是……魔石和黑色門票。魔石就算了，他真的很想把這兩張該死的門票塞回被窩，永遠不拿出來。

——可是怎麼想都很抖……

如果就這樣把合起來價值上百億的兩張票留在棉被裡出門，宜再肯定一整天都會提心吊膽。平常在解酒湯店工作時，整間餐館都在他的監控下，因此不成問題。但現在他遠在松島，要是店裡突然遭小偷也不會知道。

——還是帶在身上比較安心。

不管是沒關火就出門，差點讓解酒湯店陷入火海；或是沒考慮後果就爆打覺醒者……宜再在經歷幾次無法靠蠻力解決的狀況後，學會了未雨綢繆。

因為這糟糕透頂的人生，總是不肯讓他安穩度過。

好，那麼……既然終於脫離了李俟瀛的視線範圍，就該抓緊時間辦正事。

宜再久違地打開上榜獵人的群組聊天室。自從被強制加入後他就束之高閣，眼不見心不煩，不過身處地雷遍布的松島會場，還是要以收集情報為最優先。

1號頻道肯定能獲得最優質的情報，比如有誰來匠人展、想要競標哪一件裝備、現在人在哪裡。雖然李俟瀛就在身邊，但宜再希望盡量靠自己主動避開危險。

宜再將聊天室的滾動條往上拉，從今天凌晨的對話記錄開始細讀。

果然，開啟話題的人正是 Inheart 及網路重度成癮的洪藝星。

[8] 吾乃工匠：匠人展之日到了^^

[8] 吾乃工匠：1號頻道的各位都會來吧？

[6] Honeybee：藝星啊

[6] Honeybee：你有鍛造刺劍嗎？

[8] 吾乃工匠：我是土生土長的韓國人，不碰洋人的武器。

【6】Honeybee：你這個 ****

【6】Honeybee：你在松島乖乖等死吧

【11】盾牌男：哈哈 Honeybee 有求到票了？

【6】Honeybee：嗯嗯

【6】Honeybee：馬太福音幫我收到的

【8】吾乃工匠：要是沒有馬太福音

【8】吾乃工匠：妳應該會在松島到處求人讓票

【6】Honeybee：你眞的完蛋了

【11】盾牌男：他還不懂事

【11】盾牌男：放過他吧……

【6】Honeybee：＝＝

【6】Honeybee：HB公會由我和馬太福音去

【6】Honeybee：盾牌男也會來嗎？

【11】盾牌男：嗯嗯

【6】Honeybee：李俟瀛呢？

【11】盾牌男：他說他會去……

【11】盾牌男：但因爲是分開行動，我也不清楚……

【6】Honeybee：欸，你們是很多人要去嗎，居然分開行動？

【11】盾牌男：我也不知道，但有拿到商務卡 - -v

【4】鄭彬：1號頻道的各位早安^^時隔兩年，匠人展！又回來了^^

【4】鄭彬：參加匠人展時必須注意的事項！我只提醒各位一句話^^

【8】吾乃工匠：開始了……

【4】鄭彬：請不要闖禍^^

【4】鄭彬：被別人挑釁時不要輕易中計^^

【4】鄭彬：強烈建議不要和旁人搭話^^

【4】鄭彬：維持安全距離以防和其他獵人發生碰撞^^

【4】鄭彬：請留意不要發生因爲撞到肩膀就把整座建築物弄垮的事件^^

【4】鄭彬：如果眞的無法避免衝突請到記者看不見的隱密地點解決並聯絡覺管局現場應對第一組^^

【4】鄭彬：請不要威脅記者^^

【4】鄭彬：爲了讓匠人展能順利舉行請各位務必多加配合以上事項希望不會發生需要和我單獨面談的事祝各位有個美好的一天^^

【50】浪漫開瓶器：這不只一句話吧……

【34】渺小的奇蹟敏奇蹟：讀起來確實是一句話。

【50】浪漫開瓶器：眞是謝囉……

讀完鄭彬的一長串警示，宜再不由得面色凝重。確實，一群自尊心極強、脾氣難搞又敏感的獵人聚在同個地方，實在很難不出事……

宜再剛嘆完氣，就聽見有人腳步急促地衝進洗手間。他立刻關掉還沒讀完的聊天室，隱藏自己的存在感。

〈**無聲步伐！**〉

接著又傳來彷彿群牛奔跑的雜亂腳步聲，好在最後都只停在洗手間門口，沒有跟著進來。

嘰咿——砰。那位腳步匆匆的不速之客，偏偏踏進宜再隔壁的廁間。他等了一陣子，卻只聽到窸窸窣窣的奇怪動靜，看來對方也不是來上廁所的。

「可惡，這東西怎麼不管用。」

喃喃抱怨的聲音無比耳熟，宜再絕對不會認錯，他不敢置信地盯著牆板。

——瘋了。

從隔壁廁間傳來的，正是從最近瘋狂重播的 WEQUIZ 上聽到的……洪藝星的聲音。

宜再原本打算在洗手間收集情報，沒想到洪藝星會跑到隔壁廁間，還不停碎碎念。那些跟著他過來，最後停在洗手間門外的腳步聲，大概都是他的保鑣吧。

宜再無聲地嘆了口氣。仇人就在隔壁，卻不能輕舉妄動。

——好想揍他一拳。

洪藝星自己送上門本來是宜再求之不得的好事，但他帶來的那票尾巴實在太礙事了。即使現在放過洪藝星，若無其事地走出洗手間，在只有一個出入口的情況下，勢必會遇到守在門口的保鑣。如果運氣不好，可能會被要求出示門票及脫下面具確認身分。也就是說，他得等洪藝星先離開……心煩意亂之下，宜再不自覺地擺出羅丹《沉思者》的姿勢。

——來洗手間就快點上完廁所走人啊……

雖然他來洗手間也不是為了上廁所，但宜再還是嫌棄地朝牆板翻了一個白眼。

如果不趕快回去，李俟瀛會擔心……不，他搖了搖頭。

——他怎麼可能擔心我。

宜再轉念一想，要是太晚回去，一定會被他抱怨。考慮到對方至今的行為模式，說不定還會直接殺進廁所來找人。

李俟瀛有時會自相矛盾，做出讓人無法理解的行為。比如說明明交代宜再低調度日，卻硬拖他來松島；還說什麼約會，根本只是想叫他來跑腿……

「啊！可惡！」

「藝星老師！您還好嗎？」

「啊啊啊啊！」

「……只是作業不太順利，繼續待命吧。」

原本還在想和李俟瀛有關的事，卻被洪藝星突如其來的淒慘哀號打斷。宜再瞪著隔間牆面，凶狠的眼神像是要盯穿牆板。

——媽X，那是人類能發出的聲音嗎？

洪藝星碎碎念時，偶爾會像獐一樣不斷嚎叫。幸好保鑣們已經習以為常，沒有因此破門衝進洗手間。

聽著比獐更像獐的叫聲，宜再又陷入沉思。

照理來說，洪藝星和他打造的裝備是本次匠人展的唯一主角，他現在怎麼會像無處可去的宜再一樣躲在廁所裡？主辦單位肯定有專門為他安排休息室吧？

「嗚啊啊！」

從看到洪藝星在 Inheart 貼雞蛋照片呼喚魔石的那一刻，宜再就知道他是個瘋子了，現在更是深有感悟。宜再焦躁地無聲抖腳，思考到最後，他做出了一個決定。

——既然躲不了，那就乾脆趁機偷蒐集一些情報吧。

雖然他最想做的是揍洪藝星一拳後拔腿就跑，但在目前情況下，他肯定馬上就會被抓到。

所以宜再退而求其次，選擇了第二種方案。他湊近隔板，全神貫注地聆聽隔壁的動靜。

但是那個把自己關在狹窄廁間的傢伙，只會像野獸般不斷嚎叫，根本聽不到半句人話；反倒是洗手間外那些獵人竊竊私語的聲音，清楚地傳入耳中。

「……可是他為什麼要跑進廁所？測試也可以在休息室進行吧。」

「他說休息室沒有那種被關起來的感覺，需要更狹窄的空間。」

「不如打造一個移動型米櫃……」

「米櫃不是這樣用的吧，你是英祖[2]嗎？米櫃請拿來存放穀物就好。」

「可是他說要是操作錯誤，可能會爆炸耶。」

聞言，宜再瞪大雙眼。

隔壁廁間依舊窸窸窣窣忙個不停，聽起來像是在亂按某個東西的按鈕。難道他在操作某個會爆炸的東西？

發現自己坐在炸彈旁邊的宜再臉色一變，這時，另一位獵人也壓低聲音驚慌地開口。

「我們就這樣在外面等真的沒問題嗎？萬一洗手間爆炸的話，那就完蛋了！」

——是啊，快點阻止他，上完廁所就滾出去。難道要放任建築物爆炸嗎？

2 朝鮮王朝英祖（영조），因世子罹患精神疾病，行為失序，曾虐殺宮人、微服出宮等，將其廢為庶人，命其自行了斷。世子多次自縊失敗，英祖改令將其關入米櫃，八日後世子被活活餓死。

宜再在心中附和他的意見，卻只聽到另一人不為所動的回答。

「局長下令，在藝星老師製作裝備以外的時間，只要不是企圖擺脫警備人力，或威脅到自身安全，不管他做什麼都不要管他。」

「他現在這樣不算危害自身安全嗎？」

「他是S級，不管什麼東西爆炸都不會有事吧……而且就算阻止他，他也不會聽。」

「但這可是廁所耶？炸了怎麼辦？」

「那麼有錢的工匠，炸了再重建一間就好。」

或許是已經對這種事習以為常，外面的獵人們態度依然平淡。

獵人都有個通病，那就是只相信自己的力量，嚴重缺乏安全意識，非得等到重大事故發生才會醒悟。

宜再只能更專注地聆聽隔壁的動靜，過了好一段時間，操作著某個東西的洪藝星發出「啊」一聲。喀噠，這次傳來的聲音明顯與之前不同，相當清脆響亮。

「成功了！」

可是……

嗶嗶嗶嗶嗶嗶嗶嗶嗶嗶——！

震耳欲聾的不祥警報聲立刻響起，同時間，隔板的另一端還亮起閃爍的紅光。等候在洗手間門口的獵人迅速行動，宜再聽見了幾人匆匆跑進來的聲音。

——真的會爆炸嗎？

宜再連忙貼上反方向的隔板，腦中快速閃過該不該衝出去的念頭。雖然他自己不至於受傷，但李俟瀛買給他的西裝可能會毀損，他可沒錢賠這套昂貴的衣服！

但那位造成全場恐慌的罪魁禍首洪藝星，卻用輕描淡寫的語氣喃喃自語。

「哎呀，好吵。怎麼會這樣？是我按錯了嗎？」

「藝星老師，您還好嗎？」

原本安靜的洗手間迴盪著不斷尖鳴的警報聲和獵人的腳步聲。隔壁廁間依然紅光閃爍，宜再聽見洪藝星提高音量大喊。

「啊，我沒事！可能是我不小心碰到什麼了，沒什麼大不了的！」

「為了安全起見，請您還是先出來比較好。」

「唉，知道了。」

宜再聽到洪藝星嘀咕著打開門鎖，走出了廁間。看來是拿著機器離開的，因為現在不只隔壁廁間，整間洗手間都閃爍著紅光。

宜再看著刺眼的紅色燈光，悄悄嘆了口氣。

洪藝星的聲音卻依然悠哉。

「啊，真的沒事！這個就是那個啦，上次不是有瘋子偷了其他獵人的票去賣嗎？就是為了抓到那種傢伙，我做了未登錄票券感應器，結果突然開始響了。」

「那個關不掉嗎？」

「對啊，關不掉耶……要把魔石拔掉才行嗎？」

確認洪藝星沒事後，原本緊張的獵人們這才稍微鬆了口氣。

一名獵人開玩笑道：「難道這裡有未登錄的票？」

「怎麼可能，藍字一掃出來就登錄了。」

——……等一下。

宜再猛然抬起頭。藍字？他想起剛才在會展中心入口看到的景象。

工作人員獵人用巴掌大的機器掃描後，黑色門票上浮現出星辰般的藍色光芒，排出了兩個字——

藝星

那臺機器不只能確認票的真偽，還會一併登錄票券嗎？想到這，他的後頸不禁竄上一股涼意。宜再張大嘴巴，急忙打開背包。

洪藝星的裝備是利用覺醒的技能製作而成，因此會依照系統法則運作，系統提供的背包空間當然也一樣。不祥的預感正在一一實現。

剛剛入場時刷過的票都在李俟瀛那裡，宜再背包內的都是未登錄的門票。也就是說現在那臺機器一定是感應到他背包內的黑色門票，才會發出警報聲。

——感應的性能未免也太好了吧……

這種製作實力未免太誇張了。宜再實在不想透過這種方式體認到洪藝星的名不虛傳。

——有空做那種東西，不如多做件裝備。

當宜再又一次隔著門怒視洪藝星時……

「……等等。」某個獵人倏然壓低音量，「……隔壁間好像有人，我看門是關著的……」

「咦？但我沒有感覺到有人在耶？」

「應該是放打掃用具的，門才會關上吧。」

「但放打掃用具的門會從裡面鎖上嗎？」

宜再站在選擇的十字路口：相信無聲步伐的能力，賭他們不會發現；或是乾脆直接出去，假裝自己是什麼都不懂的普通人。

他聽到某個獵人正在靠近，只好心一橫閉上雙眼，裝出山羊般的顫音。

「裡、裡面有人……」

方才略顯鬆懈的氣氛立刻再次繃緊，其中一名獵人語氣冷硬地開口。

「……抱歉，可以請你出來一下嗎？」

宜再腦中閃過在解酒湯店看過的那些殭屍，回憶他們歷經滄桑不成人形的造型。於是馬上拉鬆繫得端正的領帶，解開一顆襯衫釦子，打開扣得整整齊齊的西裝外套，完美詮釋了疲憊透頂的社畜模樣。

宜再調整脖子上掛的識別證，讓人能第一眼看見，而後踏著和崔高耀一樣踉蹌的步伐，打開門走出去。

其實為了因應可能發生的突發狀況，宜再事先準備了幾個演出的人設範本。這次要使用的人設如下：

歷經千辛萬苦才進入波濤公會祕書組的新進員工，因為和公會長李俟瀛單獨出差無比緊張，於是來到洗手間嘔吐。

「……」

「……」

警報聲嗶嗶作響，紅色燈光不斷閃爍。此時，從洗手間最裡面的廁間，無聲無息鑽出一名身穿西裝、頭戴防毒面具的人。從他瑟瑟發抖的雙腿與手臂看來，身體狀態似乎不太好。

實際目睹活像「醬油醃螃蟹馬卡龍餃子」這種亂七八糟拼盤的人類，現場的獵人紛紛露出一言難盡的表情。

戴著防毒面具的人握著廁間的門把，語氣顫抖地低聲開口。

「抱、抱歉。那個……因為我太緊張了……」

「請問你的所屬單位是……」

「波、波濤公會祕書組……」

「波濤公會嗎？」

「是的，我陪同李俟瀛公會長來匠人展……嗚嘔。」

宜再抓住防毒面具濾毒罐的部分乾嘔起來。

如果是波濤公會李俟瀛的貼身祕書……確實會很緊張。獵人的眼神從警惕轉為憐憫，總覺得對方脖子上的波濤公會識別證看起來莫名淒涼。

就在此時，宜再感受到有人無聲息地逼近，那股氣息既熟悉又令人不安。

下一秒，一道漆黑身影猛然推開了洗手間大門。

隨之而來的，是一聲低沉的譏諷。

「看來，你們這些保鑣感情還挺不錯……」

剛才集中在宜再身上的目光瞬間轉向。李俟瀛雙手插在口袋，連看都不看其他人一眼，徑直走向宜再。

「居然手牽手一起上廁所。」

噠，黑色長靴駐足在車宜再面前。在閃爍的紅色燈光中，警報聲還在刺耳作響，充滿威嚇感的影子慢慢籠罩在宜再身上。

俟瀛微微歪頭，「祕書，你的心理準備做好了嗎？」

宜再第一次如此高興聽到他挖苦人的語氣。

「……」

李俟瀛的存在感太過強烈，令人不安的警報聲立刻變成他的出場配樂。至於那位戴著防毒面具從洗手間爬出來的祕書，已經被他的氣場完全淹沒。

一直低著頭的宜再盯著那雙擦得發亮的靴頭，用旁人聽不到的音量嘆了口氣。

——那麼吵，他不來才奇怪。

老實說，他就是在賭李俟瀛會來洗手間。因為他對李俟瀛已有了這種程度的信任，只要這裡出現騷動，李俟瀛就一定會出現。假如李俟瀛沒有來的話，他還是會想辦法靠演技解決就是了。

宜再默默站到會被俟瀛擋住的位置，繼續用顫抖的語氣說話。

「對、對不起，公會長。」

「……」

俟瀛緩緩眨眼，似乎還沒弄清楚現場狀況，眼神中帶有一點訝異。

宜再在俟瀛背後那些獵人看不到的地方，用手指戳了戳他的腹部，示意他配合自己的演出。

然而指尖的觸感比起戳到東西，更像是撞到東西。

——怎麼那麼結實，是石頭嗎？

兩人因為不同的原因而睜大雙眼，看著彼此。一邊是疑惑「人類的肚子怎麼會如此堅硬」，另一邊則是「除了怪物以外，你是第一個戳我肚子的人」。

感覺俟瀛又要歪頭了，宜再迅速恢復鎮定，一邊向他使眼色一邊繼續表演。

「我有吃了清、清心丸，現在好多了！因為這是第一次，所以我有點緊張……」

「……哈。」

李俟瀛的回應聽不出來是在笑，還是在嘆氣。只見他微微瞇起眼睛，上下打量宜再。雖然眼神似乎在自己鬆開的領帶上頓了頓，但對方很快就移開目光，宜再也不太確定。

「好……」俟瀛拉長語尾，游刃有餘地交叉雙臂。「希望你可以好好表現，不要讓我後悔帶你來。」

——很好。

幸好李俟瀛也有演戲的天分，任何人聽了都會覺得他是個無良上司！宜再立刻接棒，低頭回答。

「遵命！我會好好努力！」

「不能只有努力，要好好表現。」

面對李俟瀛突如其來的一刀，宜再處變不驚，聲音顫抖地附和。

「我會努力好好表現！」

或許是錯過了插嘴的時機，其他獵人一片安靜。但越過俟瀛的寬肩，宜再瞄到他們的眼神就像看在連續劇那樣津津有味。

李俟瀛抱著手臂，指尖輕敲自己的手臂。

「祕書，你進公會多久了？」

「一個月了。」

「啊，一個月。」

「是的。」

「都一個月了還是這副德性……今天應該不會出錯吧？」

「啊，不會的。」

「身為祕書，應該要專注在我身上。怎麼能因為本人狀態有點不好就……」

這傢伙是怎麼回事？宜再心中燃起一股怒火，瞪著李俟瀛。李俟瀛正在展現宜再沒有拜託他的，如火花般激烈的逼真演技。

雖然託他的福，如今任誰看宜再都是「歷經千辛萬苦才進入波濤公會祕書組，然而與公會長李俟瀛單獨出差太過緊張，於是到洗手間嘔吐的新進員工」……

這人原本就善於擾亂人心。精心設計的每一句臺詞，都宛如藝術作品，甚至狠狠插進並非祕書的宜再內心深處！

——這演技未免也太逼真了吧？他本來就是這種人嗎？

宜再咬牙回答：「我……會好好表現的，真的很抱歉。」

「嗯，以後心理準備也要提早做好。如果你每次都這樣，我難道要一直等你？」

——真是個愛記仇的傢伙。

兩人再次對視，俟瀛瞇起眼睛並笑了笑。下一瞬，笑意就如同被海浪捲走般消失得無影無蹤。他鬆開交叉的雙臂，抬了抬下巴示意洗手間大門。

「走了。」

「啊，好，是的。」

俟瀛一轉身，原本興致昂然看著兩人對話的其他獵人再次面露緊張，只有洪藝星活潑地舉起雙手。

「李俟瀛！我現在可以打招呼了嗎？」

親眼見到洪藝星後，宜再發現他其實長得挺端正的。只是那雙圓圓的大眼裡閃著一種詭異的亮光，太過乾淨清澈，甚至顯得……有點瘋狂。

俟瀛也點頭問候，看來兩人關係不錯。

「我還想說為什麼這麼吵……」

他垂眸看向洪藝星手上的機器。洗手間仍然像肉鋪一樣，一下被染成紅色，一下又變回白色，不斷反覆。

「好吵，沒辦法關掉嗎？」

「我也不知道。我好不容易啟動這臺機器，但它響個不停，不知道是不是我誤觸到什麼了。」

「那臺是什麼東西？」

「未登錄票券感應機！」

洪藝星像是在炫耀，驕傲地挺起胸膛。

「這個特級道具能夠偵測到藏在系統背包內的未登錄票券，是我的力作。」

「嗯……」默默看著機器的俟瀛像是在自言自語，「它一直響……就代表有人持有未登錄門票吧？」

「理論上是這樣……」藝星馬上悶悶不樂地抱怨，「這是我花了三小時趕出來的，所以不確定是真的有未登錄票券，還是操作錯誤。畢竟現場的人都完成登錄了，你和你的祕書應該也有完成吧？」

「有。」

聽著兩人的對話，一旁的一名保鑣突然問道：「可以出示一下兩位的票嗎？」

「……」

「不好意思，只是稍微確認一下……」

俟瀛沒多說什麼，直接從背包拿出兩張門票讓對方檢查。票面上浮現著藍字，確認之後，獵人低頭示意。

「感謝您的配合。」

「可惡，看來是我設定值輸入錯了？怎麼認證過的票也會有反應啊……」

「……」

一旁目睹這一切的宜再默默咬唇。要不是李俟瀛出現得正是時候，事情一定會變得相當棘手。說不定還必須對在場所有獵人進行物理記憶消除術……

幸好李俟瀛ZONE在解酒湯店以外的地方依然屢戰屢勝，所以宜再不需要動用那招。

把票放回背包的俟瀛喃喃低語。

「如果把那臺機器的技術再延伸一下……應該能掃描別人背包的所有內容物吧。」

這種邪惡的想法，絲毫沒有考慮到會侵犯到他人隱私。

連洪藝星也捂住嘴小聲說：「好邪惡的想法……」

「我就當作你在稱讚我。」

「嗯……你的想法很有趣，但這不可能，這臺機器的機制……該怎麼說比較好懂？啊，會追蹤我製作的道具裡的晶片。」

「只能用於你製作的道具嗎？」

「就是那樣。」

洪藝星一邊附和，一邊用一把末端彎曲的小刀，將紅色魔石從感應機中剝離。原本震耳欲聾的警報聲終於安靜下來，不斷閃爍的紅光也隨即消失不見。

藝星嘆了口氣，將工具塞回口袋，又抓了抓蓬鬆的頭髮。

「如果要用在進入會場的所有人身上，需要再修改一下，還得仔細測試。」

——他說什麼？

怎麼總是剛過完一關，又冒出新麻煩。

把玩著魔石的洪藝星，眼神清澈地朝他們揮了揮手。

「等我修好這個就會進去，我們會場見吧。還有，你不要太欺負下屬了！」

「什麼欺負？」俟瀛低沉的嗓音帶著笑意，「我是在照顧他……」

其他獵人不僅不懷疑跟在大防毒面具後面的小防毒面具，甚至用憐憫的眼神看著他。其一位還比出加油的手勢，為宜再打氣。

看來宜再的出色演技和李俟瀛半真半假的逼真表演大獲成功了。

遠離洗手間，只剩兩人獨處時，俟瀛語氣不悅地嘀咕。

「為什麼你周圍總是會招來一堆人……」

宜再也非常想問這個問題。他乾咳幾聲，戳了戳俟瀛的背。

「……李俟瀛公會長？」

「……」

「我們稍微談談吧？」

因為情勢急如星火，宜再沒有等俟瀛回答，快速確認四周無人後，便抓著他的手臂硬是拉走。

李俟瀛沒有反抗，任由宜再拉著自己。隨後，他們來到一處毫無人煙、堆滿雜物的角落。

「呼……」

車宜再大大吐了口氣，接著把防毒面具摘下，露出泛紅的臉頰和亂糟糟的頭髮。但他沒去整理，反倒一把將俟瀛推到牆邊，兩手撐在防毒面具的兩側。

「李俟瀛公會長。」

「嗯。」

「我們之間……不該有謊言，對吧？因為我們是締結契約的關係。」

「前言還真長。」

雖然被困在宜再的雙臂之間，俟瀛仍然一副游刃有餘的樣子。他凝視著宜再的臉，緩緩抬手，裹著手套的指尖輕輕碰觸眼前凌亂的髮絲，像是在把玩般撥弄。

「我們什麼時候這麼推心置腹、親密無間了……？」

「喔，從現在起。」

「呵，從現在起？」

「對。在出事之前，我想向你坦白一件事。」

「……」俟瀛歪頭，示意他繼續說下去。

宜再深吸一口氣，然後看著俟瀛的眼睛說道：「我身上……有未登錄的黑色門票。」

「……」

「……兩張。」

沉重的沉默填滿兩人間的狹窄空間，宜再毫不退縮地直視那雙幽深紫眸。過了好一段時間，俟瀛才終於開口。

「嗯，我現在終於能明白了。」

「……」

「為什麼我什麼都還沒說，哥就先叫了我的名字……」

撥弄著髮絲的皮革手套向下滑落，撫過宜再的後頸，順著襯衫領口緩緩向下，像蛇一樣纏住他鬆垮的領帶。俟瀛輕輕一拉，將他整個人拽向自己。雖然宜再可以抵抗他的力道，可以拍掉他的手……

——嘖，這次我認輸。

乖乖被拉過去的宜再，視線自然地抬起，俟瀛身上依舊帶著那股淺淡甜味。

「這就表示，你遇上了什麼麻煩吧。」

戴著手套的手緩緩解開領帶，一把握住。俟瀛微微低頭，防毒面具的濾毒罐貼上宜再的額頭。

他不滿地低聲問道：「那兩張票……又是哪個傢伙給你的？」

——沒想到……他的反應會那麼大。

宜再有點不知所措。對方的低語相當輕柔，散發出的氣勢卻足以讓皮膚刺痛。車宜再悄悄轉動視線，不知道會不會有人被這股異常氣息吸引過來。但還沒看清楚周圍，一道語氣親切、內容卻不太和善的聲音便低低響起。

「眼睛不要亂看。」

「喂，你說話很沒禮貌。」

下意識發揮倚老賣老天性的宜再，說出口才猛然意識到不妙，連忙看一眼俟瀛的表情，卻對上了那雙毫無光芒的紫眸。

——這小子……該不會真的瘋了？

他感覺背脊一陣發涼。紫色眼眸一瞬也不瞬，只是靜靜地凝視著宜再。

「啟用特性：撲克臉（B）。」

——媽X。

搞什麼？到底是哪個地方惹到他了？他本來就對什麼都看不順眼，所以宜再也摸不著頭緒。雖然宜再知道自己有事隱瞞他結果又出包，他肯定會不爽，但以為頂多是……

——真有本事。

——你不是想要安靜生活嗎？

……之類的冷嘲熱諷，沒想到他會氣成這樣。

宜再腦袋快速運轉的時候，領帶被拉得更緊了一些。俟瀛催促的語氣很柔和。

「嗯？所以是哪個傢伙給你的？」

宜再搞不懂他為什麼那麼不爽，但為了和平解決問題，他沉著地冷靜回應。

「比起這個，更重要的是之後的事吧？要是被那臺機器發現那些票，事情會變得很麻煩。」

「會覺得麻煩的人是哥，不是我。」

「你在說什麼？我們可是命運共同體耶。」

「命運共同體？」俟瀛嗤笑一聲，「連給你票的人是誰都不肯講，說得真好聽……」

——這傢伙真的很彆扭耶。

從李俟瀛身上聞到的甜味，說不定就是麻花捲上頭撒的糖粉。宜再在人形麻花捲李俟瀛面前，不動聲色地咬緊牙關，幸好自己有撲克臉特性。現在到底該不該老實說門票是南宇鎮給他的？

——……不行。

本能發出了強烈警訊，而這種直覺過去救了宜再不只一次。要是在這裡提到南宇鎮的名字，一切就完蛋了。

俟瀛歪著頭俯視宜再，「你不想說嗎？」

「嗯，俟瀛啊。」

「喔……那我又要猜猜看了。把頭抬起來。」

「你是在無視我嗎？」

「你先聽我說，有件事祕書你必須知道。」

俟瀛的指尖輕輕頂著宜再的下巴，宜再順勢抬起頭，兩人四目相交。俟瀛將宜再解開的襯衫釦子扣好，輕輕豎起他的衣領，然後說道。

「匠人展的門票在上榜獵人頻道釋出的數量有限。一號頻道沒賣完的才會釋出給二號頻道，依此類推，售完為止……給外國人的票則另外保留數量。」

原來販售方式是這樣。要是宜再在番茄市場上架出售，或是問解酒湯店獵人常客要不要買，事情就大條了。幸好他有在魔石事件上學到教訓。

「也就是說，哪個上榜獵人有買、買了幾張，全都公開透明。」

黑色皮革手套將領帶環繞在襯衫領子底部，手指動了幾下，套了個結。

「我這次買了四張。裴沅雨的、公會成員的、我的……」

領帶一緊，宜再差點以為俟瀛要勒死自己，幸好他在適當的位置便停下了。

俟瀛翻好他的襯衫衣領，低聲道：「還有哥的。」

黑色皮革手套撫平被弄亂的西裝外套，重新替他扣好，這才放開他。

如今宜再的西裝整齊筆挺，看不出來剛才還是一副衣衫不整的樣子。

「其他人都只買了一張給自己，但是……」

就在這一刻，宜再意識到自己忽略了兩個關鍵事實。

「南宇鎮買了兩張。」

第一、李俟瀛非常聰明。

「我還想說整天泡在圖書館的人……怎麼會來匠人展。」

「……」

「哥，你喜歡打賭嗎？」

第二、李俟瀛……

「要不要和我打賭？南宇鎮會來這裡，還是不會。」

他非常執著。宜再收回撐在俟瀛腦袋兩側的手，輕輕嘆了口氣，把頭髮往後一撥。

「你……既然已經確定了，還問什麼？」

「呵……」壓低的聲音聽起來更加森冷了，「看來你和南宇鎮聊過什麼。」

「沒有，那個和這個是兩件事。」

「哪裡不一樣？」

要告訴李俟瀛，其實自己有聽過他的往事嗎？不，現在說出來只會造成反效果。宜再決定巧妙地只提其中一小部分。

「是你和南宇鎮說取得毒品的人是我，對吧？他說因為樣本對研究很有幫助，所以送我這個當作謝禮。」

「……」

「原本想說對我沒有用，想要處理掉。但用火燒不掉，也不能丟到其他地方，我就把票帶在身上了。要是我知道洪藝星會搞出這種事，我就放在解酒湯店了。」

聽完宜再的解釋，李俟瀛依舊歪著頭。

雖然銳利的氣勢比剛才緩和了一些，但頭還是歪向一邊，他以為自己是什麼比薩斜塔嗎？

宜再突然伸手抓住俟瀛的防毒面具，俟瀛也迅速用雙手將防毒面具按在臉上。前一秒還針鋒相對的氛圍瞬間消失殆盡，兩人抓著防毒面具開始較勁。

俟瀛將宜再抓住防毒面具的手指一根根掰開，低聲開口。

「你現在這樣，是因為無話可說了吧？」

「無話可說的人是你吧？乖乖別動。」

「放手，我要走了。」

「俟瀛，脫掉面具。」

「我不要。」

「脫掉，快點。」

「我說我不要。」俟瀛的語氣明顯透著不耐，「你本來打算和南宇鎮那傢伙一起來，對吧？」

「不，從一開始我就沒打算要來，是因為你威脅我，我才來的。」

「威脅？呵。」李俟瀛再次冷笑，「會把價值幾十億的約會邀請當作威脅的人，應該只有哥了。」

「是你說如果我不去松島，就要同歸於盡，這不是威脅是什麼？還有，我原本打算把南宇鎮給我的票拿去番茄市場賣！」

「媽X，那個應用程式你還沒刪？」

「我早就刪掉了，臭小子！當時一收到上百則訊息，我就馬上刪除會員帳號和應用程式了！」

大吐苦水的宜再瞬間僵住。

這裡是松島，按照李俟瀛所說的售票方式……來匠人展的1號頻道獵人，可能比宜再預想的還要多。

這時，他想起自己現在的身分是波濤公會的祕書。而這個身分根本無法應對突發狀況，因為普通人祕書不可能對上榜獵人使出記憶刪除術！

剛剛在洗手間能蒙混過關，是因為俟瀛配合他演了一場，但這人現在明顯心情很差。如果俟瀛選擇裝作不認識他，甚至在別人面前落井下石，他也毫無辦法。

根據過往經驗，這傢伙真的很愛記仇。

在四面楚歌，處處都是地雷的松島，李俟瀛的幫助是不可或缺的。如果想要得到他的幫助，就必須開解像麻花捲一樣彆扭的李俟瀛。

——得先哄他。

但要怎麼做？宜再從以前就不擅長哄人或是討好別人。雖然也有和朋友吵過架，但後來好像都有順利和好。不過那都是裂隙之日前的事了，時間太過久遠，細節他已經想不起來了。

以J的身分活動時，都是對方先低聲下氣，他從來不需要去討好誰，反正大部分的衝突都能靠拳頭解決。因此對現在的宜再來說，這是一大挑戰。說起來，他就只哄過那個少年和荷恩……

——荷恩？

宜再的腦中亮起一顆電燈泡。對啊，用哄荷恩的方式哄他就可以了！而且李俟瀛的脾氣還沒有荷恩那麼情緒化。想到這，宜再就覺得看到了一絲希望。

宜再清了清喉嚨，先鬆開抓著防毒面具的手。雖然俟瀛還是懷疑地瞪著他，但現啟用撲克臉特性的宜再，幾乎是無敵狀態。他小心翼翼地抓住俟瀛的手臂。

「俟瀛。」

「幹嘛？」俟瀛回答得很冷淡，還用不爽的語氣說道，「你還有什麼事沒告訴我？」

——這種時候怎麼還這麼敏銳啊……

幸好李俟瀛雖然語氣挖苦，但沒有拍掉宜再的手。宜再輕拍他結實的手臂，並理直氣壯地提出要求。

「脫掉防毒面具。」

對話的第一步：看著對方的眼睛說話。這是宜再哄荷恩時開發出的必殺技，可惜俟瀛的態度依然堅決。

「我不要。」

「我想看著你的臉說話，拿下來吧。」

「為什麼要看著我的臉？」

「我可以說實話嗎？」

「……」

「其實我也有一點生氣，所以覺得應該看著彼此的臉說話。」

「……呵。」

俟瀛瞇起眼睛，冷笑中帶著嘲諷，完全不打算妥協。宜再緊閉雙眼。

——從第一階段就搞砸了。

宜再犯了一個失誤，那就是他忘記誠實並非總是好事的教訓，導致一切又回到了原點。但這也沒辦法，不管做什麼事，本來就無法一步登天。既然如此，只能使用原本不想對李俟瀛使用的……最後手段了。

宜再以迅雷不及掩耳的速度張開雙臂，將俟瀛拉進懷裡。

「……！」

被緊緊環抱的結實身體瞬間僵住，像是被凍結般一動也不動。宜再將下巴靠在俟瀛的肩膀上，甜甜的氣息讓鼻頭一陣發癢，他咬牙忍住，幸好這傢伙沒有掙扎。其實宜再也全身發麻，只是現在必須努力忍耐。

宜再顫抖著手，握緊再鬆開，接著開始拍撫他寬闊的背。

「……好啦，是哥對不起你。」

最終手段就是無條件道歉。

豪邁地一把將李俟瀛擁入懷裡，感覺意外地好。本來還以為會馬上被推開，結果竟然沒有，總覺得還不錯。但問題是，不只俟瀛全身僵硬，連宜再也一樣緊繃，兩人就像兩根結實的原木緊緊貼在一起。

而且，李俟瀛的體溫比正常人還低，冷得就像死人。那一瞬間，宜再後頸竄上一股寒意。他咬住唇，只覺得口乾舌燥，胸口發緊。

——……不，李俟瀛還活著。

宜再抱住對方的手不知不覺更加用力，全心專注在他頸側跳動的脈搏上。

撲通、撲通……心跳聲越來越快，宜再閉上眼，仔細去感受。

每當他輕拍並撫過李俟瀛的背脊，那不自覺收縮的結實肌肉、偶爾傳來的沉重呼吸、甜膩的香氣，以及漸漸被宜再體溫染上溫度的蒼白肌膚，皆是他還活著的證明。

就在他把頭靠過去，想捕捉那生機勃勃的跳動聲時……

砰！

強勁的力道猛然推開他的右肩。踉蹌退了一步的宜再瞪大雙眼，李俟瀛則維持兩臂前伸的姿勢一動也不動，皮革包裹的指尖微微蜷縮。

兩人隔著剛剛推開的距離注視著彼此。紫色眼眸睜得有點大，推人的人反而更慌張，讓宜再不禁開始思考。

——是我抱太久了嗎？

被俟瀛推開的肩膀隱隱作痛。大部分的攻擊都不會在他身上留下傷痕，所以已經很久沒有感受過這種疼痛感。宜再默默用手掌按揉肩膀，李俟瀛的眼神則是緊跟著他的一舉一動。

如果被推的人不是車宜再，大概早就飛走，埋進後方的雜物堆裡了。說不定肩膀還會骨折。是不是該提醒他，推人的時後要注意力道？還是裝作很痛的樣子？

但一看到俟瀛的神情，宜再就不敢輕舉妄動了。

他看起來有點……焦急不安。

「……」

李俟瀛還是保持著推人的姿勢，緊緊盯著車宜再。這讓宜再無法確定，自己好不容易使出的最後手段是否有效。

不過現在比起教訓他或逗他，最重要的還是讓李俟瀛放鬆心情。反正宜再也沒有真的埋進雜物堆，不用和他計較。

做出正面的結論和判斷後，宜再若無其事地拍了拍他的肩膀。

「心情有比較好一點了嗎？」

俟瀛的肩膀輕輕一顫。片刻後，他握緊拳頭，表情凶狠地諷刺。

「哥缺乏學習能力嗎？」

——我都不想計較了，這小子為什麼突然攻擊別人的智商啊？

聞言，原本從容微笑的宜再，立刻緊皺眉頭。

「喂，這關學習能力什麼事？」

「吐血對你來說是久到想不起來的事嗎……」

「血？」

宜再皺眉思考了一下，接著啊了一聲。俟瀛是在說上次締約時他吐血的事。

反正「巴西利斯克之毒」特性已經在他體內產生了抗性，現在俟瀛的毒不會再對宜再造成任何威脅。但問題是……

俟瀛沒有縮短兩人之間的距離，繼續挖苦宜再。

「要是你在這裡吐血，該怎麼收拾？」

「……」

「幹嘛，難道連收拾也要叫我負責？」

「……」

「喝解毒劑也沒用……」

「不是，俟瀛。」

宜再下意識開口，卻又緊緊閉上嘴。雖然俟瀛已經知道宜再隱藏了力量，但還是不能告訴他自己有解毒特性的事。

——聽起來就超級可疑。

居然有特性能夠立刻解掉S級的毒，還能產生抗性？就算是隱藏獵人，有這種能力還是太可疑了。

「……」

兩人迎來了短暫的沉默。俟瀛不再挖苦宜再，而是緊閉雙唇，看著他。

這也情有可原，畢竟當時俟瀛餵了宜再解毒劑，卻還是抵擋不了毒性，宜再差點在他面前一命嗚呼，會被嚇到也很正常。而且他應該很捨不得使用甘露水……所以才會一直耿耿於懷。宜再聳了聳肩。

「不……真的沒關係，你的毒已經不會對我造成危險了。」

聽到宜再說出事實，俟瀛反而看起來更不開心了。

將手插入口袋的俟瀛用低沉的嗓音回話。

「呵……之前是誰吐血吐成那樣？」

「我現在不會了，真的沒關係。」

「我可不打算在這裡幫你辦喪事。」

宜再雖然想再反駁他，但感覺俟瀛也聽不進去，索性不再發話。

俟瀛一語不發，手上握著兩人已經完成登錄的票。

他一次撕掉兩張票的一小角，四周的景象就像被打翻的水彩般，開始混亂地扭曲、往下沉降，接著凝聚成全新的景色。原本堆著亂七八糟雜物的地方，突然出現一張長沙發和茶几；布滿灰塵的昏暗角落則變成乾淨的牆壁及明亮的燈光。

短短幾秒之內，他們已經身在一間寬敞的休息室裡。潔白牆面上浮現黑字。

《匠人展參觀者~~隔離室~~休息室》

由洪藝星親手打造的休息室。

每間休息室皆須使用認證過的票券進入。

在匠人展開始前，請於各休息室耐心等候。

若是離開休息室進而造成問題，將依據覺醒者特別法進行懲處。

判斷可能會產生糾紛時，請躲至個人休息室，並聯絡覺醒者管理局^^

——為什麼在「隔離室」上畫了刪除線？

宜再疑惑地看著牆上的字，然後開始觀察突然出現的休息室內部。對此已經習以為常的俟瀛大致看了一下環境後，指向沙發。

「坐吧。」

「這裡是什麼地方？」

「上面不是有寫嗎，休息室。」

看到宜再依舊一頭霧水的樣子，俟瀛繼續補充。

「上次匠人展的時候，場地差一點就倒了。」

「為什麼？」

「因為有個沒教養的傢伙。」

宜再腦中浮現鄭彬在頻道上的一大串留言。難道那些注意事項，都是根據真實經驗所制訂的？上屆匠人展到底有多混亂？

而口頭上說是約會，實際上架著他來這種地方的李俟瀛，目的究竟為何？

俟瀛看起來完全不在乎自己造成的困惑，語氣不以為然。

「所以這次為了把大家區隔開來……特地弄出這種地方。還以為是倉鼠籠子呢。」

如果照他說的，上次因為讓好幾隻超級獵人倉鼠待在同個籠子裡，導致差點弄垮建築物，搞砸匠人展，那麼這次應該是特意制定了分籠規定。

不會遇到其他人固然是好事，但要和麻花捲李俟瀛單獨待在這裡，宜再也不太開心。

表情依然困惑的宜再坐到沙發上。俟瀛交叉雙臂看著他，而後突然開口。

「襯衫。」

「什麼？」

「脫掉。」

俟瀛用下巴指向宜再的肩膀，看來是想要檢查被他推了一把的肩膀。

雖然時不時有點刺痛，但這種程度的傷，過陣子就會自己復原了。宜再不想脫衣服，所以大幅度揮動手臂，證明自己沒事。

「不會很痛啦。」

俟瀛用令人不寒而慄的語氣低聲道：「建議你快點脫，不然我幫你脫……」

宜再下意識抓緊西裝外套。

「喂，你自己剛才也沒有脫防毒面具。」

「這兩件事能夠相提並論嗎？」

「哪裡不一樣？我都說沒事了，你為什麼不相信？」

「誰會相信？」

俟瀛語帶諷刺，眼神牢牢固定在宜再的肩膀上。

這時宜再突然發問：「你現在是在擔心我嗎？」

「……」

俟瀛向前踏出一步。黑色皮革手套扶著沙發椅背。他俯視坐在沙發上的宜再，停頓片刻才回答。

「……怎麼可能。」

「……」

不久後，俟瀛鬆開椅背，掏出手機，像是在聯絡某個人，然後轉身走向門口。

「……在這裡睡一下吧。不要亂跑引人注目。」

嘰咿——砰，門被關上了。

宜再盯了好幾分鐘，但門絲毫沒有再打開的跡象。

他這才深深嘆了口氣，癱倒在沙發上。或許因為剛才不自覺感到緊張，現在全身發軟。被獨自留下的宜再默默抬頭看著天花板。

雖然休息室內一片寂靜，但他並沒有覺得不自在。也許是因為知道這個空間內不會有任何威脅，宜再久違地感受到一股平靜。

這陣子沒能好好思考的疑問突然浮出水面。

——李俟瀛為什麼……不好奇我的事？

以前大家都會以「為了更加妥善運用他的能力」為名，追問他有關能力的各種問題，像是他的力量能做什麼、極限在哪等等……努力探究一切關於他的情報。

但李俟瀛從沒問過，也不打算利用他。明明他應該看得出來兩人的實力旗鼓相當。

宜再翻過身，枕著手臂側躺。

——通常在締約前，不是都會先調查對方的底細嗎？

詢問對方有什麼技能和特性是基本中的基本，但李俟瀛根本沒有這麼做，就好像他需要的只是宜再的存在本身。

宜再張開右手，默默端詳掌心。那道契約留下的金鍊隱隱約約閃爍著，他故意將手握緊後打開，金鍊依舊閃閃發光。一旦開始思考，各種想法就會不斷湧出。

——難道他知道我是J……

不，這不可能。要是李俟瀛知道，應該會以幫他保密為代價，要求宜再做一些事。但李俟瀛什麼都沒問，只要求宜再不能背叛他。

——為什麼？

離開裂隙後，車宜再就只想過普通的生活，那種安靜、平和，與怪物和裂隙都無關的普通日常。他為了這個目標努力生活，但這種日常比想像中更加忙碌，所以這幾個月以來，他根本無暇思考其他事。

直到某天，李俟瀛就這樣闖入他精心建構的日常生活。他現在才察覺，李俟瀛已經在他低調的生活中占有一席之地，宛如他生命中的一部分。

不知不覺間，車宜再的日常充滿了李俟瀛的身影。宜再反覆思索這份領悟。

另一頭，漆黑人影靜靜佇立在撕掉門票前身處的地方。後方的角落堆著雜物，剛才是兩人站在這裡，現在只剩他獨自一人。他的目光跟隨著飄浮在空中的塵埃移動，接著轉向牆壁。

「……好啦，是哥對不起你。」

環繞住自己的結實手臂、觸碰到全身的體溫、不斷上下掃過後背的手、靜靜跳動的脈搏，以及輕輕貼在頸間的柔順髮絲。

俟瀛咬緊牙關。此時，角落響起若有似無的低語。

「公會長。」

一顆圓滾滾的腦袋悄悄從李俟瀛的影子裡冒出來——是理論上正在國外出差的渺小的奇蹟敏奇蹟。當然，他只是假裝出國，前腳才踩上飛機，下一秒就馬上潛入覺醒者管理局了。

西裝筆挺的他從影子裡爬出來，雙腳著地後立刻後退一步。

「因為處理一些事而來晚了，抱歉。」

「說吧。」

「是，這個先給您。」

李俟瀛接下敏奇蹟遞來的平板電腦。一打開螢幕，便看到上面用大大的紅色宮書體寫著：

［**J追蹤報告**］

俟瀛目不轉睛地看著螢幕，站在他面前的敏奇蹟清了清喉嚨。

「那我開始進行報告。」

敏奇蹟沒有看任何筆記，便流暢地簡述。

「首先，研究團隊重新檢視了測量儀在西海裂隙周圍海岸測量到的數據資料。整體數值幾乎沒有明顯變化，圖表上也沒有出現裂隙開啟時那種明顯的突升現象。」

「……」

「不過，大約半年前，有某一天的測量數值特別低。」

「特別低？」

平板滑到下一個畫面，便出現記錄了該數值的圖表。在等高的長條柱之間，有一條明顯低陷。

「是的。如您所知，數值越高就代表該地點越可能出現裂隙，但這是第一次出現數值低於正常值的情況……我詢問過測量儀開發者，他也不知道原因。」

「也就是說，以前不曾發生過這種事。」

「是的，沒錯。」

下一個畫面是戴著黑色面具的J的證件照。那並不是低畫質影片截圖，而是官方僅存的正式照片。俟瀛裹著黑色皮革的指尖輕輕撫過面具，一邊聽著敏奇蹟的報告，滑到下一頁。

西海裂隙，再未開啟。

關於重新打開已封閉裂隙的研究，尚無進展。

未發現任何疑似J的覺醒者。

簡單來說，全是否定的答案。一想到這，滑到下一頁的動作變得有點粗魯。

報告中提到，覺醒者管理局已成立J追蹤小組。

「聽說覺管局追蹤小組的負責人是圭圭。」俟瀛喃喃道。

敏奇蹟輕輕點頭。

「啊，是的，沒錯。」

「聽說咸碩晶局長委託圭圭辦事，所以我調查了一下，發現排行榜更新的一週後，他就祕密入境韓國了。」

圭圭，大韓民國排行第五，本名潘圭敏。雖然是S級覺醒者，但不隸屬於任何組織，以自由工作者自居，走遍全世界。政府使出各種手段將S級覺醒者留在本國是再自然不過的事，但潘圭敏就像泥鰍一樣，善於脫逃。

他會回韓國只有兩種原因——委託人或委託目標在韓國，不然就是時值春節連假。潘圭敏似乎是想證明自己是韓國人，每年過年都會為了吃年糕湯而入境。

敏奇蹟迅速接著說下去。

「圭圭出完獵人考試的考題後也沒有出境，目前仍待在韓國。」

俟瀛用手指輕敲平板電腦的螢幕，「獵人考試滿分者是誰？」

「那個……如您所知。」

敏奇蹟的回答有點含糊不清。他滑到下一個畫面，上面有兩張證件照並排在一起。

獵人考試合格率本來就很低，更不用說拿到滿分有多困難，儘管如此，每次還是會有五人左右拿到滿分。但是這次考試只有兩人拿到滿分，分別是D級覺醒者車宜再，以及C級覺醒者柳韓白。

侯瀛直直看著宜再的證件照，那張臉在照片裡看起來特別固執。

他歪著頭詢問：「車宜再的紀錄呢？」

「我已經照您吩咐，偽造他這八年的生活紀錄。就算其他人對他進行背景調查，也不會發現什麼特殊事項。而且他也有很好的藉口，像是……從解酒湯店的獵人常客那邊聽到各種資訊。」

「……。」

除非是經常出入地下城和裂隙的現職獵人，否則很難答對這次獵人考試的題目。那些把特別法背得滾瓜爛熟的考生都落榜了，車宜再卻能順利通過考試……

侯瀛用低沉的聲音下達指示。

「繼續散播假消息，不要讓覺管局察覺。」

「當然沒問題。」

敏奇蹟短暫沉默後，再次將手背在身後，小心翼翼地呼喚侯瀛。

「公會長，我可以問您一件事嗎？」

「嗯。」

「……是我想的那樣嗎？」

「……。」

李侯瀛的命令通常都有明確目的。像是為了折磨其他人，或是為了波濤公會的利益，因此之前徐敏基都能毫無疑惑地執行命令。

然而自從J出現在排行榜上後，俟瀛的指示開始變得難以捉摸。

排名更新後，敏奇蹟收到的第一項任務是追蹤J的下落。當時他沒有起疑，畢竟尋找國家英雄J是再正常不過的事，所以敏奇蹟也二話不說地執行了被指派的任務。

但過了一陣子，敏奇蹟突然收到李俟瀛要他隱藏某人等級的指示，在那之後，他又接二連三執行了一些奇怪的任務……像是監視目標、報告觀察到的一切、保護目標，以及追蹤目標和修正紀錄等。

李俟瀛會下達這些命令一定有其原因。徐敏基算是很會察言觀色的人，所以他把這些疑點串連起來，推理出最有可能的解答。

雖然省略了主詞，但兩人都很清楚敏奇蹟的問題指的是什麼。

紫色眼眸看著徐敏基。敏奇蹟吞了一口唾沫，等待對方回答。

沉默在兩人之間流淌了好一陣子後，俟瀛終於開口。

「還不夠。」

「您指的是什麼？」

黑色皮革手套關掉平板電腦，漆黑的螢幕映出同樣漆黑的防毒面具。

「關鍵證據、信心。」

「……」

俟瀛盯著空無一物的牆面，突然開口。

「黑色門票還剩兩張，我等一下拿給你，你想辦法處理掉。」

「什麼？」

環顧周圍後，遲疑的敏奇蹟用食指比向自己。

「您說……我嗎？」

「這裡除了你，還有誰？」

「但我現在的設定是人在馬來西亞耶？要是我出現在這裡，可能會出大事。」

「就說你提早回國了。」

「只要有人去確認航班紀錄，就會發現我在說謊吧？」

「那看你是要拿去丟掉，還是裱框留作紀念，都隨便你。」

「公會長！還是乾脆給浪漫開瓶器？我沒有能力處理掉那兩張票……」

「他在醫院。」

「什麼？他又開門了嗎？等等，公、公會長！」

敏奇蹟抱著必死的決心，用其他人聽不見的微弱音量呼喚李俟瀛；但李俟瀛不理會他哀切的呼喊，拿出黑色門票一把揉皺。嘴巴大張的敏奇蹟隨著周圍的景色一同扭曲、消失，整潔的休息室重新映入眼簾。

他駐足在休息室門後，看見蜷縮在沙發上的車宜再。可能是因為沙發太小了，即使把身體縮成一團，腿還是會稍微超出沙發。

看著眼前的景象，李俟瀛不禁想起宜再狼狽地爬進無法好好躺平的小房間裡的模樣，心裡感到不是滋味。他真想對洪藝星說，既然要擺沙發，就應該放更大張的。

李俟瀛慢慢靠近，不發出任何聲響，宜再規律的呼吸聲並沒有改變。看來他一直睡不太好，現在才會睡得那麼熟。

俟瀛俯下身，靜靜凝視宜再的睡顏。他張開手掌，在那張臉上方比劃了一下。

黑色大掌的影子籠罩在俊秀臉龐上。那張臉小得像是能用一隻手握住，蜷曲的身體也顯得格外嬌小。

他原本就這麼嬌小嗎？

車宜再的體型在普通人之間偏高大，但在獵人之中不算魁梧。

當宜再輕輕翻身，柔順的黑髮便落下，蓋住了他的眼角。

俟瀛輕聲開口：「車宜再。」

他蹲在沙發前，視線落在那微微張開的唇上。俟瀛慢慢閉上眼，必須專心聽才能聽到的細微呼吸聲變得清晰。再次睜眼時，面前淺淺起伏的胸膛，以及偶爾輕顫的睫毛抓住了他的目光。

車宜再睜眼的那一瞬，是他無法觸及的珍貴片刻。俟瀛便這樣支著下巴，在寂靜中將一切納入眼底。

此時此刻的李俟瀛……比任何時候都需要信心。

舉行匠人展的會展中心附設咖啡廳，這裡的店員並不是普通的工讀生，而是本日限定的覺醒者工讀生。背後其實有個不為人知的原因——考慮到若是不幸出事，與其讓普通人受到波及，不如讓覺醒者被捲進去，這樣比較方便收拾局面。

一名金髮女子大步流星地走進咖啡廳，她正是穿著黑色皮衣的 Honeybee。

Honeybee 稍微把墨鏡往下拉，然後掃視菜單。

「我要美式咖啡，請給我冰的熱的各一杯。大杯的。」

「總共兩萬元。」

「天啊……解酒湯還比較便宜。給你。」

就在Honeybee一邊小聲嘟囔，一邊遞出信用卡時——

「好久不見，妳的口味變了很多呢，大虎頭蜂。」

某人用犯睏的聲音向她搭話。Honeybee猛然轉身，尋找聲音的主人。

一名男子翹著腳坐在店裡最角落的座位，他的髮色白黃交錯，將上半部的頭髮綁起。或許因為頭髮是自己漂的，髮質相當毛躁。

男子的一舉一動都從容不迫，乍看之下像是來自鄉下的遊手好閒之徒。

搭話的男子一直背對著她，臉上掛著客套微笑的Honeybee一發現是對方，便立刻皺起眉頭。

「搞什麼？圭圭，你怎麼會在這裡？」

男子沒有轉身或轉頭，而是向後仰頭，用上下顛倒的角度看著Honeybee。這名被稱為圭圭的男子，目前在大韓民國排名第五。

「哈。」

潘圭敏咬著吸管噗嗤一笑。

「還能幹嘛，當然是來買武器的。」

Honeybee冷笑一聲，交叉雙臂。

「別說那種屁話了，誰不知道你被禁止進出匠人展？」

「嗯，如果上頭有我的好朋友，就能幫我解除禁止進出的規定了。」

「算了，你來是打算耍什麼花招？」

「什麼花招，我真的是來買武器的。」

「鄭彬知道你在這裡嗎？」

「嗯～就是因為知道，我才沒有被上銬，還可以坐在這裡喝咖啡啊。」

圭敏輕輕搖晃裝著半透明褐色液體的玻璃杯。杯底有白色飯粒在晃動，看來他應該是在咖啡廳裡喝甜米露。Honeybee 不禁打了個冷顫。

「瘋了吧……居然讓闖了那種禍的傢伙進來。」

差點搞砸上屆匠人展的罪魁禍首，同時也是讓鄭彬轉職成嘮叨校長的超級倉鼠潘圭敏放下玻璃杯。他裝模作樣地掏耳朵，緩緩說道。

「不是啊，難道是因為我想吵架才打起來的嗎？那時候明明是對方公然挑釁我，我當然要奉陪到底……還有，大虎頭蜂，韓國人和外國人打架時，妳不是應該要支持韓國人嗎？不支持的話還有資格說自己愛國嗎？要支持韓國人才是愛國。」

「嘖……你這傢伙偶爾才回國，居然好意思把其他人說成賣國賊。」

氣得牙癢癢的 Honeybee 大步走向圭敏，一把揪住他的衣領。圭敏發出「哎呀」的驚呼聲，將裝有甜米露的杯子舉向空中。

Honeybee 露出嫌棄的表情，「你就是太久沒回來韓國，才會變得目中無人。」

「啊，很明顯嗎？」

「媽X，我受不了了。」

就在 Honeybee 將手伸入系統背包的那一刻……

嗡嗡嗡嗡嗡——

嘈雜的警報聲震耳欲聾。Honeybee 和圭圭同時回頭尋找聲音來源，發現櫃檯後方的覺醒者工讀生哭喪著臉，舉著一顆紅色按鈕。

「那是什麼東西？」Honeybee 咬牙質問潘圭敏。

「嗯，不是在說妳點的咖啡好了嗎？用警報聲取代震動鈴。」

「你這張嘴除了瞎扯還有什麼用？」

幸好他們馬上就知道按鈕的用途了。因為在警報聲響完之前，又有另一人踏著沉著又規律的步伐踏入咖啡廳，掛在脖子上的公務員證隨之晃動。

「啊，早安。兩位為什麼會待在一起呢？」

「……」

「……」

「不過……」

Honeybee 默默抽出伸進背包的手，圭圭的笑容也變得僵硬。

聽到警報聲後，宛如陰間使者般出現的鄭彬將手背在背後，露出和藹的微笑。

「兩位都沒有使用洪藝星老師嘔心瀝血打造的休息室嗎？」

「……」

「連李俟瀛公會長都有使用休息室呢。」

沒錯，那顆提供給覺醒者工讀生的按鈕，正是用來呼叫鄭彬的震動鈴！

——連李俟瀛都有使用休息室了，你們為什麼不用？

一箭雙鵰達人鄭彬用一句話同時攻擊到面前兩人的良心和李俟瀛，他帶著和煦的笑意等待回答。觀察他臉色的 Honeybee 鬆開揪住圭圭衣領的手，試圖撇清關係。

「哼，我原本待在休息室，只是暫時出來買杯咖啡，打算買完就回去了。結果遇到這傢伙挑釁我。」

「嗯，原來如此。」

「你可以問這裡的工讀生。」

她這番藉口是瞄準了鄭彬會對配合的人比較寬容。鄭彬微微瞇眼看著Honeybee，點了點頭，順著她的話說。

「沒必要問工讀生，我相信Honeybee。」

順利脫逃的Honeybee露出燦爛的微笑。

「那我可以走了嗎？馬太福音還在等我。」

「當然可以，競標時見。」

「……媽X，你要感謝鄭彬讓你保住一命。」

Honeybee的語氣中充滿了殺氣，對圭圭做出用拇指橫劃過脖子的動作，接著走向櫃檯。圭圭見狀，嘻皮笑臉地耍嘴皮子。

「哎唷，好可怕喔。」

「潘圭敏。」

「啊……原來這裡還有更可怕的人啊？」

圭圭不正經地笑著，用軟掉的紙吸管攪拌甜米露。鄭彬俯視圭圭的頭頂，接著開口。

「雖然根據局長的指示，放鬆了對你的參展禁令……」

「你的意思是叫我不要闖禍？」

「幸好你還有自覺。」

「那當然。這次匠人展，大部分的外國獵人都是用電話參與競標，不會有人惹事。」

圭圭隨口說出沒人好奇的事，隨意地趴到桌上，轉動眼珠仰望鄭彬。

鄭彬神情冷酷地看著圭圭，方才和煦的笑容消失得無影無蹤。

潘圭敏揚起嘴角，「為了抓J，必須不擇手段。」

「……」

「萬一發生什麼事，你可以體諒我吧？這可是咸碩晶的命令。」

「你放錯誘餌了吧？J不可能會來匠人展。」

鄭彬語氣冷淡地回應，但圭圭的態度很堅決。

「他會來。」

「……你怎麼那麼肯定？」

圭圭維持趴姿，舉起右手食指比向天空。

「因為我很認真祈禱。」

「……」

「我的祈禱很容易實現，因為我爸是牧師。」

他咧嘴一笑。

早上十一點。舉行競標的大廳雖然聚集了很多富有獵人，但裝潢卻很樸素簡單。除了舞臺後方掛著洪藝星比讚的大型海報外，沒有額外的裝飾。令人不禁猜想，這是不是為了因應出現舞臺不幸倒塌的情況，才特地減少裝潢。

以舞臺為基準，右側是電話競標區，中央和左側皆是門票持有者的座位。不知道上屆匠人展讓主辦單位留下了多大的陰影，這次不僅規劃了獨立休息室，連大廳內都設置了隔間，讓獵人們看不到彼此。

——真的把人當成倉鼠了啊。

縱使這不過是自欺欺人，但對宜再來說是好事。要是裴沅雨和李俟瀛搭話的話，他肯定會很頭痛。雖然不知道把上屆匠人展搞砸的超級倉鼠是誰，但宜再很感謝他。

隔間只有打一個洞，讓參加者可以看到舞臺，裡面則放了一張雙人沙發。兩個人坐起來不會很擠，但由於祕書和上司不能並肩而坐，所以宜再選擇站在沙發後面。

翹腳而坐的俟瀛看著前方，對宜再說道：「不坐我旁邊？」

「我站在這裡比較自在。」

「競標會進行滿久的，大概幾個小時。」

「沒關係。」

「哈……」

托著下巴的俟瀛淺淺笑了一聲。

「我剛才看你睡很熟，還以為你體力不支。看來是我誤會了。」

「……」

「如果腳酸再告訴我，我會閃開，讓你好好躺著。」

——媽X。

宜再一臉不爽。李俟瀛還在拿他在休息室補眠的事找碴。明明是李俟瀛要他不要離開休息室，在裡面小睡片刻的。正當他試圖反駁時，競標開始了。

砰！臺上的拍賣官敲下拍賣槌。

「感謝各位獵人蒞臨本次拍賣會，匠人展競標正式開始！第一件裝備是S級飾品，類型是耳環。具有火焰抗性和冰凍抗性，以及精神力增幅屬性。」

洪藝星坐在臺上一側的柔軟沙發上，正抱著雙臂打瞌睡。站在後方的保鑣獵人覆在他耳邊低語幾句，洪藝星才打起精神，從背包裡拿出道具——一對鑲有魔石的紅色耳環。

洪藝星充滿睡意的眼睛閉了又睜，虹膜上浮出金色紋樣。

俟瀛沒有向後看，而是低聲呢喃。

「洪藝星是世界上唯一的S級製作者……擁有很多好技能，說他受到系統的偏愛也不為過。」

「……」

「那是鑑定之眼。」

洪藝星一用指尖掃過耳環，紅色魔石上方便浮現星光點點的藍色文字，和出現在門票上面的一樣。

藝星

拿著耳環的獵人小心翼翼地放在桌上。洪藝星似乎又開始覺得無聊了，他閉上眼睛繼續打盹。

「已經確認上面有匠人的刻印，現在開始第一項商品的競標。起標價為十億！」拍賣官高喊道。

宜再看著眼前坐姿歪斜的背影，手插在口袋裡的李俟瀛似乎完全不打算舉牌。

「有人喊到三十億了。從現在開始，每次喊價要加五億以上。三十五億！」

臺上拍賣的裝備一一被買走。雖然已經進行了一段時間，但李俟瀛還沒有舉牌過。不知道是因為場上沒有他喜歡的東西，還是他在等什麼。

這時，刻意停頓片刻的拍賣官，嘴角泛起一抹意味深長的笑容。原本清晰有力的嗓音，忽然變得低沉而耐人尋味。

「在場的各位獵人，應該都很了解洪藝星老師的特性。」

截止期限終結者這項神奇特性，讓洪藝星越逼近截止日，作業效率與品質便更加提升。

此時站在後方的工作人員，加快腳步上前。

「至今洪藝星老師所打造的裝備，等級最高是S級……」

藝星將手探進系統背包，緩緩拿出一把巨矛。

「接下來向大家介紹，裂隙之日過後，第一把由人類打造的$^+$S級武器！」

那是一柄巨大的長槍，和J以前用的那把矛十分相似。

把手背在背後的宜再，指尖微微顫抖著。侯瀛往後瞥了一眼，但宜再的目光緊緊鎖住巨矛，以及抱著它的洪藝星身上。

洪藝星看了自己打造的武器一眼，接著抬頭用鑑定之眼掃視舞臺下方。宜再感覺自己似乎和那雙金眸對上眼了，因為視線交會的那一刻……

「競標暫停！」

洪藝星突然拋開矛起身，他一把搶走拍賣官手上的拍賣槌並大喊。

珍貴無比的第一把$^+$S級武器就這樣摔在舞臺上滾來滾去，引起現場一片哀號。但洪藝星無視眾人的反應，再次高聲喊道。

「兩小時候再開始！請各位回休息室等待！哎，先吃我這招吧！」

他從口袋裡拿出某種粉末往臺下一撒，大廳頓時被伸手不見五指的黑色煙霧籠罩。眾人議論紛紛的聲音似乎也被煙霧所吞噬，場內變得鴉雀無聲。

「……」

直到身處在一片寂靜之中，宜再這才回過神。他環顧四周，但眼前一片漆黑。一股焦急不安的感覺沿著他的後頸往上爬。李俟瀛人呢？

通往休息室的門票在李俟瀛身上，宜再必須和他會合……

「咕咕。」

此時，地上傳來了奇怪的叫聲。某樣全身雪白、輪廓圓潤、長得有點蠢蠢的……鳥？出現在伸手不見五指的黑色煙霧中。

——搞什麼，這是什麼？

這隻材質像陶瓷的鳥形物體張開翅膀，發出宏亮的叫聲，彷彿在回答宜再的疑惑。

「咕咕咕咕咕咕咕！」

——天啊，是一隻雞？

不知不覺間，他和這隻雞已脫離黑霧，站在被高大的石牆圍繞的大門前。石牆另一端是高聳的瓦屋屋頂。這裡又不是全州韓屋村或民俗村，怎麼會有瓦房？宜再呆呆地環顧四周，然後伸手戳了戳陶瓷雞。

「喂，你是誰？這裡是哪裡？」

「咕咕咕。」

陶瓷雞用粗短的喙戳了戳大門代替回答。隨後，大門敞開，映入眼簾的是擁有一片草地的院子和氣派非凡的瓦房，院子一隅還有一座大窯。

從大門一眼望去，宜再看到了側躺在瓦房廳堂內的洪藝星，正枕著手臂在吸食某個又細又扁的東西。仔細一看，他手中的是紅蔘隨身包。

當兩人對到眼時，藝星瞬間跳起來坐正，又拍了拍旁邊的地板。

「你來了！快過來吧。咕咕，辛苦了。」

剛才他無緣無故像個瘋子一樣揮舞拍賣槌暫停競標，亂撒粉造成黑色煙霧恐攻，又派出呆頭呆腦的陶瓷雞綁架人，結果現在卻一副輕鬆自在的樣子。

這傢伙……絕對不是正常人。

——不是一般的瘋子。

宜再小心翼翼地走過去，駐足在他面前，而藝星又再次拍了旁邊的位置。

「這邊，坐我旁邊。」

「沒關係，我站著聽就好。」

「哎，快點坐下。」

陶瓷雞扭動身體，拖了一張藍色坐墊過來。接著跳下廳堂，開始用粗短的喙啄宜再的腳踝。宜再擔心再這樣下去，陶瓷雞的嘴喙會斷掉，於是妥協地坐在座墊上。屋簷下的風鈴隨風擺盪，發出清脆的聲音。

藝星屈起一邊膝蓋，語氣輕鬆地開口。

「抱歉用這種方式帶你過來，因為我有點急！」

「這是綁架吧？」

「哎呀，我很快就會送你回去。說綁架太無情了。」

藝星把喝完的紅蔘隨身包往後丟，接著哈哈大笑。

「我該怎麼稱呼你？可以叫你祕書嗎？我們有見過面吧？」

「確實有見過，早上在廁所……」

「沒錯，沒錯。你是李俟瀛的祕書吧？」

「是的，沒錯。叫我……金祕書就可以了。」

「好好，金祕書。」

洪藝星隨意揮了揮手，似乎覺得名字不重要。

「好，首先。除了我允許的人以外，其他人都進不來這裡，所以你可以放心。這裡可是我一點一滴辛苦打造的祕密小屋！你真的可以放輕鬆一點。知道嗎？放輕鬆一點。」

「……」

一股不祥的預感朝宜再襲來。看他鋪陳了那麼多，總感覺事有蹊蹺。上次南宇鎮也是說要散步，結果就把他帶到陰森的森林裡，還拋下一顆震撼彈……

宜再用餘光觀察猶如庭院標本般平靜的空間，評估自己距離大門有多遠。

洪藝星突然探頭，嚇得宜再趕緊往後退。那雙如瘋子般清澈的眼眸中，浮現一層又一層的精緻金紋。紋樣就像擁有生命，一下放大，一下縮小，看不出來是什麼意思的字出現又消失，不斷重複。

毛骨悚然的感覺環繞住宜再整個人，肌膚彷彿被用刀鋒刮過。他緊咬牙關，幾乎就要衝上去掐住對方的脖子。然而洪藝星完全不為所動，自顧自問道。

「在你的背包裡吧？」

「……」

「我做的東西。」

宜再瞬間屏息，他用左手握住不自覺顫抖的右手。浮現金色紋樣的雙眼，仍帶著壓迫感掃視他的全身。

這種感覺就像身體的軀殼被剝開，任人觀察自己存在的根源，讓宜再感到一陣噁心，似乎隨時都會嘔吐。

「我聽不太懂……你的意思。」宜再咬牙擠出聲音。

背包內原本有洪藝星製作的門票，但在競標開始前就交給李俟瀛了，所以現在他身上並沒有其他洪藝星製作的東西。

除此之外，他實在想不到洪藝星在說什麼，因此宜再直接拋出問題。

「……你是指門票嗎？」

「哎呀，如果只是因為票，我才不會把你帶來這裡。」

洪藝星反駁的語氣理所當然，然後恍然大悟地補了一句。

「對了，忘了先告訴你。」

他收起了稍早的嬉皮笑臉態度，但現在看起來精神也不太正常。

「我帶金祕書來這裡不是為了和你吵架，而是有明確的原因。我這雙眼睛清楚看到了，我做的東西就在你的背包裡……」

宜再餘光掃了空中一眼。他的系統背包裡只有藥水、魔石和巴西利斯克的尖牙。

——洪藝星想要的應該是魔石……

藥水是能夠量產的物品，而如果洪藝星覬覦的是魔石，應該會大吵大鬧，要他交出魔石。畢竟洪藝星比任何人都還要認真地在找魔石。

唯一的可能只剩下巴西利斯克的尖牙，但它和洪藝星沒有任何交集。這是宜再在西海裂隙內撿到的，而且J進入西海裂隙時，洪藝星還是個尚未覺醒的普通人。

宜再絞盡腦汁思考，此時洪藝星快速地繼續說下去。

「抱歉，我沒有多少時間。你再繼續拖下去也沒有好處。李俟瀛應該會找你吧？我們各取所需後就回去各自的崗位吧。」

宜再這才看向洪藝星的臉。

「不管祕書你要什麼，我都會答應你，所以把那個拿出來吧。」

金色紋樣不斷轉動，發出璀璨亮光，後方則是因血管破裂而變紅的眼珠。所以洪藝星在競標時才會一直閉著眼睛嗎？想想也是，他怎麼可能對自己投注心血製作的裝備，最後會落到誰手上沒興趣？原本以為他是因為熬夜而打瞌睡……原來是有其他原因。

系統對其所選擇的覺醒者通常都很寬容，只要對方懷著迫切的盼望，系統便會給予能力與技能，也幾乎不會主動干涉。但是，一旦某個能力觸犯了系統的法則，即使那是系統自己賦予的，也會毫不留情地施加懲罰。

比如浪漫開瓶器的空間移動，以及能夠有限查看其他人背包的鑑定之眼，都是違反系統法則的能力。

若用鑑定之眼直接看大家的背包，要找出未登錄票券根本不需要在洗手間引起那種騷動。看來洪藝星之所以選擇製作鑑定之眼向下兼容版本的票券感應機，就是因為有懲罰機制，不能長時間使用鑑定之眼。

紋樣不停轉動，而隨著浮現的文字增加，金色光芒後方的血管也越爆越多。即便如此，洪藝星仍未關掉鑑定之眼。

「快點拿出來。」洪藝星催促道。

每次紋樣變化，宜再的皮膚就會感受到一股彷彿被亂刀狂砍的不適。為了忍住挖掉對方眼珠的衝動，他用力咬住嘴唇內側的肉，口中瀰漫著一股血腥味。

嗡嗡嗡——

正當兩人維持著這種奇妙的對峙時，宜再口袋裡的手機響了起來。

會打電話給他的人，只有荷恩或者李俟瀛。不管是這兩者中誰打來的，宜再都必須馬上接。如果打來的是李俟瀛，情況可能會變得棘手，畢竟原本站在後面的人突然消失不見了。

——他應該在找我了吧？

宜再的後頸一陣發涼。

好不容易才抱著李俟瀛把他哄好了，現在突然失聯，他肯定又要鬧彆扭了！這次就算他祭出無條件道歉的作戰計畫，也不知道行不行得通，畢竟這種最終手段本來就只能一天用一次。

正當宜再努力忽略不適，從口袋裡掏出手機時……

「咕咕！」

「咕咕咕咕咕——！」

洪藝星閉上眼後又用力睜開，金色紋樣更加鮮明，突如其來的壓迫讓車宜再動作一僵。陶瓷雞沒有錯過短暫的空檔，牠發出宏亮叫聲的同時，猝不及防地搶走宜再手上的手機。

車宜再錯愕地看著那隻陶瓷雞。但陶瓷雞只是歪著頭，悠閒地蹲在手機上。

「咕咕。」

——媽X，哪來動作這麼敏捷的雞？

此時洪藝星掩住眼角，發出痛苦的呻吟聲。細細的一道血跡沿著手臂往下流。他遮住眼睛後，宜再全身被亂刀狂砍的感覺也隨之消失，這才得以好好呼吸。

「哎呀……咕咕，你搶到了？」

「咕咕咕。」

「做得好。抱歉！因為我第一次綁架人，忘記要先搶走手機了。」

嗡嗡嗡，嗡嗡嗡……

震動聲似乎沒有要停止的跡象。窩在手機上的陶瓷雞，身體也跟著抖動。

徐徐微風吹過廳堂，血腥味隨之飄散。藝星的眼睛不斷流血，看起來短時間內無法止住。宜再將追究的想法暫時擱在一邊，先確認洪藝星的安危。

「你的眼睛還好嗎？」

「啊！因為我發動鑑定之眼太久了。為了因應這種狀況，我有做了一些準備。」

藝星用開朗的語氣回答，從背包拿出形似白色繃帶的東西，纏繞在眼睛上。他搖身一變，看起來就像隱居於山谷間的盲眼工匠，接著用一如往常的語氣開口。

「你看，這是南宇鎮幫我做的，只要用這個包紮起來就會好一點。」

「那你可以把手機還給我一下嗎？我要回電才行，你也很清楚李俟瀛公會長的個性吧？」

「不行。手機是人質。你如果好好配合我，我也會幫你收拾殘局。我可以幫你解釋！」

「那個……」

宜再扶著隱隱作痛的太陽穴，緩緩深呼吸，說出了實話。

「很抱歉，我真的不知道你在說什麼。」

「……」

雖然洪藝星的眼睛因為纏著繃帶而看不到，但他依然把臉轉向宜再，執著到宜再慶幸自己戴著防毒面具。

原本稍微停止的震動聲又再次響起。陶瓷雞張大嘴巴，打了個哈欠。

片刻後，藝星才喃喃道：「我原本以為你在裝傻，看來不是。」

「是的，我是真的不知道才問的。」

「嗯……」洪藝星歪著頭，露出沉思的神情，「金祕書的背包內有一把武器吧？類似細劍，大概這麼長。」

洪藝星敞開雙臂，似乎很了解長度和外觀。

——他該不會是在找巴西利斯克的尖牙？那把劍是洪藝星的作品？

宜再臉上浮現困惑。

當初，巴西利斯克的尖牙突然出現在西海裂隙，雖然時間點不吻合……但宜再有股微妙的預感，如果把它拿給洪藝星看，也許就能解開更多裂隙的謎團。

不，準確地說，這是一種自己必須這麼做的堅信。畢竟J有責任把那些被埋在裂隙中的人帶回來。

宜再無視剛才咬破嘴唇流出的血，開口回應。

「……確實有一把。」

聞言，洪藝星立刻跳起來。

「啊，我就說有吧！快讓我看看。」

「但這把……應該不是你做的裝備。」

「哎，這要由我判斷，你只要拿給我看就好了。快點！」

宜再從背包取出巴西利斯克的尖牙。幸好沒像上次一樣，一握到劍就大聲嚷嚷說他不符資格，或是力量弱到握不住。

宜再小心翼翼地把尖牙遞給藝星。

洪藝星將劍擁入懷裡，不斷撫摸劍鞘和握柄。來回摸索了劍的型態後，他才低聲說道：「……這不是我做的。」

只是單純認錯嗎？宜再再次咬唇，握緊拳頭。

洪藝星握住巴西利斯克尖牙的劍柄，拔劍出鞘，動作熟練得像是用過這把劍無數次。如黑曜石般漆黑的劍刃顯露出來，與此同時，宜再眼前跳出白色的系統視窗。

［**正在審查合適性……**］

此時洪藝星喃喃道：「但也是我做的。」

「什麼？」

［**更新「巴西利斯克的尖牙」的想法！**］

［**是否查看？**］

一頭霧水的宜再輕輕點頭。

［**更新中……**］

［**尖牙的想法：父親？**］

——它叫他父親？

這是怎麼回事？宜再瞪大雙眼。

洪藝星的指尖開始發出藍光。他輕輕撫過劍背，黑色劍刃上便出現星星般的藍光。

那些光點很快就拼湊成字，字再組為人名。

藝星

「技藝的藝，星星的星。藝星。」

「……」

「你知道吧？這是我的名字。」

宜再默默點頭。藝星像是在撫摸孩子一般，指掌輕柔地撫過劍刃。照理來說應該會被劃傷，但他的手卻毫髮無傷。

「我做的東西都會刻上我的名字，只要用手一碰就能確認，算是一種正品鑑定的方法……」

「……」

「我的消息很靈通！我知道哪裡有好材料，而且不管是在韓國還是國外，只要出現強大怪物，就會有人用 Inheart 私訊我，問我可以用這個做什麼。這是為什麼呢？」

藝星用手指彈了一下劍刃，劍刃隨之響起宜再未曾聽過的清脆聲響，宛如小孩的笑聲。

「因為全世界只有我，可以把那些東西做成裝備。」

「……」

「但就連消息靈通的我，都沒聽說過巴西利斯克出現的事。不曾聽過巴西利斯克的消息，也沒看過牠，連擊殺牠的獎勵都沒碰過的我，不可能做出這把劍。」

洪藝星沒聽過很正常。因為巴西利斯克是西海裂隙的主人，而唯一見過裂隙之主的人就只有J，所以只有J知道這件事。

「可是這孩子說……製作它的人是我。」

在裂隙裡撿到的武器上，為什麼會有洪藝星的刻印？

洪藝星沒有進過西海裂隙，而進入裂隙的獵人之中，也沒有人持有巴西利斯克的尖牙。宜再很確定這兩件事，因為世上沒有比J更了解西海裂隙的人了。

宜再腦中浮現出的無數想法全都糾纏在一起，脈搏越跳越快。

「你是在哪裡得到這把劍的？」

「……」

「……啊～那個，祕書。我現在也很慌。我也沒想到會跑出這種東西，我原本還以為是我做的武器在某個黑市裡流通……」

藝星抓了抓頭，與其說是不耐煩，更像是尷尬和難為情。

「可惡，就算叫你說，你一定也不會說。」

「……」

「我答應你。我不會問，也不會調查你是誰，更不會告訴別人我們單獨見面的事。我完全不好奇。此外，如果你需要武器的話，我也可以幫你做一把。」

「……」

「但請你告訴我真相。」

洪藝星十分小心地放下尖牙，並抓住宜再的手臂。宜再原本想撥開他的手，但又停下動作。捆得沒有很緊的繃帶從洪藝星臉上往滑落，露出目光灼灼又帶著血絲的雙眼。

「這把劍，到底是在哪裡出現的？」

巴西利斯克的尖牙是在西海裂隙裡撿到的。尖牙不可能出自於洪藝星之手，它卻自稱是洪藝星所做。

實際上，撇開刻印不談，單就尖牙的脾氣來看，洪藝星是其製作者的可能性也很高。畢竟俗話說「龍生龍，鳳生鳳」，子女多少會和父母有相似之處。

見宜再沉默不語，洪藝星開始嘟囔。

「嗯？嗯？哎唷，請告訴我吧！我超級好奇。」

就連老是自說自話這點也一模一樣。

然而，身為尖牙真正「父親」的洪藝星對西海裂隙一無所知。換個角度想，製作尖牙的人也許不是眼前的他，而是其他的洪藝星。由於裂隙是時光扭曲的地方，宜再的這個想法並不算荒誕無稽，況且他也親眼見過其他的可能性。

「明明名字一樣、臉也一樣，可有時候卻像是完全不同的人。」

尹秋天讓他看的世界碎片裡並沒有洪藝星。但他當時看到的碎片，只是秋天從滅亡世界擷取出的一部分，所以不排除洪藝星也有出現在其他碎片中。

宜再呆呆看著庭院的草隨風擺盪。

——必須再和尹秋天見一面……

如果能從碎片裡找出線索，找出洪藝星製作的尖牙是如何出現在裂隙裡……說不定能幫助宜再帶出那些被埋在裂隙裡的人，還能挖掘更多關於末日的細節。

洪藝星一直在等宜再說話，他輕輕踏了踏地板。

「金祕書？你有聽到我說的話嗎？你現在很煩惱吧？要給你時間思考嗎？」

宜再的目光穿越藝星，看向打瞌睡的陶瓷雞。因為咕咕肚子下的手機一直在震動，所以從牠窩在手機上到現在都不斷在抖動。

會鍥而不捨一直打來的人……只可能是李俟瀛。宜再默默移開視線，看向飄浮著朵朵白雲的藍天。他在逃避現實。

——很好，完蛋了。

「金祕書～～～」

洪藝星的聲音簡直和獐沒兩樣，宜再的眉毛抽動了一下。這傢伙已經妨礙他思考了，現在還打擾他逃避現實。宜再深深嘆了口氣。他從剛才到現在已經忍了三次，心中頓時湧起一股怒火。

——這傢伙綁架人，怎麼還有臉擺出一副理所當然的態度？

李俟瀛的防毒面具像雲一樣，一朵朵在他腦中浮出，並開始自動播放對方冷嘲熱諷的聲音。

「我不是說盡量不要遇到其他人嗎……如果你那麼喜歡和別人增進友誼，要不要乾脆加入山岳會？」

一想到要乖乖聽李俟瀛挖苦自己，宜再便不自覺握緊拳頭。這感覺就像越過了一座山，結果後面還有更高的山。

——就算我逃離這裡，也還是得聽李俟瀛瘋狂抱怨吧？

宜再小聲地向不斷抖腳的洪藝星開口：「你問我這是從哪來的，是吧？」

「喔！你終於要回答我了！對，你是在哪裡發現的？」

宜再直勾勾地盯著用力點頭的洪藝星，原本筆直的坐姿慢慢傾斜。

「你為什麼想知道？」

「嗯？」

洪藝星眨了眨眼，一副「你問這什麼問題」的表情。

不知不覺間，「金祕書」姿勢也變得像比薩斜塔一樣歪斜。宜再立起一邊的膝蓋，手臂靠在上頭，不只坐姿歪斜，語氣也十分不悅。

「我要怎麼相信洪藝星老師？」

「喔？我？」

「對啊。只是口頭承諾就要對方誠實回答，誰會照做？應該要白紙黑字立下字據吧。比如說我告訴你的話，你會幫我做什麼，應該要先寫清楚這些條件吧？」

「我說過會幫你保密了！還會做武器給你！」

「在祕書室工作的獵人突然擁有洪藝星製作的武器，根本是自找麻煩。」

宜再原本想用演技蒙混過去，但今天短短這段時間內被李俟瀛牽著鼻子走的祕書遭遇，讓他開始在演技當中加入自己的情緒。

「而且，你叫我說，我就要全部告訴你嗎？這是濫用權威和權力的行為吧？」

「哇……哈，我覺醒後第一次聽到有人這麼說，真神奇。」

突然被捲入濫用權力爭議的洪藝星拍了拍自己胸膛。

「我可是洪藝星耶。還有，失去子女的父母好奇自己的小孩是在哪裡被找到的，有什麼問題嗎？你真的不能告訴我嗎？」

他開始嘗試博取同情，但可惜的是，這招對宜再來說不管用。

因為要是宜再說出尖牙是在西海裂隙撿到的，就等於承認自己是J。說出來對他有什麼好處？完全沒有。更何況洪藝星和覺醒者管理局關係緊密，就算洪藝星承諾會守口如瓶，情報還是很可能會洩漏出去。

再說，感覺從洪藝星身上也打聽不到什麼有用的情報，還有一顆未爆彈李俟瀛在等著他。

「你剛才不是說不是你做的嗎？現在又說自己是父親？」

事到如今，只能從精神層面攻擊洪藝星了。無路可退而變得無所畏懼的宜再開始不留情面地挖苦，洪藝星張口結舌。

——這位李俟瀛的祕書，難道在李俟瀛身邊只學到怎麼嗆人嗎？

偏偏眼前的男子戴著防毒面具，讓他覺得彷彿李俟瀛就坐在他面前。

「你說沒有親眼看過巴西利斯克。就算我想告訴你，也沒辦法相信你……」

祕書自己也沒有看過吧？但金祕書身上莫名散發著知道某些事的人獨有的從容，洪藝星一時語塞，只好大力捶了尖牙的黑色劍刃。他的手不但沒有被割到，連一點傷痕也沒有。

洪藝星揮著手，「上面有我的名字，那麼鋒利的孩子也沒有傷害我。這代表它認得出製造它的人。」

「給我。」

藝星輕輕地將尖牙推給宜再，眼神充滿懷疑。離開溫柔又懷念的父親手裡，被某個流氓握住的尖牙感覺像在掙扎，宜再則是更用力握住劍柄。

「更新「巴西利斯克的尖牙」的想法！」

「尖牙的想法：你要是敢打我，我就切斷你的手。」

尖牙認不出主人，變得神經兮兮，幸好宜再知道該怎麼應付這種情況。

「啓用特性：巴西利斯克之毒（$^{+}$S）。」

——學會看臉色吧。

「更新「巴西利斯克的尖牙」的想法！」

「尖牙的想法：取消剛才的想法。」

宜再用毒大哥壓制尖牙那點微不足道的反抗，接著毫不猶豫地將手劈向劍刃。雖然正中劍刃，他的手仍舊完好如初。看到這種景象的藝星瞪大雙眼。

「只是因為劍刃太鈍了吧？這個不能當作證據。」宜再厚著臉皮說。

「等一下！我去用磨刀石磨一磨再試一次。」

不知不覺間，追問的人和解釋的人立場對調了，洪藝星也從某刻起開始執著於證明自己就是巴西利斯克的尖牙之父。

——幸好洪藝星很單純。

看著起身去尋找磨刀石的藝星背影，宜再內心鬆了一口氣。

這時，洪藝星突然佇立在原地喃喃自語。

「……外面好像發生了什麼事？」

「什麼？」

「……」

他沒有回答，只是摸索著手機。片刻後，手機傳出文字轉語音特有的機械音。

「洪藝星老師，可以提早恢復競標嗎？^^ 發生了一些問題。」

「洪藝星老師，請忽略上一則訊息。」

「請你絕對不要出來。」

光聽內容，還以為是某個靈異故事的倖存者最後傳的訊息。宜再的表情有點微妙，洪藝星則是相當認真。

「這個……連鄭彬都這麼說的話，代表外面的情況很嚴重吧？」

「……」

「經過上次的事，圭圭應該會謹慎行事；其他人都會看我的臉色。唯一會惹麻煩的人……」

兩人的視線在空中交會，應該是想到了同一個人。

此時，咕咕也終於停止震動，彷彿在證明他們的推測無誤。

宜再緊閉雙眼。

——媽X。俟瀛，你又在發什麼瘋……

「咳，唔……」

蓬鬆的白髮變得亂七八糟。漆黑的戰術靴狠狠踩住倒地的男子肩膀。對方嗆咳一聲，一時喘不過氣來。不斷咳嗽的圭圭嘴角扭曲，胡亂去抓踩著自己的靴子。

「這樣踩，能把肩膀踩碎嗎？」

「……」

把手機靠在耳邊，踩住圭圭肩膀、戴著防毒面具的男人將頭微微歪向右邊。電話另一端隱約傳來無人接聽的電子語音。

圭圭嘻皮笑臉地調侃：「你在和誰講電話？……J？」

聽見J名字的那刻，踩著肩膀的腳更加用力。肩膀發出清晰的喀嚓聲，那是骨頭斷裂的聲音。但圭圭仍嘻皮笑臉地觀察防毒面具後方的神情。

俟瀛語氣陰沉地低聲道：「你為什麼那麼肯定？」

「咳，啊，好痛……」

「想挑釁也要挑對人……」

嗡嗡嗡——某處響起吵鬧的警報聲。

圭圭雖然想回頭看，但因為踩著他肩膀的腳正在慢慢往鎖骨移動，他只能痛苦地蠕動身體。

「這裡可不是你們那群傭兵撒野的地方，搞清楚誰的排名比較高。」

俟瀛用肩膀夾住手機，動手脫下手套。

唰——！一條黑色鐵鍊掃向俟瀛。

俟瀛不耐地嘖了一聲，後退一步。圭圭則是抓著肩膀，開始大力咳嗽。找不到綑綁對象的鐵鍊飛回主人手裡。鐵和鐵碰撞發出噹啷聲，一同傳來的還有一道嘆息。

「那麼……李俟瀛公會長、圭圭。」

伴著刺耳的警報聲登場的，正是鄭彬。他把黑色鐵鍊一圈圈纏繞在手上，慢慢走向兩人。臉上總是帶著和煦笑容的他，此時表情相當嚴肅。

「請你們解釋一下情況。」

「解釋……？」

俟瀛抽出夾在耳朵和肩膀之間的手機，確認螢幕後板著臉回答。

「有必要嗎？一看就知道了。」

「是的，請務必說明。」

對方十分堅決。俟瀛看著纏繞在鄭彬手上的黑色鐵鍊，不耐地皺起眉頭。

躺在地上咳了了半天的圭圭終於找回呼吸，只見他咧嘴一笑。

「如果答得不好，就會馬上被抓走……要好好說啊，李俟瀛。」

俟瀛冷冷地俯視圭圭，「早知道就先撕爛那張嘴……」

「好了好了，到此為止。」

鄭彬嘆了口氣，將鐵鍊揮向地面，一道黑色鐵柵欄立刻從俟瀛和圭圭之間拔地而起。俟瀛聳了聳肩，雙手插入口袋。圭圭也一副投降的樣子，舉高雙手，把臉貼向地板。

大部分戰鬥系覺醒者的能力都專精於對抗怪物，由於系統排名是根據地下城及裂隙的貢獻度計算，因此通常這類特化能力者的排名會比較高。然而，目前排名大韓民國第四的S級獵人鄭彬，他的能力有點不一樣。

他的特化能力是束縛。但使用對象不是怪物，而是覺醒者。

把兩隻超級倉鼠隔離開來後，鄭彬才露出溫和的微笑。

「我要聽事情的來龍去脈，了解實際情況後，才能夠決定要以現行犯逮捕你們，還是可以對你們寬容一點。」

鄭彬一使力，黑色鐵鍊就像活物般蠕動著纏上他的手臂。

鐵鍊尾端彷彿威嚇般豎立，鄭彬負手站好。

「那麼，請說明一下，是誰先動手的？」

「李俟瀛做了什麼好事？簡訊叫我絕對不要出去，難道是用了毒？祕書，你覺得呢？」

洪藝星低聲碎念，開始推理各種可能性，宜再也以歪斜的坐姿沉思著。

——鄭彬的能力是……束縛吧。

被他的鐵鍊所束縛的覺醒者，會有一段時間無法使用能力。在最初那段混亂時期，J經常目睹鄭彬用鐵鍊層層捆住犯罪者，然後把他們拖走的景象。即使是李俟瀛，被鄭彬綁住的話，那段期間也無計可施。

如果李俟瀛被鄭彬抓走，甚至被拖去覺醒者管理局審問室的話怎麼辦？

——那樣一來，想回去解酒湯店……就會變得很麻煩。

為了順利回到餐館，他必須救出趁他不注意時闖下大禍的李俟瀛。

宜再握著巴西利斯克的尖牙，突然從坐墊上起身。

「我要走了。」

「我覺得是李俟瀛和馬太福音……喔？你要去哪？你都還沒告訴我就想走？不可以離開！」

洪藝星張開雙臂阻止他，但對宜再來說根本無法造成威脅，他故意用充滿惋惜的語氣回答。

「真的很抱歉。但洪藝星老師綁架人之後所做的事，根本就是在濫用權力吧？當初要是你發問時更有禮貌的話，我也會欣然回答你……」

宜再恭敬地雙手合十。

「我不能把關於巴西利斯克的尖牙的複雜故事，告訴一個連最基本禮貌都不懂的人。抱歉，我先走了。」

「巴、巴牙啊！不行，不要走！」

搞什麼，才剛見面沒多久，就已經取好愛稱了？洪藝星哭喊著朝尖牙伸出手，尖牙也在宜再手裡掙扎抖動。

「**巴西利斯克的尖牙**」**有話要說！**」

「**尖牙的想法：父親！救救我，幫我脫離這個壞人的掌控！**」

——發什麼瘋啊……

莫名其妙在一點都不好笑的肥皂劇擔任反派角色的宜再，不滿地嘖了一聲。

可是，就算他直接丟下過度入戲的洪藝星離開，也只會再度受到魔石懸賞，到時候連波濤公會祕書組組員金承斌也會被拖下水。

以宜再在Inheart上日日觀察的經驗來看，洪藝星絕對幹得出這種事。但身分被人搶走，還突然被瘋子追殺的金承斌先生又做錯了什麼？

宜再默默看著啜泣的洪藝星，思考著該怎麼樣才能堵住他的嘴……

——我真的很想扁他一拳。

洪藝星的身體很寶貴，因為他在一兩個小時後，就要繼續進行競標，所以要是真的扁他一拳，肯定會在會場引發混亂。雖然很可惜，但不能使用物理手段。

——那麼……

宜再瞥了自己的背包一眼，璀璨的金色魔石閃閃發光，像是在吸引宜再注意。

——反正也賣不掉。

東西就是要適得其所，才能發揮價值。一直放著不用，最後只會腐爛。宜再毫不猶豫地從背包拿出魔石，兩指捏著，叫了對方一聲。

「洪藝星先生。」

「幹嘛，你這個壞蛋……喔？」

全情投入肥皂劇本的洪藝星本來惡聲惡氣，但一看到宜再手中的物品，音調便不自覺提高了八度。他看著發出燦爛光芒的金色魔石，瞪大了雙眼，感覺眼珠隨時會掉出來，嘴巴也張得很大，就連說話都變得結結巴巴。

「魔、魔、魔、魔、魔魔魔魔魔魔……」

「噓。」

宜再在防毒面具濾毒罐前方豎起食指，洪藝星立刻雙手捂住自己的嘴，用力點頭。宜再慢慢將魔石推向洪藝星。剛才還充滿血絲的清澈雙眼變得淚汪汪，看來他深受感動。

「你好像找這個找很久了。」宜再低聲說道。

點頭。

「你想要這個吧？」

點頭點頭點頭點頭點頭點頭點頭。

洪藝星不斷用力點頭，讓人不禁擔心他的脖子會不會斷掉。宜再假裝不捨，壓低聲音說道：「可是……這麼貴重的東西，我不能平白無故給你。」

「喔……」

「什麼？」

「你要多少？」

看來洪藝星的戲還沒演完。宜再頓時有種自己被當作電視劇女主角的錯覺，但他很快就又振作起來。這時洪藝星已經因為太興奮而開始手舞足蹈。

「給你空白支票就可以了嗎？不對，還是要準備現金？透過銀行交易可能會被查到，還會被扣稅……啊！還是我叫這次競標的得標者都用現金支付，然後直接交給祕書？只要稍微瞞過鄭彬就可以了。」

原來洪藝星是會說這種好聽話的人嗎？這傢伙的一言一語，此時全都無比悅耳動聽。但宜再是早已發誓只吃松葉的毛毛蟲……不對，是恐龍，因此強忍住成為百萬富翁的致命誘惑。

「不需要給我錢。」

「嗯？」

「你有受到系統保證的合約書嗎？違反的話會受到嚴重懲罰的那種。」

洪藝星和咕咕翻遍瓦房的每個角落，然後從某處撿來一張硬梆梆的紙——S級合約書。

宜再一隻手拿著尖牙，一隻手拿著魔石說道，「請你寫下來。」

「好。」

回答得畢恭畢敬的洪藝星拿著毛筆，眼神閃閃發光。宜再故意調整手的角度，讓魔石能夠反射陽光，他開口道。

「第一，奇人洪藝星不得對今天遇見的金秘書進行任何形式的打探。不能自己問，也不能派人問。」

「什麼都不行？」

「請快點寫下來，魔石還在等你。」

「唉……」

洪藝星不滿地嘀咕，但還是認命地揮毫。等毛筆畫上句點後，宜再接著說出第二項條件。

「第二，奇人洪藝星應全力配合金秘書的行動，誠心誠意提供協助。」

「你要我幫忙什麼？」

「很簡單的事。」

「借你錢？」

「不是，是幫我製造不在場證明，讓我能對鄭彬交差。」

「嘶，你提出了一個很困難的要求。」

洪藝星用毛筆筆桿搔了搔太陽穴，然後振筆寫下宜再的要求。

「下一個是？」

「第三，奇人洪藝星不會調查巴西利斯克的尖牙的來歷。」

「什麼？這怎麼可能做得到?!」

洪藝星為了表達抗議猛然抬起頭，但他看到的是……

在陽光照射下顯得格外璀璨的魔石。

尋尋覓覓已久，讓他第一眼就深陷愛河，每天在 Inheart 大聲疾呼的璀璨金色魔石，讓洪藝星的眼神變得渙散。

「**更新「巴西利斯克的尖牙」的想法！**」

「**尖牙的想法：父親？**」

毛筆不管呼喚父親的尖牙，流暢地寫下第三項。沉默一陣子的尖牙再次更新想法。

「**尖牙的想法：……人生真孤獨。**」

宜再握在手裡的劍柄突然變得異常鋒利，連劍刃的黑色也似乎加深了幾分。難道尖牙的叛逆期來了？正當宜再一臉疑惑地輕輕揮舞尖牙時，寫完其他條款並蓋上手印的洪藝星伸出雙手。

「給我魔石！魔石呢？」

宜再把合約書放入背包，然後食指比向瓦房的大門。

「履行完合約條款就會給你，我們先套好話吧。」

不久之後，宜再抱著光滑的陶瓷雞，被洪藝星勾著肩膀離開瓦房。周圍風景和進入休息室時一樣，瞬間扭曲變換。一逃離洪藝星的祕密小屋，映入眼簾的是……

「……」

雙手被黑色鐵鍊綑綁住，用歪斜的姿勢坐在沙發上的李俟瀛。

──媽X，時間才過多久，居然已經被逮捕了？

「……」

兩人四目相對，俟瀛眼神殺氣騰騰地瞪過來，背後瀰漫著一圈詭異的黑氣。隔著防毒面具，那雙幽幽紫眸看起來格外危險。

連擁有清澈眼神的狂人洪藝星都感受到了不尋常的氣氛，湊到宜再耳邊低語。

「李俟瀛怎麼會變成那樣？感覺靠近他就會沒命耶？」

「咕咕。」

咕咕也發出微弱的叫聲，彷彿在贊同藝星的想法。

即便被鄭彬的鎖鏈綁著，李俟瀛身上散發的危險氣場卻絲毫未減，反倒更加濃烈了。

「哥……」

俟瀛舉起被綑綁的手，脫掉臉上的防毒面具，氣勢洶洶的眼神怒視著宜再。

他幾乎是咬牙切齒地說：「看來我真的得找個地方把哥綁起來才行。」

——被人綁起來的傢伙竟然還敢說那種話……

儘管俟瀛一臉不悅地盯著他看，俟瀛仍舊用陰森的語氣低語。

「只要我一不注意，你就會惹出意外，或是突然消失……」

喀啦一聲，他手裡的防毒面具就像像紙團一樣被硬生生捏碎。咕咕因為感受到他凶狠的氣勢而全身發抖，宜再輕輕撫摸牠光滑的腦袋，紫色眼眸的殺氣卻變得更加銳利。

他微微歪著頭，捲髮便柔順地垂落。

「所以……」

「……」

「你突然消失不見，又和那傢伙有說有笑地一起出現……是不是應該解釋一下？」

「那傢伙……是指我嗎？」

洪藝星歪著頭用手指向自己，一點也不懂得讀氣氛。

——閉嘴。

宜再努力忍下摀住藝星嘴巴的衝動。李俟瀛的視線始終停留在車宜再身上，完全沒有看洪藝星一眼。宜再用力眨幾下眼睛，用眼神暗示。

「那個，公會長，我會好好說明。」

「好……說吧。」

李俟瀛看來是真的很不爽，明明目光交會，卻裝作什麼暗示都沒看到，甚至還故意模仿宜再的眨眼頻率！

——媽X，洪藝星在這裡，是要我怎麼全部說出來？這個臭小子。

「還是由我來說？李俟瀛！祕書！可以讓我來說嗎？」

「你閉嘴。」

「……」

洪藝星垂頭喪氣。

「還有，不要勾肩搭背。」

洪藝星默默放下攬著宜再肩膀的手。用一句話就讓洪藝星閉嘴的俟瀛背靠著沙發，向宜再點了點頭，意思是：來，說說看。

「那個……」

「嗯？洪藝星老師，你從休息室出來了？」

正當宜再咬牙開口時，後方傳來了熟悉的聲音。

一臉訝異的鄭彬和滿臉疲憊的裴沅雨，以及臭著臉的 Honeybee，三人一同進到大廳。偏偏這幾位，都有在解酒湯店牆上留下海報或簽名。

宜再立刻召喚出使用了整個早上的人格，縮起肩膀，開始扮演氣餒的祕書組新人。

發現洪藝星的 Honeybee 煩躁地撥了撥頭髮。

「你！唉……如果你要延後競標，說會延後就好啊。為什麼要亂撒粉？託你的福，又出事了。」

「出事？什麼事？」

「你聽鄭彬說吧！」

鄭彬走向正在對峙、氣氛微妙的三人面前，摸著下巴開口。

「嗯，我有傳簡訊要藝星老師不要出來，你沒有看到嗎？」

「你要我不要出來，但看起來還好啊？也沒有地方垮掉。我以為是李俟瀛亂撒毒液，還帶了解毒道具。」

「嗯，幸好我在他用毒之前制住他了。多虧 Honeybee 很快就按了警鈴。」

鄭彬笑著聳肩。

「雖然圭圭的肩膀骨折了……但建築物沒有垮掉，還算是在容許範圍內吧？」

「那個，真的很抱歉。真是的，我們公會長……雖然他原本就是這種人，總之……醫藥費的部分，請再聯絡波濤公會。」

裴沅雨連連低頭道歉。俟瀛看著他們，滿臉不耐煩地開口。

「是那傢伙先動手的。」

「哎呀，俟瀛，你先不要說話！」

「哈哈，對。考慮到是圭圭先動手的，所以才只綁住你的手腕。」

笑容和煦的鄭彬看向洪藝星，接著又看到站在他身邊，縮著肩膀的另一張防毒面具。

「話說回來，洪藝星老師旁邊那位是……」

「他啊，是波濤公會的祕書。」

「啊，原來如此。」

鄭彬溫和的雙眼微微瞇起。

「但是……我記得你們入場時還在，但當黑色粉末散去時，卻全場都找不到你們。」

「因為我綁架了祕書！」

「什麼？」

「喔？」

聽到綁匪突然自首，鄭彬和裴沅雨同時瞪大雙眼。

宜再感覺李俟瀛看著他的目光又變得更加凌厲了，他只好努力忽視。

在他默默轉開臉時，洪藝星開始滔滔不絕地說出剛才兩人套好的話。

「不，我原本是想要綁架李俟瀛！不過因為我也是第一次用這個粉，分不清楚誰是誰。我叫咕咕去綁架戴著防毒面具的人，結果卻意外綁到祕書。唉，它還太年輕了。」

「咕咕？」

宜再逐漸能夠辨別咕咕叫聲的含意了，這次的叫聲是在表達自己的冤枉。然而，咕咕的主人仍厚著臉皮說下去。

「既然都已經把人帶來了，總不能馬上趕走吧？這樣做很無情啊！但又不能再去綁架李俟瀛。祕書平常都在被那種無良上司欺壓，如果就這樣離開，一定會挨罵的。我看他很辛苦的樣子，就請他喝杯茶。」

「……」

默默聽他說的鄭彬看向宜再。

「請問你叫什麼名字？」

宜再故意像山羊一樣抖著嗓音，努力用比較高的音調回答。

「我是……金承斌。」

「好，金承斌祕書。洪藝星老師說的都是真的嗎？你沒有被逼迫或威脅嗎？」

「對，是的！洪工匠……他有向我道歉，說他抓錯人了，也有請我喝綠茶。但因為不能馬上讓我離開，所以要我在那裡待一下……還有，也有介紹咕咕讓我認識。」

宜再舉起懷裡的咕咕。咕咕歪著光滑的頭，然後發出「咕咕」的叫聲。看到陶瓷雞後，鄭彬的眼神才終於變得比較柔和一點。他用食指戳了咕咕粗短的喙，開口問道。

「原來如此。那我可以問一件事嗎？」

「嗯？好！當然可以。」

「你被綁架到哪裡？」

「喔，那裡跟這裡完全不一樣。是瓦房……還有院子……啊！還有一座窯。」

「原來如此……」

「咕咕咕咕咕！」

鄭彬看著宜再，像是在觀察他，接著又將眼神投向在宜再懷裡高歌的咕咕。片刻後，他摸了摸咕咕光滑的下巴，露出和煦的微笑。

「好，謝謝你的回答。所以說，洪藝星老師，你為什麼要綁架李俟瀛公會長？」

「嗯？當然是因為有話想單獨跟李俟瀛說啊！」

「不能等到匠人展結束再說嗎？」

「就是因為不行，我才會那麼做。我已經說完了，你們也解釋一下這裡的狀況吧。所以剛才是怎麼了，嗯？出了什麼事？」

這次換含糊其辭的洪藝星催促他們解釋，交叉雙臂的 Honeybee 嘆了一口氣。

「唉，就是……」

遮蔽住眾人視野的黑色粉末消散後，參加匠人展的獵人眼前只剩空蕩蕩的舞臺。舞臺上僅留下洪藝星的海報，洪藝星本人和其打造的+S級武器則消失得無影無蹤。

「搞什麼，人跑去哪了？」

「這是恐攻嗎？」

「該不會是被綁架了？」

「但粉末是洪藝星親自撒的耶。」

「真的要兩個小時後才會再開始？」

獵人們交頭接耳的聲音充滿整座大廳。用隔間區隔他們的目的沒有達成，充滿好奇心且敏感的超級倉鼠紛紛離開隔板，到處東張西望。

鄭彬扶額，發出無奈的嘆息，對站在周圍的覺管局獵人下達指令。

「現場人員裡，一半的人請確認大廳內獵人的門票，引導他們回休息室等待；其餘的人和我一起巡視會展中心，調查洪藝星老師的下落。」

「他說不定已經回去休息室了。」

「如果是那樣最好，但也要因應其他狀況。最重要的是確保洪藝星老師的安全。」

鄭彬帶著幾名獵人匆匆離開，剩下的管理局獵人則開始逐一驗票、確認人員。然而因為人多行動慢，沒能及時注意到，兩隻絕對不能碰頭的超級倉鼠，已經悄悄見到面了。

李俟瀛站起身來，環顧四周的同時，只見圭圭大搖大擺地走到他面前。他懶懶地靠在隔間上，兩臂搭著隔板，笑得一臉欠揍。

「喂，我看你根本不打算買東西吧，排名第二的李俟瀛？大虎頭蜂為了搶武器，可是一直在舉牌耶。」

「……」

「但你根本碰都沒碰過號碼牌吧？擺放的位置就跟一開始一樣。」

俟瀛沒有看他，拿出手機後按下螢幕，然後靠在耳邊。圭圭默默看著他，解開只綁住一半頭髮的髮帶。蓬鬆凌亂的頭髮隨意散落。

「跟你說喔～我最近在忙一件事，你應該也已經知道了。」

「……」

「雖然有點麻煩，但我覺得很有趣就接受了！因為走鋼索時候會膽戰心驚，感覺特別有意思。」

侯瀛耳邊的鈴聲一直持續著。

「可是……！」

唰！那條髮帶瞬間變作利刃，猛然飛向防毒面具下方那蒼白的脖頸。

「……」

只聽啪一聲，面不改色的侯瀛接住了匕首，這時才稍微將目光轉移到出手的人身上。

圭圭甩甩手，揚起嘴角說道：「可是啊～只要我想去調查，就會到處碰壁。我覺得很煩，後來就去打聽消息，才知道那些被堵住的地方都受到了波濤公會的控制？」

「……」

「這讓我很好奇。國家想找英雄，但曾是排名第一的你，為什麼不但不幫忙，還堵住所有管道？」

「是因為你實力不夠。」侯瀛冷淡地答道。

「好、好，就算是我實力不夠，但我也有認真想過。」

原本嬉皮笑臉的潘圭敏瞬間收起笑容，面無表情，聲音也毫無波動。

「你希望J繼續維持死亡狀態？」

「……」

周圍的空氣瞬間安靜下來，一旁聽著兩人對話的其他獵人也鴉雀無聲。

俟瀛緩緩轉身和潘圭敏對視。他耳邊的手機裡，仍舊只聽得到無機質的機械音。

「您撥的電話無人接聽，將轉接至語音信箱……」

「你希望J不要出現？」

「……」

潘圭敏向前跨出一大步，直視著鏡片後方的那雙眼睛開口。

「J——」

「……之後你大概也猜得出來，李俟瀛和圭圭就大打出手。我看他們繼續打下去肯定會鬧出人命，就按下向工讀生借來的呼叫鈴。」

「謝謝妳迅速通知我過來。」

「哼，當然要這麼做。」

Honeybee一邊說一邊撥開長髮，裴沅雨則是雙手抹臉，深深嘆了一口氣。

「唉，真的很抱歉……我應該要待在他身邊的，是俟瀛說這次要和祕書單獨行動。」

「哈哈，已經發生的事也無法改變。我很感謝你們沒有讓建築物布滿毒液。」

「話說，我應變得這麼快，不打算給我點獎勵嗎？」

「嗯……我請妳吃解酒湯？」

「三碗的話，我考慮一下。」

「那就匠人展結束後在解酒湯店見吧。」

「喔，我也要去！」

聽著解酒湯店常客你一言我一語，宜再不自覺轉頭看向李俟瀛。他雙手被綁住，歪斜地坐在沙發上，臉上卻露出笑容，直勾勾盯著宜再。

「什麼，解酒湯？我也要去！」

「啊，別來啦。閃邊去！」

「喔，好啊！只要吃過一次就忘不了喔。」

「哈哈，藝星老師這次要去北漢山，有空去解酒湯店嗎？」

洪藝星想擠進常客之間，上榜獵人們瞬間形成了聯盟。然而，在堅實的解酒湯聯盟後方，車宜再和李俟瀛之間微妙的對峙仍未有停止的跡象。

俟瀛雖然在笑，但還不如不要笑比較好。他的嘴角雖然彎曲上揚，但眼裡毫無笑意，冰冷的紫色眼眸始終緊緊盯著車宜再。

或許是覺得李俟瀛很可怕，宜再懷裡的咕咕發出叫聲，將頭用力埋入宜再的懷裡。宜再用手指輕輕撫摸咕咕的頭，發出無聲的嘆息。

——原本想說他心情有比較好了……果然變成這樣了。

現在別說氣消，他的心情根本是雪上加霜。看著那張掛著冷笑的俊臉，宜再瞇起雙眼。

與此同時，看到李俟瀛表情的裴沅雨面如死灰。

「俟、俟、俟、俟瀛。」

「搞什麼？……喔嗚，媽X。話說回來，他怎麼脫掉防毒面具了？有人要死了嗎？你……」

跟著回頭的 Honeybee，嚇得肩膀抖了一下。

這兩人看向他時，李俟瀛收起僅存的笑容，恢復成往常那副漠不關心的表情。他坐正後翹起腳，將被綁住的手腕放在腿上。

「我怎麼了？」

「還能怎麼了，你剛剛那個眼神像是要殺人了。」

「妳眼殘嗎？」

「嘖，這傢伙講話有夠欠揍。」

「Honeybee，這次就不要跟他計較了，好嗎？」

「好可惜，我剛才沒有親眼看到。可以再吵一次架嗎？」

就在 Honeybee 對李俟瀛比中指、裴沅雨挺身當和事佬、洪藝星搧風點火的混亂場面中，將視線從宜再身上移開的李俟瀛從容地開口。

「鄭彬。」

「是，李俟瀛公會長。」

俟瀛舉起被綁著的雙手，伴隨動作發出的噹啷聲十分響亮。

「什麼時候能幫我解開這個？」

「嗯，反正被綁著還是可以舉牌，我打算等競標結束後再幫你解開。不方便的話，也可以請金祕書幫你舉牌。」

「嗯……是嗎？」俟瀛歪著頭看鄭彬，語調平淡，「就算不使用能力，我應該還是可以弄垮這裡。」

「哈哈，你是在威脅我嗎？」

「感覺像在威脅嗎？」

「……」

解酒湯聯盟剛才有說有笑、和樂融融的氣氛瞬間降到冰點。李俟瀛不愧是沒血沒淚的冷酷殺手，具備用一句話就秒殺氣氛的才能。

鄭彬將手背在身後，露出和煦的微笑。

「法律不該存在例外。即使是圭圭先動手的，你也弄斷他的肩膀了。而且原本還打算用毒。」

「但我最後沒有用啊。」

裴沅雨見狀，迅速擠到兩人中間。

「啊，沒關係。請你結束後再幫他解開！哈哈，辛苦了，真的。」

「你在幹嘛？」

俟瀛的語氣充滿不耐，裴沅雨側頭看向宜再，做出撕掉某個東西的動作，應該是要他撕掉門票，回去休息室避難。雖然很感謝他的好意……

——但我的票在那傢伙身上……

為了避免事情鬧大，必須把他隔離起來才行。宜再把咕咕放在地上後，默默走向俟瀛。寫滿了不耐煩的漂亮臉孔抬頭看他，宜再俯下身，湊近他極力壓低聲音勸說。

「我們回休息室吧。」

「……」

「回去再把一切都告訴你，我們先回去吧。」

宜再的語氣像在哄他，讓默默凝視防毒面具的俟瀛長嘆一口氣。他從背包拿出門票，撕掉一小角。

Honeybee 一臉震驚，洪藝星表情微妙，鄭彬則是看不出來在想什麼。裴沅雨比了個讚，像是在稱讚宜再做得很好，然後風景再次轉換。

在幾個小時內經歷了一堆事情，宜再很高興能回到安靜的休息室。他嘆了一口氣，脫掉防毒面具。

雙手被綁著的李俟瀛大步走向沙發，坐在其中一側。

只見他抖著腳，劈頭就說：「所以，你進去了洪藝星的空間……」

質問馬上就開始了，宜再不悅地抿唇。

「那傢伙為什麼突然帶走哥？」

「……」

「你們在那裡說了什麼？」

「嗯，就……」

「我想從哥的口中聽到詳細的內容。」

灼人的目光將宜再從頭到腳掃視一遍，像是要將他整個人裹起來。宜再站在原地，默默將手背在身後，正要開口，便看到俟瀛用下巴指向自己身邊。

「坐吧。」

「我站著說就好。」

「我叫你坐下。」

算了，乾脆坐在他隔壁，這樣就不會對到眼了。宜再乖乖在他旁邊坐下，刻意留下一點距離，開始飛快思考。

不能把他和洪藝星的對話全盤托出。李俟瀛雖然有在廣津區裂隙裡看過巴西利斯克的尖牙，但「擁有武器」和「擁有洪藝星製作的武器」，這兩句話的意義完全不同。

無法告訴俟瀛的事情似乎越來越多了。

「首先……咕咕帶我去洪藝星的空間。」

「嗯。」

「我看到洪藝星在躺著吃紅蔘，他叫我過去坐，我就坐下。」

「嗯嗯。」

「……」

完蛋了。如果扣掉巴西利斯克的尖牙的事，那就沒有東西可以說了。這次也必須巧妙地竄改一下真相。宜再目光放空地看著白牆，繼續說道。

「然後……洪藝星突然……打開鑑定之眼，說他什麼都知道了。」

「知道什麼？」

「我身上有魔石的事。」

「魔石？」

「就是……洪藝星不是在找魔石嗎？」

「……那傢伙是怎麼知道的？」

——抱歉，是我告訴他的。

宜再默默轉開頭。要是告訴俟瀛有關尖牙的事，就等於坦承自己是J。但是根據剛才Honeybee說的話，這傢伙對J的態度似乎不太友善，所以他決定對此保密。

「你希望J繼續維持死亡狀態？」

「你希望J不要出現？」

宜再默默咬唇，難道是因為排名第一被搶走了？不管怎麼想，他以前身為J時，根本沒遇過長得像李俟瀛的人，不知道他為什麼會討厭自己。可是，碎片裡的李俟瀛和J，偏偏看起來那麼親暱……

此時俟瀛的臉皺成一團，忍不住咒罵出聲。

「啊……媽X。」

「喂，你幹嘛突然罵人？」

「不行，沒辦法思考……」

一聲短促的嘆息滑過宜再耳畔，頸間隨即傳來柔軟的髮絲觸感。

宜再瞪大雙眼，稍微側過頭，只見李俟瀛把身體蜷縮成一團，靠在自己身上。宜再僵在那裡，手還半舉著，一動也不敢動。

——他怎麼了？

這是新型的攻擊方式嗎？如果目的是讓對方不知所措，那他確實成功了。因為此時的宜再，從來沒有那麼手足無措過。

然而，俟瀛把頭和身體靠在他身上後，就沒有任何動作了。唯一能清楚聽到的，只有微弱的喘息和淺淺呼吸聲，還有手腕移動造成的鐵鍊碰撞聲。

而俟瀛接下來所說的話，讓宜再懷疑起自己的耳朵。

「我好累……」

剛才那個是李俟瀛的聲音嗎？他好像是在撒嬌……就在宜再全身僵硬，轉動眼珠思考時，又聽到他用緩慢的語調喃喃自語。

「總是讓我去猜……」

「……」

「總是讓我在意……」

「……」

「煩死了。」

聽到他用「煩死了」結尾，看來確實是李俟瀛本人沒錯。宜再原本想說些什麼，但最後又閉上了嘴。

從頭側傳來的呼吸聲似乎變得比剛才還急促。

——啊。

噹啷。伴隨著微弱的鐵鍊聲，宜再抱住俟瀛的肩膀，一下一下地輕拍。原本蜷縮著的肩膀這才稍微放鬆。

鄭彬的鐵鍊原理是抑制覺醒者的能力根源，進而束縛住他們。覺醒者在覺醒之後會逐漸習慣能力，所以當他們突然被剝奪力量時，都會很難適應。

李俟瀛看似只有手腕被捆住，但感覺上會像全身都受到束縛，儘管沒有表現出來，他現在也肯定很難受。

宜再輕拍結實的肩膀，輕輕嘖了一聲。

——如果像平常那樣發神經，我還比較安心……

「真的很煩……」俟瀛再次低語。

「好、好，我知道了，你先休息吧。」

「……」

「睡得著就睡吧。」

「……」

李俟瀛緊抿雙唇，把身體貼得更近。宜再覺得自己很像在哄小孩，努力忍住笑聲。他舉起手，輕輕地撫摸李俟瀛的頭，靠著他的身體隨即慢慢放鬆下來。掠過指尖的髮絲比想像中還要柔順。

此時，牆上的公告多了幾句話。

匠人展競標將於三十分鐘後重啓。

請在休息室等候的獵人於以下時間結束後回到大廳。

剩餘時間：29分59秒……

計時器的數字開始遞減。宜再盯著那串數字，默默希望當下的時間可以走得更慢一些。

機械地揉著李俟瀛頭髮的宜再，視線落在了靠在自己身上的那顆黑髮腦袋上。

——嗯？

他突然覺得肌膚相觸的地方異常冰冷，感覺不太對勁。他以前和鄭彬合作時也看過幾次被鐵鍊綑綁的人，但還是第一次看到這種會對身體產生影響的情況。

為了確認他的臉色，宜再輕輕推開俟瀛的身體，俟瀛的手卻慢慢往上伸，抓住了宜再的手臂。因為掌心沒有什麼力氣，比起抓住，更像是無力地搭在上面。

俟瀛仰頭，嘴唇微微動了動。

「……怎麼了？」

「什麼？」

「你又要去哪裡？」

搭在手臂上的指尖似乎更用力了。雖然知道這傢伙的手指不可能這麼容易就折斷，但一股莫名的不安還是悄悄冒了上來。宜再趕緊拍拍他的手，輕聲安撫。

「我沒有要離開，你這小子，我還能去哪裡？」

「……」

看見對自己毫無信任的眼神後，宜再閉上嘴巴，隨後又不開心地撇了撇唇。

——我們之間連這一點信任都沒有嗎？為什麼？

「喂，我真的不會離開，而且也沒有地方可以去。」

「那為什麼？」

「讓我看看你的臉，不要亂動。」

「……」

俟瀛緊閉雙唇。宜再將身體轉向李俟瀛，用雙手捧住他的臉，仔細觀察。

原本就蒼白的臉色變得更加慘白，額頭開始冒冷汗，紫色眼眸也變得朦朧無神。

他連平常那種囂張的樣子都裝不出來，看來是真的很不舒服。活動會場附近有醫療團隊在待命嗎？

宜再表情嚴肅地問道：「你現在很不舒服嗎？」

「……」

「不舒服要說哪裡不舒服啊，忍耐就會好嗎？」

「……」

不管是在地下城還是裂隙，J見過許多受了重傷卻故作堅強，結果突然不支倒地的獵人。到處都有死撐的人，他們總是說「不能讓其他人感到不安」，卻沒有考慮到收拾屍體的人是什麼心情。

宜再突然口乾舌燥，指尖開始顫抖。他放下捧著李俟瀛臉頰的手，身體往後拉開距離。

——啊，可惡。

他不想被李俟瀛察覺到他的手在顫抖。

俟瀛慢慢抬起頭，臉上滿是疑惑。

「……怎麼了？」

「沒事。我去旁邊，讓你可以好好躺著。躺著會比較好。」

宜再推開他準備起身時，手臂再次被抓住。剛才拉開的距離，又被俟瀛靠近的臉抵消。朦朧的眼神突然變得凶狠。

「媽X，你不是說不會離開嗎？」

「不是啊，我是為了讓你可以躺著啦。」

宜再撥掉抓著自己的手，語氣不耐地回嘴，但這傢伙根本不打算退讓。現在他只想靜靜平復一下翻騰的胃，但李俟瀛連這一點時間都不肯給他。

「我去坐那裡。」

「你又說謊……」

這小子完全不願意相信人嗎？究竟是誰抹滅了李俟瀛對人類的信任？

宜再正準備頂回去，俟瀛突然吸一口氣，全身一撲撞進他懷裡，把頭埋在他肩上。

雖然不知道剛才還有氣無力的傢伙，到底哪來那麼大的力氣，但宜再沒有感受到疼痛，只是身體搖晃了一下。宜再看著肩膀上的黑色頭頂，一臉困惑。

「你在幹嘛？」

「……不舒服。」

「什麼？」

「我很不舒服。」

「……」

宜再差點脫口說出「所以呢」。然而身體感受到的體溫無比冰冷，李俟瀛還在冒冷汗，耳邊傳來的心跳也不規律。撲通撲通撲通……

——唉。

宜再看著天花板，蠕動嘴唇。

——好煩……

李俟瀛說的煩也是這種煩躁的感覺嗎？宜再注視著靠在身上的人，然後嘆了口氣，放鬆身體。在李俟瀛的體重壓迫下，宜再的身體緩緩倒向後方

蓬鬆柔軟的抱枕接住了宜再的頭和背，俟瀛也順勢趴在宜再身上。更準確來說，是壓在他身上。

被沉重身軀埋在下方的宜再，聲音悶悶地開口。

「你滿意了嗎？」

「……」

「我也累了，不要再鬧了，好嗎？」

許久未開口的李俟瀛，突然叫了他的全名。宜再輕拍他寬厚的背，語帶不滿地回應。

「車宜再。」

「從剛才開始，你說話就有點沒禮貌耶？」

「……」

「我是看在你不舒服，才不跟你計較。」

宜再偷偷瞄了眼時間。和這傢伙你一言我一語，轉眼已經快到重啟競標的時間了。

再被壓著一下就結束了……宜再聽著耳邊的呼吸聲，閉上雙眼，又因為突然閃過的念頭而猛然睜開。

——這小子的束縛解開後，後面要怎麼收尾？

就在此時，倒數的時間歸零，類似早上在洗手間聽到的吵鬧警報聲立刻響起。

李俟瀛用額頭蹭著宜再的肩膀，罵了句髒話。

「啊……媽X。」

宜再拍拍他的背。

「時間到了，起來吧。」

「……」

「你不參加競標嗎？」

俟瀛磨磨蹭蹭一陣子後，才慢慢坐起身，靠著沙發的椅背。壓在身上的沉重身軀離開後，宜再終於能夠好好呼吸。

宜再起身後，整理了一下凌亂的衣服，並戴上防毒面具。這段期間，李俟瀛一直閉著眼睛，眉頭緊皺，無力地靠在椅背上。

——看起來很像剛洗完，等著曬太陽的皺巴巴衣服。

準備就緒後，宜再指著門說道：「走吧。」

「……」

長嘆一口氣的李俟瀛撐起身，緩慢地邁開步伐。

推開休息室門的瞬間，洶湧的人聲立刻撲面而來，看來他們是最後一組進場的。

也是啦，+S級武器就在眼前，競標卻突然中斷，眾人肯定急不可耐。

李俟瀛把身體深深沉進專屬於他的沙發，手肘撐在扶手上，扶著額頭。或許是因為頭痛，他依然緊閉著雙眼。宜再默默站在他身後。

剛才見過的拍賣官再次回到舞臺上，向眾人點頭致意。

「感謝各位的耐心等候，競標即將繼續進行！」

只見工作人員吃力地把一柄巨矛放在舞臺的桌子上。

「洪藝星老師首次打造的+S級裝備——『巨神之矛』！起標價是……」

這時，李俟瀛突然開口：「幫我舉牌。」

「嗯？競標還沒開始耶？」

「幫我舉，快點。」

宜再一舉起桌上的號碼牌，立刻吸引了眾人的目光，場內瞬間鴉雀無聲。

李俟瀛緩緩睜開眼，懶洋洋地宣告。

「不管多少錢我都要買……全都給我滾。」

他低沉的聲音清楚地迴盪在整座大廳。

寂靜只維持了一瞬間，隨後周圍便爆出一陣陣怒氣沖天的超級倉鼠吼叫。丟下震撼彈的李俟瀛再次閉上眼。

啪！突兀的聲響劃破騷動，四周的隔板全數崩解，轟然落地。似乎是有人拆了牆。安靜一剎那的大廳，立即陷入更大的騷動。

舉著號碼牌，呆站在原地的宜再看向左邊。Honeybee 坐在身穿灰色西裝、貌似一隻大熊的男子身邊，惡狠狠地瞪了過來。他又默默看向右邊，這次是裴沅雨張大嘴巴往這邊看。

他下意識將視線轉向舞臺。坐在臺上的洪藝星像烏龜一樣伸長脖子，興致勃勃地用閃閃發光的眼神，來回看著車宜再和李俟瀛。

宜再本能地察覺到，剛才李俟瀛所做的事，等同於向全體超級倉鼠宣戰。而此刻的他……則是舉旗的旗手，也就是最先需要被處理掉的李俟瀛的走狗。

——X，完蛋了。

拍賣官聲音顫抖著開口。

「開、開始競標！」

哇哇……

隱約的喧譁聲讓鄭彬微微抬頭。不過他很快便聳聳肩，繼續直視前方。畢竟這裡是與主會場完全隔絕的空間，外面的聲音本來就不可能傳進來。

他慢步向前，站到了鐵桌一側。

「好……那麼。」

鄭彬把文件放在鐵桌上，並拉開椅子坐下。這裡是他的休息室，漆黑的房間和覺醒者管理局內的偵訊室構造相似。

鄭彬十指交叉，直視著坐在鐵桌對面的男子。

昏暗的燈光下，男子的一頭黃髮泛著白色光暈。

「競標開始了吧？你不去沒關係嗎？」

「嗯，也不會有什麼事。現在這邊更重要。」

「喔……你要幫我解除束縛？」

「不。」

潘圭敏跨坐在椅子上，肩膀纏著繃帶。儘管他的身體被鄭彬用黑色鐵鍊綑在了椅子上，臉上仍掛著游刃有餘的笑容。

「我們好像有很多話可以聊，圭圭。」

聽到自己稱號的圭圭露出燦爛笑容。

「嗯，是啊。你幫李俟瀛解開了？」

「沒有，等競標結束後，我才會幫他解開。」

「哎，直接押送到覺醒者管理局吧。」

圭圭扭動被綁住的身體，不滿地發牢騷。

「你是不是對他太好了～？為什麼我就要被抓到這裡，還被關起來？」

「是啊，因為是你先挑釁的。還有……」

鄭彬目光冷漠地看著圭圭。

「雖說我們把追蹤J的事全權交給你，但你並沒有報告最新進展。」

「啊……是上面的意思？」

「是的，局長要我今天一定要問到。」

「真無趣。」

「我們已經給你充分的時間了，現在換你回答。」

鄭彬用指尖輕敲桌面，發出叩叩聲。

「J是誰？」

「嗯～」拉長尾音的圭圭咧著嘴笑，左右搖晃上半身。「如果我不想說呢？」

「你必須說。」

鄭彬握緊拳頭，隨著他的動作，纏住圭圭身體的黑色鎖鏈便更深地勒緊，而另一道鏈條如蛇一般纏上他的脖頸。

圭圭聳了聳肩，嘆了口氣。

「好啦好啦。但是！你得先回答我一個問題，我就馬上告訴你。」

「我先聽再決定。」

「啊～也沒什麼啦……」圭圭轉了轉痠痛的脖子，「你為什麼要找J？」

「這是上級的命令。」

鄭彬回答得很簡短，然後下巴輕抬，示意對方回答。

圭圭哼了一聲，看起來不太開心。

「哎唷，撇除命令不說，你仔細想想看，我們一定要找J嗎？」

懸掛在頭頂上的電燈搖搖欲墜。

鄭彬直視著圭圭輕浮的笑容，用冷淡的語氣回答。

「你問這個問題有什麼意圖？不要拐彎抹角，直接說重點吧。」

「不是啊……我覺得很好笑。」

壞笑的圭圭呼出一口氣，吹起自己的瀏海。被蓬鬆散亂的黃白髮絲蓋住的褐色眼眸，閃爍著炯炯光芒。

「我是想問，有必要像抓老鼠一樣到處找J嗎？」

「……」

「你看咸碩晶……那些阻止不了我去國外而不爽很久的政府高層，竟然把尋找J的任務交給我，而不是其他人，這合理嗎？」

潘圭敏是大韓民國第五位S級覺醒者。在他之前覺醒的S級全都留在韓國築巢。但潘圭敏不一樣，他並沒有選擇留在韓國，而是宣布要成為環遊世界的自由工作者。當時，這個宣言在國內引起軒然大波，咸碩晶每天都上門說服潘圭敏，門檻都快被她踏爛了。

在沉默不語的鄭彬面前，圭圭繼續滔滔不絕，似乎從一開始就不期望自己的問題會獲得回應。

「為了末日而找J也很可笑。找他只是為了不知道何時、會以什麼方式到來的末日？沒有J的話，我們就阻止不了末日嗎？」

「……」

「為什麼？難道是要把好不容易在裂隙活下來的人，又丟回那裡面？」

面對犀利地拋出問題的圭圭，鄭彬說不出任何話。潘圭敏的言語就如同聖經裡的蛇，句句帶毒。

「嗯？你們不是同時期的人嗎？第一位S級和第二位S級，你們不熟嗎？」

「……」

這番話，喚起了深埋在鄭彬內心一隅的回憶。

九年前。

鄭彬站在鏡子前面深呼吸。乾淨整齊的髮型配上俐落的警校制服，他再次檢查自己的服裝，確認是否有哪裡不平整。

此時，洗手間的門被打開，氣勢如老虎般凶猛的中年男人突然探出頭。

「鄭彬，準備好了嗎？」

「是，準備好了！」

「喔，很有紀律，很好。」

豪邁大笑的男人是知名的A級獵人宋祖憲。

鄭彬乖乖地點頭，於是宋祖憲打開門，要鄭彬快點過來。

「快走吧。他很忙，不能讓他等太久。」

「好！」

「你有記得我說的吧？不要一直盯著人家看，也不要問東問西。」

「是的，我記得。」

「好，好，他很好相處，不用擔心。」

總覺得他這番話帶著一絲彆扭。鄭彬沒有表現出來，只是默默跟在宋祖憲後面。

穿過一道長長的走廊後，一扇門映入眼簾。

「到了。」

宋祖憲小心翼翼地打開門，兩人走進寬敞的會議室。

在橢圓形的會議桌後方，一名青年坐姿歪斜，正在翻看厚厚的文件。他戴著遮住全臉的漆黑面具，身穿到處都是乾涸血漬的戰鬥服。

鄭彬一眼就能認出對方的身分，他正是拯救國家的英雄——J。

J毫不在意來訪者，而是專注地翻閱某樣東西。

鄭彬挺直腰桿，用完美的角度敬禮。宋祖憲跟著咧嘴一笑，點頭致意。

「J！他是最近剛覺醒的S級覺醒者，叫做鄭彬。打個招呼吧。」

「嗯？」

J這才抬頭看向鄭彬，面具後方的視線似乎和鄭彬對上了。

J放下手中的文件，簡短地詢問。

「嗯……你幾歲？」

「二十一歲。」

「比我想像的還年輕呢。」

經過變聲器調整的聲音從面具後傳出，讓人無法推測他的性別與年齡。但他看起來似乎心情很好，難道是錯覺嗎？鄭彬不自覺地仔細觀察J。

J經常出現在電視或廣播中，是這個國家堅強可靠的英雄。但相較他的名聲，眼前這名戴著面具的青年……

——這個人算是青年嗎？

鄭彬從以前就擁有敏銳的觀察力。不管他怎麼看，都覺得J不像是成年人。

頂多是介於需要照顧的少年與青年之間的高中生。當鄭彬忍不住在心中懷疑，這人該不會還沒成年時，J從椅子上起身，大步流星地走向他。

迎面而來的是比自己稍矮一點的注視。然後，J伸出了手。

「你好，我是J。」

「啊，我是鄭彬。請多指教。」

宋祖憲戳了一下沉浸在觀察之中的鄭彬腰側，鄭彬急忙回握對方的手。骨節分明的手厚實且柔軟。

J晃了兩下後收回手，語氣親切地問道。

「你的覺醒能力是什麼？」

鄭彬瞄了一下身旁的宋祖憲。看他輕輕點頭，得到允許的鄭彬才誠實回答。

「束縛，可以壓制目標。」

「壓制怪物？」

「壓制覺醒者。」

「哇，太好了。最近覺醒者的犯罪增加很多，讓我很頭痛。」

「是吧，哈哈，他覺醒的時機很剛好呢。對了，J，你有聽說丹陽出現裂隙的事嗎？」

「啊，有。」

「直升機已經準備好了，趕快過去看看吧？」

「好。」

回答得有點不情願的J抓抓腦袋，熱情地對鄭彬揮了揮手。

「今天很開心見到你，下次見。」

「啊，是！我也很高興見到您。」

短暫道別後，J打開窗戶縱身跳下。

一道冷風刮了進來，鄭彬注視著敞開的窗戶發愣。這時，而宋祖憲拍了拍他的背。

「喂，不要太在意他。」

「什麼？」

「別去打探J的事。」

看到鄭彬露出驚訝的表情，宋祖憲聳了聳肩。

「我們現在需要的是英雄。如果越來越了解J，只會產生心裡負擔。所以我才會提醒你，要和他保持一定的距離，但也不要和他結仇。」

「……」

鄭彬納悶的神情全寫在臉上，邊咂舌邊走出會議室的宋祖憲低聲說著。

「這也沒辦法。直到情況比較穩定前，只能犧牲有能力的人了。畢竟現在國家的狀況……」

鄭彬回頭看了一眼孤零零地被留在桌上的文件。文件沒有闔上，內容一覽無遺。

沼澤蟾蜍：☆☆☆注意不能讓牠吐出酸液，先攻擊頭和嘴巴。

紅尾蒼龍：成群結隊的話會很麻煩！要先貫穿喉嚨，讓牠無法呼叫同伴。

上面的字似乎是J親自寫下的，文件中記錄著許多怪物的名稱和對付牠們的方法。

鄭彬突然覺得胸口有點悶，感覺如果繼續看下去，可能會開始懷疑他不該懷疑的事。

於是他默默轉身，跟著宋祖憲離去。

鄭彬注視著圭圭。不知不覺間，搖搖欲墜的電燈停止了晃動。

「就算不是命令，也必須找到他。」

「為什麼？」

鄭彬記得J獨自縱身而下，總是一個人奔向裂隙的背影，以及年輕時，面對這樣的他，選擇視若無睹的自己。

那時逃避帶來的微妙不適感，仍鮮明地留在鄭彬的記憶裡。

已經過去那麼多年，不能再讓那種事重蹈覆轍。

「為了保護他。」

「……」

鄭彬捶了鐵桌一下後起身，俯視著圭圭。

「所以請你回答，J是誰？」

「嗯，這個嘛……我不知道？」

鄭彬認真回想深埋的過往記憶，對方卻回以毫無誠意的消極答案。

鄭彬皺起眉頭，比出食指，準備讓黑色鐵鍊緊緊纏繞圭圭的脖子，不留一絲縫隙。

「你個性很急耶，我有找到一點線索啦！……但後面就斷掉了。」圭圭迅速加上一句，「好好調查李俟瀛吧。」

「怎麼說？」

「我很認真地到處挖掘，也篩選出幾個可能是J的人……但李俟瀛和波濤公會阻斷了所有情報。那小子還故意放出假消息，搞得我很煩。」

聽到他這番話，鄭彬腦中突然閃過一幕——在排名更新的那天，李俟瀛站在紀念碑前看著J的名字，還威嚇說來自裂隙的東西全都歸他所有。

鄭彬用懷疑的目光掃視正在哼歌的圭圭。

「話說回來……你為什麼突然那麼配合？」

「嗯？因為感覺鄭彬你是親J派。」

原本纏在脖子上的鐵鍊沿著桌子回到鄭彬手上，悄悄繞上他的手腕。

可是，圭圭應該是在J消失後才覺醒的。

「你和J有特別的緣分嗎？」鄭彬訝異地問道。

「啊啊，也沒有什麼特別的原因。」

圭圭露出燦笑。

「以前他殺死了打算毀掉我們教會的怪物。」

「……」

「嗯，我也是懂得報恩的人嘛～」

圭圭閉上眼，再次哼起歌來。那是一首鄭彬不曾聽過的歌。

「我們所經歷的每一個瞬間，並非理所當然，那皆是恩惠……」

另一方面，少了鄭彬，只剩下獵人的大廳猶如方向盤故障的八噸大卡車。不，說不定連煞車也沒有。

「好，七號！十號！二號！七號！十一號！」

隨著獵人們不斷舉牌，競標價格越飆越高。

「喂，不准把我看上的武器價格越喊越高，還不快點放下號碼牌？嗯？」

「嗯～這也沒辦法。」

「先把電話線切掉，不要讓外國人投標。」

「做得好，外國人都去死吧！」

超級倉鼠拿著武器互相殘殺，現場宛如一座戰場。車宜再不小心成為了朝瓦斯桶丟火的主角。

「……真有趣。」

李俟瀛就像一張濕掉的手帕，癱在沙發上觀戰；而坐在一旁支撐他的車宜再，雙腿不斷抖動。

——鄭彬這小子為什麼偏偏這個時候不在……

此時此刻，他比任何人都想念鄭彬。

以成為眾人目光焦點的旗手來說，宜再的狀態十分平靜。前提是先別計較李俟瀛完全不考慮自己的體重，將沉甸甸的身軀靠在他身上這件事。

砰！砰！

「俟瀛！這樣真的沒問題嗎？」

「啊，副會長！撐到得標就好了！」

「這樣做真的沒問題吧？對吧？」

「嗯。不要反擊，只要防守就好……這樣一來才有藉口。」

鏘！鏘！飛向李俟瀛的刀刃被高牆擋住，一一掉到地上，而牆內一片安寧祥和。

俟瀛用慵懶的語氣閉著眼回答。裴沅雨用鼻子吐氣，整個人站得直挺挺的。他從剛才李俟瀛抬手示意的那一刻起，便堅守在沙發前，抵擋不斷襲來的攻擊。

「公會長！我可以大喊嗎？」

「嗯。」

「呼。」

因為在解酒湯店見過幾次面，所以宜再認得這名紅髮女子。

姜智秀深吸一口氣，猛然舉起寫著數字七的號碼牌，並使出獅吼功。

「七號——！」

她的聲音宏亮到讓人耳鳴，甚至感覺整棟會展中心都在搖晃。

兩名獵人原本正在揮拳相向，聽到她的聲音後立刻捂住耳朵，倒在地上。就連放在桌上的號碼牌都在晃動，看到這幅情景的宜再忍不住張大嘴巴。

抱著頭、腦袋嗡嗡作響的拍賣官再次握住麥克風。

「好，好……七號！」

競標通常是由出價高的人得標吧？準備了號碼牌讓他們舉，但這些超級倉鼠卻用牌子互毆？這些獵人不但把價格喊得很高，還企圖用物理方式減少競爭對手。

宜再看著眼前的景象，說不出話來。越過裴沅雨望實的肩膀，能見到如蝴蝶般一躍而上的 Honeybee，正在用號碼牌猛劈某個獵人的頭。

啪！號碼牌發出輕脆的聲音斷成兩截。Honeybee 短短罵了一句髒話，扔掉牌子的碎片。

「馬太福音！你那邊還有備用的吧！」

「沒有。」對方用低沉的隆隆嗓音答道。

宜再偷瞄了左邊一眼。在這場戰爭之中，除了宜再和李俟瀛所在的隔間，還有一處也很安靜。那就是 Honeybee 和身材像熊一樣魁梧的男人所待的隔間。

即使 Honeybee 像虎頭蜂一樣飛來飛去，到處痛扁其他獵人，那位男人依然穩穩坐在原位。

此時，那名男人——馬太福音轉頭看向宜再這邊。準確來說，是看向靠著宜再、閉著雙眼的李俟瀛。

男人身材高大，身穿灰色西裝，配上銀框眼鏡，給人一種知性的感覺。

「李俟瀛先生，你不打算收拾現在這個情況嗎？」

翹著腳，把頭靠在宜再肩上的李俟瀛，懶洋洋地回應。

「我做了什麼？為什麼要收拾……」

「你刺激到獵人的自尊心了。」

「是那些人缺乏耐心吧……不能把他們沒接受過耐心教育的事怪在我頭上。」

看來他身體雖然不舒服，但嘴巴完全不痛呢。李俟瀛一逮到機會就開始冷嘲熱諷。

面臨現今排名第二與第三之間的唇槍舌戰，排名第一的車宜再只想躲到安靜的地方。希望他們能夠撇除他，兩個人好好談談。

「……」

不過，馬太福音並沒有揮拳或回嗆，只是靜靜聽著。

俟瀛嘖了一聲，嘆了口氣補充道：「你管好 Honeybee 吧……等鄭彬來，就要對他解釋了。」

「……原來如此，謝謝建議。」

馬太福音低下頭，鄭重地致謝。他竟然不認為這是挑釁，而是忠告？

——他是聖人嗎……

正當宜再驚訝不已時，馬太福音慢慢從系統背包拿出了某樣東西。宜再有點擔心對方會因為遲來的怒火而動手，他偷瞄一眼，想確認馬太福音在做什麼。

和宜再的懷疑完全相反，對方拿出的東西是……

——記憶裡的那個味道！古早味軟糖！

亮黃色長條型的古早味軟糖袋子。

宜再毫不掩飾地瞪大雙眼看著馬太福音，但對方泰然自若地撕開包裝，舉起右手食指，指尖瞬間冒出小小的火花。

接下來的畫面更離譜了。馬太福音竟然用指尖的火花烤起古早味軟糖，甚至還能隨心所欲地控制火的大小。

或許是聞到了甜香，依然閉著眼的李俟瀛低聲開口。

「那傢伙又開始了……」

「……他很常烤古早味軟糖嗎？」

「嗯……」俟瀛懶洋洋地躺著，用低啞的嗓音補充。「公會長聚會時，他還會烤奶油魷魚分大家吃。」

他是伙食負責人嗎……正當宜再皺起臉思考時，右邊突然冒出散發著熱氣的焦黃長條物。只見馬太福音遞了兩條古早味軟糖給他。

「請你吃，我烤得很好吃喔。」

「……」

「幫我收下。」

一聽到俟瀛的話，宜再體內的金祕書人格立刻啟動。他恭敬地雙手收下古早味軟糖，接著低頭致謝，馬太福音也點頭致意，然後繼續烤古早味軟糖。

一片混亂的會場逐漸平息下來，Honeybee 將頭髮往後一撥，回到了自己的座位。

「哼，一堆連雜魚都稱不上的人居然敢挑釁……嗯？什麼東西？」

「吃吧。」

「什麼啊，我還以為你沒有帶！謝謝。」

露出燦笑的 Honeybee 咬著古早味軟糖，翹腳坐在沙發上。

遮住視野的裴沅雨之牆變矮後，露出了幾乎化為廢墟的大廳。原本拿著武器到處跑的超級倉鼠們幾乎都無力地癱倒在地上。

「那麼……競爭對手都剷除了……」

自言自語的俟瀛撐起無力的身體坐正，他抬手示意仍舉著牌的姜智秀。

「姜智秀。」

「是！公會長。」

「把桌上的號碼牌全部回收後折斷……」

「沒問題。」

姜智秀像一陣風般消失了。李俟瀛用被捆住的手拿起桌上的二號牌子，看向拍賣官。

「你有說過要有號碼牌才能喊價吧？」

「啊，是的！沒錯。」

「……」

紫色眼眸掃過四周。啪！啪！遠方規律地響起姜智秀折斷號碼牌的清脆聲響。

俟瀛把號碼牌舉到頭的高度，勾起嘴角。

「嗯……那現在只有我可以參加了呢。」

「什麼？喂！誰說可以！」

「Honeybee，棉花糖也烤好了。」

「唔！唔唔！」

「什麼？妳還想吃烤奶油魷魚？我知道了。」

Honeybee氣得用手指來指去，試圖抗議，但馬太福音不斷把烤得焦黃的香噴噴食物往她嘴裡塞。拍賣官不知所措地回頭看向洪藝星，然而拍賣會主角的心思已經不知道飄到哪裡去了。

下一秒，洪藝星搶走拍賣官的槌子大喊。

「那麼就由李俟瀛得標。快點結束競標吧！」

咚！咚！咚！輕快的落槌聲傳遍整個大廳。

俟瀛長長嘆了口氣，緩緩眨眼，再次將頭靠上宜再肩膀，在他耳邊細語。

「那麼……哥。」

「是。」

「幫我轉達一句話給鄭彬。」

「……」

「這筆債，我要他雙倍奉還。」

俟瀛悄聲說完這句話後，上半身便無力地往前倒，手中的號碼牌也隨之滑落地面。

宜再眼明手快地一把扶住倒下的他，發現懷裡的身體異常冰冷。

宜再腦中一片空白，只浮現了三個字。周圍鬧哄哄的聲音就像被消音般遠去。

——為什麼？

難道不是單純身體狀態不太好嗎？力量根源被束縛住，會對身體造成那麼大的負擔嗎？嚴重到會直接全身發軟昏倒？該去找誰呢？要去哪裡……

思緒紊亂，心跳加速，口乾舌燥的宜再呼喊著俟瀛的名字。

「俟瀛。」

「……」

「喂，李俟瀛。」

感覺他的脈搏越跳越慢，呼吸聲也逐漸變弱。

大事不妙。抱著俟瀛上半身的手不斷顫抖。正當宜在慌忙張望四周時，一道高大的人影出現在他面前。

裴沅雨一臉驚慌，立刻在周圍築起牆，確認四下的視線全被遮蔽後，他才開口詢問。

「祕書，他怎麼了？發生什麼事了？」

回答裴沅雨的問題前，宜再狠狠一咬自己的舌頭，刺痛和血腥味讓他回到現實。幸好說出口的是沉穩的嗓音。

「我不知道。自從被束縛後，他的狀態就不太好，然後剛才突然失去意識了。」

「什麼？以前從沒發生過這種事……我也有被束縛過，但沒有那麼嚴重……智秀！快去叫鄭彬來！」

「可惡……我知道了！鄭彬人在哪！」

姜智秀鑽過牆壁之間的縫隙離開。裴沅雨從背包拿出各種藥水放在旁邊，雙手抱頭苦思。

不知道過了多久，等宜再的領口被後頸的冷汗浸透，牆上終於傳來規律的輕敲。

一面牆打開後，氣喘吁吁的姜智秀拖著鄭彬的手臂走了進來。

「姜智秀，請妳說明一下大廳為什麼會變成這副……」

「鄭彬！」

「……李俟瀛公會長？這到底是……」

鄭彬瞬間臉色大變，在俟瀛面前單膝跪地。氣氛瞬間凝重，查看俟瀛的狀態後，鄭彬沉聲低語。

「抱歉，是我的疏忽。我沒注意到時間過了那麼久。」

他急忙解開捆住俟瀛雙手的鐵鍊。束縛一解除，那雙手臂便無力垂落。

跪坐在旁邊的裴沅雨憂心忡忡地追問。

「第一次看到俟瀛狀態那麼差，為什麼會這樣？」

「嗯……」

鄭彬的神色看起來有些為難。他猶豫片刻，神情突然堅定起來，嗓音低沉地回答。

「你應該知道我的鐵鍊能束縛覺醒者的力量根源，對外是這麼說的……」

宜再摩挲著李俟瀛的冰冷手臂，聽到鄭彬接下來的話，倏地抬起頭。

「正確來說，是讓覺醒者的身體回溯至覺醒前一刻，暫時固定在當時的狀態。那一刻也正是覺醒的契機。」

此時，宜再腦中浮現南宇鎮說過的話。

「聽說他穿著寬鬆的病人服，獨自坐在漆黑的廢墟裡。」

「也就是回到成為覺醒者之前，還是普通人時的身體。」

「啊，所以……」

本想說些什麼的裴沅雨，在看到身旁的姜智秀後，頓時停住了話頭。

也就是說，俟瀛現在是覺醒之前的狀態。宜再低頭看著懷裡的人，急促的呼吸在鐵鍊解開後逐漸平緩，比平常更蒼白的臉龐也開始恢復血色。

直到這時，那種被哽住般的窒息感才終於舒緩下來，宜再垂下頭，默默調整呼吸。

「現在需要盡快確認李俟瀛公會長的狀態，我之後會再去拜訪波濤公會，正式向他道歉。」

鄭彬從背包拿出裝了紫色液體的瓶子，打開瓶蓋。宜再見狀，立刻將俟瀛的頭輕輕往後仰。

鄭彬以眼神致意，將液體倒入李俟瀛的嘴裡。

「我剛才去處理其他事情，不太清楚大廳的情況。方便為我說明一下嗎？」

「拍賣都束了，呃……就是，獵人為了競標巨矛打成一團，才會搞成這樣……還需要再補充什麼嗎？」

裴沅雨一臉尷尬，向姜智秀使了個眼色。

見狀，她立刻補充：「最後是由公會長得標！」

「這也要說？」

「現在本人昏倒，差點就拿不到了，當然要說呀。」

「……原來如此。這樣就夠了，謝謝你們。」

不知道是因為束縛被解開，還是鄭彬餵他喝的液體發揮了功效，李俟瀛明顯比剛才恢復得更快，乍看之下會以為他只是睡著了。

隨著他的狀態逐漸穩定，鄭彬迅速掌握了大廳的狀況，開始逐一下達指示。

至於洪藝星，他原本可以在塵世稍微玩一下再回去閉關，但聽說考慮到貴人的安全，覺管局決定立刻將他移送回山上。

聞言，洪藝星躲開抓捕自己的手，跳下舞臺大吼。

「誰說可以這麼做的！」

「這是局長的指示。」

「等等，我還沒有完成交易……」

洪藝星急切地在大廳左顧右盼，最後目光捕捉到了宜再，他張口準備呼喊對方——

「唔呃！」

「請您配合，老師！」

「搞什麼，還不給我放開？」

保鑣們接二連三地撲在洪藝星身上。由於洪藝星才剛撒粉脫逃過，保鏢們便以迅雷不及掩耳的速度，用棉被將他團團包住。

變成黃色格紋紫菜飯捲的洪藝星，此刻仍在拚命掙扎。

「啊，等一下！我真的、真的如果沒有那個就無法工作啊！等等啊——！」

「請移送。」

「是。」

放聲痛哭的洪藝星淒涼地消失在會場，而其他被打暈的超級倉鼠，則交由馬太福音所屬的ＨＢ公會負責善後。

看著Honeybee邊抱怨邊搬動滿地暈倒的獵人，鄭彬默默轉向馬太福音，向他行禮。

「感謝幫忙。」

「不客氣。一直以來也辛苦你了，這個給你。」

馬太福音遞給他一支熱呼呼的烤魷魚腳後，便上前協助Honeybee。

看著那兩人遠去，鄭彬這次轉向半跪在沙發前的裴沅雨，深深一鞠躬。

「真的很抱歉，這件事完全是我的失誤，我會負起全部責任。」

聞言，裴沅雨抓了抓頭，看起來有些不知所措。

「嗯，事情都已經發生了，也不能怎樣。我也知道你不是故意的……但還是得請你來波濤一趟，那樣就可以了。是說，你現在要去書院公會嗎？」

「對，沒錯。南宇鎮公會長最了解李俟瀛公會長的狀態。」

「那就勞煩兩位好好照顧俟瀛了。」

「當然。」

鄭彬帶著李俟瀛離開後，大廳裡便只剩裴沅雨、姜智秀和車宜再三人。

此時，一直抱臂安靜旁觀的姜智秀，氣呼呼地開口了。

「……這樣就算了？公會長都昏倒了耶？我們的老大差點就要沒命了耶。」

「算了吧，這只是意外。該向覺管局追討的，俟瀛自己會去處理。走吧。」

「好吧。」

朝出口走去的裴沅雨突然頓住腳步，瞪大雙眼轉過身來。

「祕書不過來嗎？」

「……什麼？我嗎？」

見一直呆站在原地的宜再抬起了頭，裴沅雨露出親切的微笑，用拇指比向門口。那是宜再在解酒湯店看過無數次的笑容。

「一起走吧！我們是開車來的，可以送你到公會門口。」

「不用了，我沒關係……」

「嘿咻。」

姜智秀不知何時走到了後面，用力推著宜再的背，佇立不動的腳才終於離開了地面。裴沅雨沒有錯過這個機會，一把摟住宜再的肩膀拉近。

「好了，趕快出發吧！」

片刻後，車內。

三人離開了會展中心，直到回到熟悉的街區前，都沒什麼交談。此時，小小的雨滴開始在玻璃車窗上留下一道道水痕。

看著淅淅瀝瀝的雨水，裴沅雨咂了咂舌。

「唉，下雨了呀。」

原本安靜坐在後座的祕書這才終於開口。

「那個，我想在這裡下車。」

「副會長，你有雨傘嗎？祕書應該沒帶傘，借他一下吧。」

「不用了，我真的沒關係……」

「不行，既然有傘，為什麼要淋雨？好了，記得帶傘下車！」

裴沅雨硬是把黑色長傘塞給了宜再。

糊里糊塗收下的祕書，猶豫了一下，最後低頭說道：「……謝謝。」

「路上小心。今天陪了侯瀛一整天，辛苦你了。」

砰，祕書下車後撐起黑傘，背影踏入雨幕中的朦朧街道。走了幾步後，他側頭一看。降下車窗目送他的裴沅雨和姜智秀，像約好似地同時揮手向他道別。

嘩嘩——雨勢變得更大了。即使祕書下車後已經過了一段時間，裴沅雨仍然沒有發動引擎，只是把手靠在方向盤上滑著手機。

姜智秀手肘撐在車窗上，扶著額側，默默吃著古早味軟糖。這時，她突然開口。

「副會長。」

「嗯。」

「那個人是誰呀？」

「……」

穿著西裝的背影早已消失，彷彿融入了雨中。

姜智秀伸長脖子觀察著暗巷，喃喃低語。

「因為公會長和副會長都沒有說什麼，我才保持沉默的。但是在祕書組，甚至是公會裡，我都沒有見過那個人。現在還來得及，要把他抓起來嗎？」

「智秀。」

「是。」

語氣嚴肅的裴沅雨伸出了手。姜智秀把古早味軟糖放在他掌心後，他馬上丟進嘴裡，邊嚼邊回答。

「侯瀛做任何事，都有他的理由。」

「……」

「……應該吧。」

姜智秀看向他的眼神充滿了懷疑，但裴沅雨只是悠哉地發動車子，雨刷來回掃著擋風玻璃上紛飛的雨水。

「如果要抓人，他早就指示我們了。但他什麼都沒說。」

「也可能是他沒心思顧慮這些吧？」

「才怪，不要小看那小子的狠勁，他應該連什麼時候要倒下都算好了。」

這倒也是，姜智秀所認識的李俟瀛，確實幹得出這種事。回想起來，他是懶洋洋地躺著，在下完各種指令後才失去意識的。不禁讓人開始懷疑他是真痛還是裝痛。

陷入思考的姜智秀索性問道：「可是，公會長是真的很痛苦吧？」

「嗯，那是真的。」

「所以他在覺醒前很痛苦囉？」

「嗯……聽說是。」

含糊其辭的裴沅雨單手轉動方向盤，又補了一句。

「另外，我也不知道那個祕書是誰。可能是戰鬥支援組的新人……或是和其他公會有什麼合作之類的吧。」

「是是是，你是叫我不要好奇了，對吧？知道了啦。」

「不是，我是真的不知道！」

姜智秀敷衍地聳肩，伸手按下廣播的開關。此時剛好播到了熟悉的廣告歌曲。

「想通過覺管局考試就找獵人第一，想通過獵人考試就找獵人第一……」

聽著十分洗腦的旋律，她再次低聲開口。

「不過，感覺他不是壞人。」

「嗯？為什麼？」

「副會長沒看到嗎？」

「看到什麼？」

「……沒看到就算了。」

姜智秀輕輕嘆口氣，將頭靠上玻璃車窗。

裴沅雨嘟囔了幾句，但或許是在匠人展裡東奔西跑一天，已經累到懶得再回嘴，便沒再多說什麼。

姜智秀認為，既然裴沅雨有沒告訴她的事，自己也有不多作說明的權利。

那位祕書雖然聲音沉著、行動俐落，但在扶住倒下的李俟瀛時，手上暴起的青筋，以及顫抖的蒼白指尖全都藏不住。

等見到李俟瀛狀態好轉，祕書才明顯鬆了一口氣，而後便目不轉睛地望著鄭彬帶李俟瀛離去的背影，直到再也看不見。

即使祕書戴著防毒面具，看不清楚表情，但他的情緒明顯不對勁。姜智秀認為自己的感覺不會錯，說不定他臉色發白的程度比李俟瀛還嚴重。

想到這裡，她嘟著嘴嘟囔。

「感覺那個人比我還擔心公會長。」

「要吃晚餐嗎？」

「解酒湯店今天休息喔。」

「……啊，對吼。」

「對了。副會長，少吃點解酒湯吧。再這樣下去，你血管裡流的就不是血，而是解酒湯的湯了。」

「妳是不懂解酒湯真正的滋味才會說這種話……」

兩人嘰嘰喳喳的聊天聲，就這樣漸漸被雨聲掩蓋而去。

在無比漫長的一天結束後，宜再終於能夠獨處。獨自走在雨中的他，感覺今天的風格外冰涼。

走進人煙稀少的巷弄後，他脫下悶熱的防毒面具。

被雨水浸濕的廣告傳單和紙屑散落一地，骯髒的地面與腳上乾淨的皮鞋形成強烈對比。宜再狠狠一踢，地上的雨水隨之濺起。

他特意選了不會遇到人的巷子，走著走著便隱約看到燈光——是解酒湯店，那個他該回去的地方。

宜再收起傘，踉踉蹌蹌地走過去。

他停在餐館門口，抬起了頭，映入眼簾的是離開前貼在拉門上的公告。

雖然紙張已被雨水淋濕、破破爛爛，上面的字也同樣模糊不清。即便如此，還是看得出來寫了很多東西。

宜再瞇起眼睛辨認暈開的內容。最後一次看到這張紙的時候只有一句回覆，現在空白處卻填滿了客人的字跡。

匠人展當日公休。

原因：要帶奶奶去醫院。

「祝奶奶身體健康!!

「我還想說怎麼沒開。應該順利回來了吧？

「如果醫藥費需要幫忙，可以跟我說一下……

「要一直經營下去喔！拜託。

「打工仔也要好好注意健康。

「明天會開嗎？

此時，口袋裡的手機突然發出震動聲。

聲音很短，是荷恩傳的簡訊嗎？宜再慢慢拿出手機，打開螢幕。

侯瀛：我沒事

宜再深吸一口氣，讓肺部充滿濕潤的空氣。接著，他的額頭抵住拉門玻璃，閉上了眼睛。

耳邊破碎的雨聲模糊不清，胸中緊緊纏繞的鬱結，也在這一刻靜靜瓦解。

片刻後，在他緩緩睜開的雙眼裡，充滿了果決的光芒。

The Hunter's Gonna Lay Low

10

人生宛如迴力鏢

——嗯，沒事了。

溫柔的低語輕聲呢喃，溫暖的臂膀將他緊緊摟住。

——已經沒事了。

在破碎的視線後方，一道潔白光芒緩緩散開。

——我……

「……差不多該醒了。」

李俟瀛睜開雙眼。白色天花板映入眼簾的瞬間，他立刻立刻坐起身，訊速脫去手套。鏘啷！某個沉重之物撞上堅固的表面，發出響亮的碰撞聲。俟瀛飛快環顧四周，粗魯的動作扯動接著身體的各式儀器，瞬間倒成一片。此時，身旁傳來一聲嘆息。

「這樣就會壞嗎？要不要乾脆全部砸爛？」

是南宇鎮。他正背對著李俟瀛，坐在辦公桌前忙碌。然而即使知道對方是誰，李俟瀛也沒有收起殺氣。那雙灼灼紫眸望向房間一角。

站在那裡的鄭彬立刻舉起雙手，迅速開口。

「李俟瀛公會長，我是鄭彬。這裡是位於書院公會地下室的南宇鎮公會長研究室。你在匠人展失去意識後，是我將你送來的。」

「……」

聽到鄭彬的解釋，李俟瀛凌厲得彷彿要取人首級的氣勢，才終於有所收斂。冷靜下來後，他意識到自己正躺在研究室的席X思床墊上。

耳邊傳來南宇鎮不悅的低語。

「隨便闖進我的研究室，還搶走我的床，這筆帳我們可要好好算。」

「當然沒問題。」說完，鄭彬又轉向李俟瀛，「這裡很安全，李俟瀛公會長。但我需要問一下，您最後記得的是什麼？」

在極度的痛苦間隙，他最後留下的記憶是……

「俟瀛。」

即使很輕微，但那雙抱住自己的手在不斷顫抖。

「喂，李俟瀛。」

總是沉著淡然、毫不遲疑的語調消失得無影無蹤，耳邊的聲音非常沙啞。還有緊貼著自己的暖意……全是一些零碎的感覺。而這一切的主人是……

——車宜再。

李俟瀛急忙翻找口袋，拿出了手機，幸好還有電。車宜再、車宜再……他在收件人欄位輸入已經熟背的號碼，迅速打出簡短的訊息。

我沒事

按下傳送鍵後，他等了一陣子，卻沒有收到任何回覆。一股焦躁開始爬上胸口。

「好，那麼。」

清脆的拍掌聲打斷了俟瀛的思緒，他轉頭看去。南宇鎮不知道什麼時候把椅子轉了過來，正直直盯著他。他翹起腳，不以為然地撐著下巴。

「一醒來就先破壞別人的儀器、威脅人，然後看手機，嗯……看來連緊急聯絡都處理好了。」

「……」

「那我們可以談談了吧？這人一句解釋都沒有。」

一旁的鄭彬聳了聳肩，雙臂抱胸。

「我也需要聽聽李俟瀛公會長的詳細說明。」

然而，俟瀛只是大力扯下連接身體各處的儀器線，南宇鎮見狀不滿地抱怨。

「你知道那個有多貴嗎？溫柔一點。」

「把請款單寄給我。還有，誰允許你在我身上接這些東西的？」

「看到鄭彬突然背著你闖進來，我也嚇到了好嗎，請你考慮我的感受。那麼，現在身體感覺怎麼樣？」

「很好。」

「嗯。」

南宇鎮那雙白眸掃視坐在席X思床墊邊緣的李俟瀛。片刻後，他若有所思地點頭，自顧自喃喃低語。

「看起來確實恢復了。如果在覺醒的瞬間接受系統的力量，就能將覺醒前的傷勢全數修復嗎……雖然你的情況比較特別，覺醒前後的狀態差異很大。難道覺醒等級和恢復強度成正比？」

「……南宇鎮，」俟瀛抬手撥開額前的髮絲，沉聲警告，「不要越界。」

「……是我的錯，我知道了。」

沉默瀰漫了一段時間，俟瀛煩躁地揉著眼角，再次開口。

「鄭彬，說明一下情況。」

「是。我在和圭圭單獨面談時，姜智秀來找我，於是我先行返回會場。抵達大廳時，你已經失去了意識。確認狀況後，我立即解開鎖鏈，餵你喝下南宇鎮給的毒。」

托著下巴的南宇鎮聽到後，雙眼一亮。

「那有助於加快恢復速度嗎？」

俟瀛微微點頭，「還行。」

「太好了。如果以後有拿到毒，我會再送到波濤公會的。」

「其他獵人由HB接手處理，所以我簡單下達指示後，就帶著李俟瀛公會長來書院公會了。目前所有人都已經回到各自的公會了。」

「裴沅雨也是？」

「是。」

「……」

俟瀛雙手撐著床，上半身往後仰。視線在半空掃了一圈，最後落在鄭彬身上。

「那你有聽到嗎？」

「您是指什麼？」

「……也是，他應該慌到忘了。」

俟瀛揚起了嘴角。看到對方露出令人不寒而慄的微笑，鄭彬依舊帶著溫和的笑容。

「我叫他幫我轉達，這筆債要你加倍奉還。」

「雖然是第一次聽到，但我已經做好心理準備了。畢竟會發生這種事，全是我的疏忽。」

「嗯……我就喜歡你好溝通這點。」李俟瀛轉了轉痠痛的肩膀，語氣慵懶，「你和圭圭單獨談了什麼，從頭到尾、原封不動告訴我。」

一天彷彿一週那麼漫長的匠人展結束後，宜再迅速重返平靜的生活。

凌晨起床，替獵人們端上解酒湯；在準備食材的時間照顧荷恩；傍晚繼續做生意，直到深夜打烊。平凡的日常照常運行，彷彿什麼都沒發生過。

然而在匠人展之後，宜再呆望著空氣的時間變多了。每當這種時候，腦中想起的通常都是李俟瀛。懷裡的他冰冷又僵硬，那種感覺至今仍舊鮮明。他還好嗎？每當浮現這個想法時，宜再就會點開李俟瀛傳來的簡訊。

俟瀛：我沒事

——最好沒事。

說實話，車宜再根本不相信那則訊息。即便李俟瀛昏迷沒醒，這個國家的政府高層也不會讓世人知道。如此實力強大、舉足輕重的人，必須永遠表現得堅強不倒。

所以那句「沒事」，很可能只是某人為了隱瞞李俟瀛的狀態代為傳送的。

莫名的不安時時刻刻侵蝕著他的心神。每次他拿起手機想回覆什麼，都會馬上關掉螢幕，這樣的動作已經重複了不知道多少回。

而就在他被焦慮一點點吞噬的時候，崔高耀彷彿挑準時機般出現了。

深夜時分，店鋪早已打烊。宜再連圍裙都沒脫，就坐在用餐區拿著手機，螢幕開了又關、開了又關。這時，店門的鎖彈開了，浪漫開瓶器崔高耀打開拉門，大搖大擺地闖進餐館，精神充沛地大喊。

「晚安，大哥！」

幸好崔高耀在仁川港獲得的察言觀色能力還在，在看到宜再的表情後，立刻識相地收斂了一點。

「咳咳，還記得嗎？匠人展那天我帶奶奶去醫院，今天是想來告訴您這件事。本來想馬上來的，但因為工作太忙就來晚了！」

「啊……」

該死，就算當時情況再怎麼混亂，也不能把奶奶的事忘了吧？

——我真的是瘋了吧。

看到宜再臉色一沉，崔高耀不禁縮起肩膀。他磨磨蹭蹭地貼在拉門邊，全身發抖地提問。

「我、我可以再說一件事嗎？」

「可以，請說。奶奶的情況怎麼樣？」

「是，我把診斷書和處方箋副本都帶來了！」

崔高耀急忙跑上前把文件遞給宜再，然後以媲美饒舌的語速飛快說明當天就醫的過程。宜再邊聽邊迅速掃視文件，幸好這段期間奶奶的膝蓋沒有惡化，持續接受藥物治療的話，應該能夠好轉。

「以上！」

「謝謝你。」

「嘿嘿，不客氣。」

聽到宜再如釋重負的道謝，崔高耀露出靦腆的笑容，抓了抓後腦杓。看著這張臉，太空梭速配事件瞬間暴擊宜再的腦袋，讓他想起那天一開門便看到的李俟瀛。

可惡。宜再的表情瞬間僵硬，見狀，崔高耀立刻收起笑容，站得直挺挺的。宜再沒有留意他的小動作，猶豫了一下，還是謹慎地開口。

「什麼？誰？」崔高耀瞪大雙眼。

見狀，宜再立刻改口：「我是說李俟瀛，他最近都沒有叫我做事。」

「啊，你是說公會長啊。我對這種叫法很陌生，所以一時沒反應過來。這我也不太清楚耶！」

果然，崔高耀完全幫不上忙。車宜再後悔地雙手交握，早知道就不問了。

此時，崔高耀急忙翻找口袋。

「嘿嘿，畢竟公會長每次都一個人行動嘛……說起來，他今天有來上班嗎？等我一下喔。」

「……你該不會要直接聯絡他吧？」

「不是！我們有一個波濤公會匿名論壇。通常公會長有來上班的話，祕書組的人會通知我們要小心。」

「喔。」

崔高耀掃視畫面後把手機遞給車宜再。

「要看看嗎？很有趣喔。」

「資安不重要嗎？」

「沒事啦，大家只會在上面問今天的員工餐廳菜色，和偶爾抱怨一下公會長而已。」

宜再接過手機後往下滑，崔高耀湊在旁邊興奮地補充。

「我的資安權限比較高，基本上所有貼文都看得到喔。」

最先映入眼簾的是這篇貼文。

《波濤公會匿名論壇》

標題：〔匿名〕求解 這次匠人展到底發生了什麼事

匠人展之後240就沒來上班了
但那邊是他們的小圈圈，根本打聽不到消息
解酒湯之鬼說他不知道
智秀姐也說無可奉告
我真的快好奇死了

他居然還沒回去上班，看來身體狀況真的不太好。應該說，他真的有醒來過嗎？宜再揉著後頸，皺起了眉頭。

──我是不是該去看看？

他繼續往下滑，看看留言區會不會有什麼消息。果然，其中一則留言話吸引了他的注意。

留言（10）

─感覺獵人網也被管控消息了？

─真的，之前都會有一堆說是見證文的炫耀文，但這次啥都沒有

—也沒有新聞報導……所以２４０有標到什麼嗎？

—原本還很期待的說，可惜

—no no 我叔叔有去匠人展。他說醒來時拍賣就結束了，人還倒在會場大廳，旁邊有隻大虎頭蜂，舉著刀一個一個清點倒在地上的人

—瘋了吧

—那是什麼情況？怎麼聽起來好像大逃殺？

—啊，求詳細

—拜託另外發一篇

—強力譴責

大虎頭蜂……是在說 Honeybee 嗎？居然說 Honeybee 拿著刀在點名，太吊人胃口了吧。宜再立刻重新整理論壇，幸好留言的人已經發了新的貼文。

標題：〔匿名〕十分鐘後刪文

耶生做了耶生會做的事

但開頭第一句宜再就遇到了困難，這個奇妙單字是什麼？火星文？他果斷放棄自行

解讀，轉向現場唯一能問的人。

「……那個，耶生是什麼？」

「耶生？」

崔高耀伸長脖子瞄了一眼，立刻噴笑。

「啊，您在看那篇啊。那個很有趣喔。耶生就是洪藝星，那是在避檢索。」

「避檢索？」

「避開關鍵字以免被搜尋到，這樣有人在搜尋洪藝星的時候就不會找到這篇貼文。」

耶生就是洪藝星的話，那這句話的意思是……洪藝星做了洪藝星會做的事。

——媽X。

光看第一句就知道，這篇貼文的作者絕對知道內幕。

標題：〔匿名〕十分鐘後刪文

耶生做了耶生會做的事
所以競標中斷了
期間２４０弄斷了鮭的肩膀
２４０和鮭被鄭彬綁起來
我叔叔被大虎頭蜂用號碼牌打昏
一醒來就看到大虎頭蜂舉著刀子在清點倒地的人，差點又昏過去
馬大釜音給了我叔叔一條親手烤的古早味軟糖，叫他回家

所以他就回家了

結束

信不信隨便你

留言（34）

—這是匠人展還是格鬥賽啊？

—全都是難以置信的內容

—要說謊也編得有誠意一點吧！

—但細節滿真實的……

—他打斷別人的肩膀，但怎麼都沒接到任何通知？讓人好不安……

「是祕書室的人嗎？240還沒上班嗎？我有事要請示耶

「對QQ他會用電子郵件寄指示，但都沒有來上班

這樣看下來，不但沒有放下心，反而更懷疑了。如果侯瀛沒有出現在公會辦公大樓，只是寄電子郵件處理工作，那麼其實是裴沅雨在背後代理的可能性並不低。

宜再咬緊下唇，開始翻看別篇貼文。這時，原本吹著口哨在平板電腦上畫畫的崔高耀突然抬起頭，視線望向空中的某處。宜再也微微抬頭。

+82 [CH.1] ［**已使用擴音器**。］

+82 [CH.1] ［**正在編寫擴音器內容**……］

視野右上角突然浮現一個紅色擴音器圖案。宜再故意低下頭，將視線固定在手機上。那個跳出擴音器的聊天視窗，正是匠人展之後就被他再次封印的上榜獵人頻道。宜再以餘光瞄了一眼崔高耀，他應該也看到了同樣的東西。

——要是我看了頻道，或是表現出看到的樣子……那就完蛋了。

幾秒後，一行紅底白框的巨大字體猛然映入眼簾。

+82 [CH.1]［鄭彬已使用擴音器。］

📢［4］鄭彬：請維持頻道資安，消息勿外傳。洪藝星老師，我不會究責，只是想確認您是否還活著。如果還活著，請打一個點^^

使用珍貴的擴音器，居然只是為了確認洪藝星還活著嗎？呆看著紅字的宜再開始迅速思考。

覺醒者管理局派出的保鑣，不是已經把洪藝星包成一綑紫菜飯捲扛走了嗎？宜再好像有聽到誰說要送他回山上。雖然當下因為李俟瀛的緣故，沒有心力顧及周遭的動靜，但他清楚記得洪藝星那悽慘的哀號。

崔高耀喃喃道：「……他該不會被人綁架了？哇……萬一是真的，全國上下一定會雞飛狗跳，完蛋了。」

聽到這句話，宜再差點伸手堵住崔高耀的嘴。別隨便說出這種立旗發言！

然而，他還來不及阻止，崔高耀又說了一句。

「還是他因為想吃肉，所以落跑了？要不要在炸雞店找找啊？」

就在這時，崔高耀的手機接連收到三則訊息。宜再瞄了一眼彈出的通知欄，他正在用手機，所以訊息內容一清二楚地顯示在畫面上。

敏奇蹟：〈緊急〉洪藝星在移送至北漢山的途中逃跑了，目前行蹤不明。
敏奇蹟：〈緊急〉覺管局大半人力將投入搜索及保護洪藝星的任務。
敏奇蹟：〈緊急〉浪漫開瓶器請聯絡我。
——啊，真是的。
［**啓用特性：撲克臉（B）**］
幸好撲克臉特性今天也很努力工作，宜再維持著平靜的表情和沉穩的聲音，像是什麼都沒看到般把手機還給崔高耀。
「謝謝你借我看論壇。好像有人傳訊息給你。」
「訊息？什麼訊息？」
點開敏奇蹟訊息的崔高耀，臉色一下發白，一下漲紅，接著又開始發青。最後他猛然站起身，匆匆忙忙拿起自己的隨身物品。
「抱歉！我現在要馬上走了。」
「那麼快就要走了？吃碗解酒湯再走吧。」
「不用了，現在有點急事。」
「什麼事？」
「那個……喔，那是機密，不能告訴你。」
「不可以嗎？」
「……真的不行！我下次再跟副會長一起來！」
緊閉雙眼的崔高耀像子彈一樣，飛奔衝出解酒湯店。餐館再次恢復了寧靜，唯獨鄭彬的擴音器聊天視窗仍然懸在眼前，彰顯自己的存在感。

——該不會……

一旦開始猜測洪藝星突然逃跑的理由，就會想到很多可能性。然而，宜再……

——……算了，先做生意吧。

決定先不去面對。

幸好1號頻道的資安滴水不漏，大部分的常客獵人似乎都不知道洪藝星逃跑的事。他們最好奇的是匠人展的那些武器，最後都是被誰標走了。而這一整天，不論是裴沅雨還是Honeybee，那些1號頻道的獵人在打烊前都沒有出現。

平安結束一天營業，車宜再關好店門，開始準備隔天要用的食材。等全都忙完後已是凌晨時分，他輕輕嘆了口氣，洗完碗後脫掉橡膠手套。

然而，就在此時……

「咕咕。」

突然冒出一聲十分耳熟的雞鳴，太清晰了，根本無法當成幻聽。而且，聲音是從餐館外傳來的。

宜再打開拉門，觀察四周，接著默默往下一看。只見解酒湯店的拉門旁放著一只提神飲料的藍色紙箱，一隻光滑的物體正蜷縮在裡面。

感受到宜再的注視，對方緩緩抬起頭。一對圓滾滾的呆滯黑豆眼，以及猶如白瓷般光滑的身體。整體而言，是隻造型有點蠢萌的陶瓷雞。

是咕咕。

「咕？」

宜再後退一步，直接把拉門關起，喀嚓一聲鎖上。

「咕？咕咕？」

門外傳來一陣疑惑的叫聲，但宜再直接無視。他走進廚房，抽出一把湯勺，試了試手感後握住，然後返回用餐區，定定注視著空中。

——來整理一下思緒吧。

首先，原本要被移送到北漢山的洪藝星突然失蹤了。北漢山位於首爾，和解酒湯店的物理距離很近，因此很有可能在這附近發現他的蹤影。

再來，洪藝星對魔石相當著迷。而那顆魔石……宜再瞥了自己的系統背包一眼。

——還在我的背包裡……

早知道那時候就直接給他了！宜再咬緊牙關，後悔不已。洪藝星在被拖走之前看到了金祕書，好像有叫他。雖然整個過程他記得不太清楚，但是有對到眼的印象。

陶瓷雞咕咕出自於洪藝星之手，聽從他的命令行動。所以為何咕咕會離開父親身邊，窩在提神飲料的紙箱裡，出現在解酒湯店的門口呢？

「咕咕、咕、咕咕……」

咕咕低聲鳴叫，聲音聽起來很不對勁。既不像在打招呼，也不是在喊人，更不是疑惑，反到像是放聲嘶吼前先清一清喉嚨……

——不行！

宜再猛然打開拉門，以迅雷不及掩耳的速度連箱帶雞抱進餐館。咕咕眼中似乎閃過一絲惋惜。宜再嘆了口氣，用手指戳了戳它粗短的嘴喙。

「喂，你主人跑去哪了，怎麼只有你在這？」

「咕。」

「……算了，不要回答。知道了頭只會更痛。」

「咕咕？」

咕咕歪頭，一邊伸長脖子看向門外。見狀，宜再也跟著回身看去。

凌晨時分，夜幕降臨，只剩昏暗的路燈照亮四周。天氣預報說會下雨，朦朧的霧氣正慢慢地籠罩街道……

門口靜靜佇立著一道人影，身穿亮藍色登山服，戴著墨鏡和帽子，以及彈性黑色口罩，脖子上還綁著一條華麗的手帕。任何人看到都會以為這位是某個登山同好會的核心成員。

——太可疑了。

現在是凌晨兩點三十分。這麼晚了，這種時間出現在街上，根本不可能是一般登山客，因為登山的人通常都會趁日落前下山。就算他是姍姍來遲的客人，宜再以前也沒看過這號人物。

宜再低頭看向乖乖窩在紙箱裡的咕咕。突然出現在門口的咕咕，以及他一把咕咕抱進來，就悄然出現的登山客。從這些線索可以推測出，這名登山客應該就是……

「咕。」

咕咕像伸懶腰般再次拉長脖子。瞬間，宜再後頸一陣發麻，他這條命能活到現在，全靠這種敏銳的直覺。他迅速把咕咕放到餐桌上，立刻回身上鎖門——喀噠。

兩方隔著一道玻璃拉門默默對峙。這時，登山客拿著登山杖的手推了推墨鏡。

「請問。」

「……」

Chapter Two

「可以請問一件事嗎？」

緊握湯勺的宜再馬上回答：「我不信教。」

「我不是邪教的人，也不是來傳教的。我是無神論者。」

「淨水器、報紙、直銷商品我都不會買。」

「我不是業務，也不是直銷，我只是想問一件事。」

「很抱歉，我們已經打烊了。」

「請先聽我說，我現在急著找某樣東西，如果找不到，我會死的。」

「……」

天空劈下一道閃電，讓他這番會死的言論更添說服力。登山客的墨鏡反射出銀白光芒，接著一陣低沉的雷鳴轟隆響起，雨水開始大顆大顆落下。

在這一刻，宜再終究看清楚了對方。

——啊，媽X。

拖著語調的登山客從懷裡拿出一顆蛋，剝殼，然後拉下臉上的口罩。露出的下巴輪廓無比熟悉，讓宜再立刻拳頭發癢。只見登山客輕輕地咬一口雞蛋，還神奇地只咬下蛋白，水煮蛋露出完美渾圓的金黃色蛋黃。

此時又劈下了一道閃電。在墨鏡後方，金色紋樣不斷轉動的鑑定之眼赫然閃現。

「像蛋黃一樣又圓又漂亮的魔石，你有看到嗎？」

宜再看著快速轉動的鑑定之眼，默默發出靈魂詰問。

——為什麼我遇到的每個獵人都是瘋子？

以前很少有這種特立獨行的獵人。這是當然的，因為那時候最重要的是保住性命。但在如今的大獵人時代裡，缺乏特色的獵人根本無法生存！獵人們所追求的「生存」意義已經截然不同了。宜再怎麼想都覺得，洪藝星能在這獵人橫行的時代打出響亮名號，靠的根本不是什麼製作能力，而是……

——這傢伙就是個澈澈底底的瘋子……

洪藝星的瘋狂程度顯而易見，只見又一道閃電在洪藝星腦後劃破天際，大雨傾盆而下，他本人卻毫不在意濕透的身體，只將拿著水煮蛋的那隻手伸到屋簷下。看來對於魔石的執著，讓他對外觀相似的東西也格外珍惜。

看著這幅場景，宜再更加用力地握住湯勺。

——要不要通報鄭彬？

不，他很快就拋開了這個甜蜜的誘惑。叫鄭彬來，就像是為了抓一隻臭蟲，把三間草房都燒掉一樣，得不償失。要是洪藝星一個不開心，把宜再背包裡有魔石和可疑武器的事都說出去的話，那就完蛋了。

但就算施展物理記憶消除術，也無法保障能完全刪除他的記憶。

——收尾會很麻煩。

這個無法用常理推斷的傢伙，之後不知道又會做出什麼事來。

宜再偷偷瞄向洪藝星，而他仍舊朝著宜再的方向，伸長拿著水煮蛋的手。看來他會維持這個姿勢到宜再開門為止。

——嘖。

考慮到洪藝星奇特的執著，他勢必會鍥而不捨地一直來煩他，直到獲得魔石為止。

與其那樣，還不如快點把魔石給他，讓他趕快離開。反正這也是簽約時講好的條件。

宜再嘆了口氣，緩緩打開拉門。見狀，洪藝星彷彿化身為特工，壓低身形、緊貼牆壁，敏銳地觀察四周後，踩著螃蟹步快速進入店裡。確認店內暫且安全後，他選擇在一處牆角窩好。

宜再默默看著他，默默思考他打算維持這副模樣到什麼時候。

「咕咕。」

這時，咕咕叫了一聲。宜再看了它一眼，只見咕咕用頭指了指正蜷縮在角落的洪藝星，接著又叫了幾聲，看來是要宜再帶它回主人身邊。於是宜再抱起咕咕的紙箱，大步走向這位不速之客。

「喂。」

「喔，咕咕，你在這裡啊！」

「咕。」

洪藝星伸長雙手。在他的手碰到紙箱前，宜再突然把咕咕舉到頭上。既然在鑑定之眼面前裝蒜也沒有意義，宜再就沒有什麼好顧慮的了。

「咕咕？」

咕咕發出訝異的叫聲，但宜再忽視它，冷淡地開口。

「在父子相逢前，我們先聊聊吧。」

「咕咕！」

「如果想再見到咕咕，就好好回答我的問題。」

「唔，你這惡毒的傢伙！」

洪藝星再次入戲。宜再用冷漠的眼神俯視著洪藝星，看來他選擇的人設是骨肉分離的悲情老父親，而宜再的角色是妨礙父子相認的惡毒打工仔。但宜再這次沒有心情配合。

「你怎麼知道我在這裡？」

在交出該給的東西前，這點必須先問清楚。看他剛才舉著蛋黃的樣子，應該是來要魔石的，但問題是，他怎麼知道要來解酒湯店找人？照理來說，不是會先去波濤公會找金祕書嗎？

宜再瞇起雙眼問道：「你在我身上裝了追蹤器？」

「嗯？我怎麼可能用那種東西？」

墨鏡後方的眼睛眨了眨。接著，洪藝星拉下口罩回答。

「但追蹤器這個點子滿好的，我應該來設計一個。」

「回答。」

「唉……就是你現在舉著的那個啊。」

我舉著的？宜再猛然抬頭。與此同時，窩在提神飲料紙箱裡的咕咕，正伸長脖子往下看。看著那雙看不出想法的神祕醬煮黑豆眼，宜再喃喃自語。

「……這隻雞有追蹤功能？」

「那倒不是。可能是因為製作它的魔石是來自吞噬記憶的怪物吧？它很會記人，然後找出對方。而且它和我的靈魂相通，溝通起來也很順暢。所以才能在那麼廣大的首爾裡順利找到你喔。做得真好，咕咕！」

「咕咕咕咕！」

咕咕發出宏亮的叫聲。確實，宜再在匠人展時還抱過咕咕……他錯就錯在，沒有想到長成這樣的雞居然還有尋人的能力。
宜再默默將裝著咕咕的紙箱放到地上。咕咕像是等待已久，立刻跳出紙箱衝向洪藝星。接著，只聽啪一聲，它用翅膀大力地賞了洪藝星一記耳光。
「唔！」
洪藝星捂著臉，可憐兮兮地倒在地上。太瘋了，宜再頓時感到內心一陣舒暢。他抬起手，試圖掩蓋逐漸揚起的嘴角。
「咕、咕咕啊。你怎麼了？」
「咕咕咕咕咕！」
咕咕看著淒涼地掉在地上的水煮蛋，聲淚俱下地控訴。洪藝星和宜再同時啊了一聲。宜再急忙抱住咕咕，把手蓋在它小小的腦袋瓜上。他想起以前在某個會做各種實驗的節目上看到，只要遮住雞的眼睛，就能讓雞睡著。
「……」
不愧是得過獎的知識型節目，咕咕就像按下靜音鍵一樣安靜下來。
洪藝星不禁感嘆：「喔，竟然睡著了。」
宜再瞪向洪藝星，但對方裝作沒事，立刻撿起掉在地上的水煮蛋塞進口袋。
消滅證據後，他抬頭望向宜再。
「是說，祕書你有在兼差喔？為什麼會在解酒湯店？」
「對，我有兼差。」
「哇，這麼認真生活呀。是社會人士的典範呢！真厲害！」
宜再沉著地回應後，洪藝星便豎起大拇指大力誇讚。居然會相信這種話，這傢伙就算擁有覺醒能力，也救不了他的傻瓜本質。

面對眼前的傻瓜，宜再的思緒開始快速轉動。洪藝星真的有把覺醒者管理局甩開嗎？想到這，宜再快步走到門口，把門鎖上，並關掉店裡所有燈，接著壓低聲音問道。

「……你那時候不是被拖走了嗎？就算是在咕咕的幫助下找到了這裡，你又是怎麼擺脫覺管局的？」

他話音剛落，便瞬間意識到了一件事。

——糟糕，不該問的。

只見洪藝星得意洋洋地挺起胸膛，活像一隻昂首挺胸的小公雞。

「啊，你好奇我的脫逃技巧嗎？」他的語氣充滿了驕傲。

不，一點也不好奇。宜再馬上搖頭否認，但洪藝星已經擺好了表演姿勢，緊皺眉頭，深深嘆了口氣。

「那可是一場驚天動地的大事，請聽我娓娓道來。」

在洪藝星變成黃色格紋紫菜飯捲，被車子載走的那天。

本該直送北漢山，但由於原本的計畫是讓洪藝星在塵世玩一下再進山，所以工匠村還沒準備好。於是，洪藝星轉而被監禁在飯店套房。

但即使房間再豪華，他的內心依然空虛得像破了個洞。他用哀愁的朦朧眼神望向窗外，保鑣見狀，便上前小心翼翼地詢問。

「洪藝星老師，您需要什麼嗎？」

「魔石。」

保鑣雖然露出「這傢伙又來了」的眼神，但還是用正經的語氣勸說。

「我們正在努力尋找。」

努力，每天都說在努力！洪藝星立刻跳腳。在這個冷漠無情的社會，光靠一槍熱血根本無法達成任何事，因此他痛恨「努力」這個詞。

打從監禁第一天開始，洪藝星看到早餐的荷包蛋蛋黃，就會哭喊著這不是魔石，以表達內心的痛苦。後來看到電視劇女主角穿黃色碎花洋裝，也會哭喊著很像魔石。

每天貼身跟著的保鑣們簡直要被逼瘋了，開始懷疑這傢伙是不是獲得了什麼攻擊精神力的技能。

因為情況太過嚴重，覺管局甚至請來了專業的獵人精神科醫師，試圖為洪藝星進行心理諮詢，但最後連醫師都無奈地搖頭離開了。就這樣，洪藝星的發瘋狀況日益嚴重。

完全不知道魔石在哪裡時還能夠忍受，如今知道了它的所在之處，甚至親眼看到後，他再也無法忍耐。他眼中的那顆魔石，比至今所見的任何東西都更加晶瑩剔透、璀璨閃亮、圓滾滾又美麗。洪藝星一把抱住咕咕，不斷哀號。

「魔石啊——！」

「我們正在努力尋找。」

壞掉的歌曲清單日日循環播放。直到連飯店天花板吊燈的水晶，在他眼裡都像是那顆心心念念的魔石的那一天，洪藝星毅然決然地決定逃跑。反正最大的絆腳石鄭彬又不在！

原本心不在焉地聽著對方冒險故事的宜再，此時突然睜大雙眼。

「鄭彬不在？」

「嗯？對啊。」

嚼著不知哪來的白米蒸糕，洪藝星用一如往常的語氣回答。

「匠人展之後就沒有看到他了。啊，他有聯絡過我。好像是和李俟瀛有什麼急事要處理。」

宜再慶幸自己沒有對他使出記憶消除術，這瘋子可是掌握了連波濤公會匿名論壇上都沒人提過的各種機密情報。事已至此，必須榨乾他身上的所有情報才行。

宜再冷靜地問道：「俟瀛……公會長發生什麼事了嗎？他還好嗎？」

「嗯？你不知道？」

「啊……」

宜再的腦中突然閃現上次看到的匿名貼文，很好。他厚著臉皮開口，語氣滿是擔憂。

「公會長在匠人展之後就沒來上班了，平常只有透過電子郵件向祕書組下達指示，大家都很好奇他最近在做什麼。」

「啊～原來如此。也是，確實會好奇呢。」

幸好似乎這樣就成功說服洪藝星了。他一邊用新的水煮蛋在紅腫的臉頰上滾動，一邊回答。

「也沒什麼大事啦，聽說他們兩個進去了某座地下城。好像是和末日有關的地下城？……嗯，我記得是這樣，聽說是找到了什麼線索。」

「……」

末日……這絕對是「大事」吧？宜再瞪大雙眼，正準備繼續追問……

叩叩，突如其來的敲門聲堵住了他的嘴。

洪藝星立刻雙手捂住自己的嘴巴，縮回牆角。車宜再則迅速擋在他前面，握緊手中的湯勺。解酒湯店內充斥緊繃的空氣。在屏息以待的那一刻，聽到的是……

「……請問，有人在嗎？」

耳熟的聲音。

叩叩叩。敲門聲迴盪在整間餐館，微弱的喃喃自語也聽得一清二楚。

「睡了嗎……」

光聽聲音就知道了，對方是之前讓宜再觀看世界碎片的尹秋天。如果不是現在這種情況，宜再會很歡迎她的到來……他瞄了牆角一眼，洪藝星整個人趴在地上，只抬起一顆腦袋豎著耳朵聽，看起來就像隻警戒的蜥蜴。

——偏偏有這傢伙在……

和洪藝星對上眼的宜再，無聲地用嘴型問道。

——你認識她嗎？

見藝星認真地點著頭，宜再忍住一聲嘆息，扯了扯嘴角。該死，這些上榜獵人難道會定期聚餐嗎？

——為什麼彼此都認識啊，媽X。

有點猶豫的敲門聲再次響起，伸長脖子的洪藝星低聲詢問。

「但怎麼看都不像是來找我的耶？祕書，你認識她嗎？」

「……」

「什麼嘛，告訴我啦。」

「祕密。」

「嗚嗚，好卑鄙。你以為這樣就可以混過去嗎？」

面對低聲威脅的藝星，宜再懶得理他，故意用拇指指向大門。

「我可以開門嗎？」

洪藝星立刻用力緊貼地板，大概是想躲起來。當然，這份努力顯然徒勞無功，因為他正穿著被雨淋濕後更加顯眼的亮藍色登山服。

「也有可能是接到覺管局的聯絡來找我的，讓我想一下。」

「你剛剛才說不是來找你的。」

「不能排除任何可能性嘛。」

仔細一想，這傢伙不是有個祕密空間，裡面還有氣派的瓦房和窯嗎？宜再不懂他為什麼不躲到那裡去，而是選擇在地上扭來扭去。

宜再交叉雙臂，直接問道：「你不能先躲進綁架我的地方嗎，那間瓦房？」

「現在不行。那是非常精密的空間，每用一次，就需要一些時間去修復。」

洪藝星無視宜再的嫌棄目光，窸窸窣窣地拿出一張銀箔地墊，把自己蓋了起來。神奇的是，被銀箔墊蓋住的地方，看起來竟然和地板融為一體了。只剩頭還露在外面的洪藝星抬手示意，要宜再趕快去開門。於是，宜再無奈地走到門口。

聽見開門聲響，在餐館前徘徊的秋天立刻抬起頭。見到宜再，她連忙低頭問候。

「晚上好……」

「稍等一下。」

宜再迅速打斷她，用食指抵住唇。見狀，尹秋天馬上閉嘴。宜再用另一隻手打開手機記事本，寫下了一段話。

還有其他人在，請叫我波濤公會的金祕書。

秋天迅速左右掃視，仔細看完那段話後乾咳道。

「嗯，我……這麼晚了還過來找你，非常抱歉，金……祕書。」

秋天抬眼偷偷看他，像是在問這樣對不對。

宜再微微點頭，低聲問：「沒關係。妳這麼晚過來，是有什麼事嗎？」

「那個……」

支支吾吾的尹秋天隨即在手機裡輸入一段文字。

我有件事要告訴你，但一直沒機會，今天難得有空。

即使是凌晨也要來……難道她看到了什麼重要的碎片？宜再點了點頭。秋天接著繼續輸入：

從幾個月前開始，突然陸續出現幾座部分環境改變的地下城。不是自然發生的變化，而是變成了完全不同的型態。而且，就我所聽到的描述……變化後的景象和碎片裡的世界非常相似。都是被白色灰燼覆蓋，還出現了前所未見的白色怪物。

碎片裡的世界，也就是末日來臨後的世界，是個飄散著白色灰燼的空間，熟悉得令人不寒而慄。因為，那幅景象，與宜再曾經日以繼夜穿梭其中的西海裂隙太過相似。

看完這段文字後，宜再握緊拳頭。

南宇鎮公會長稱其為地下城侵蝕現象。他認為，這些地方可能是被另一個空間侵入了。目前只有一些上榜獵人知道末日的事，加上侵蝕不常發生，所以相關調查都還在檯面下進行。而我負責比對碎片裡的世界和被侵蝕的地下城，在比對的過程中，我發現……

秋天推了推眼鏡。

你上次應該也看到了，碎片裡的世界和我們這個世界，雖然相似，但又不太一樣。問題是，我在重新觀察那些碎片時，注意到了一個分歧點。

她的手指動得飛快。

碎片的世界裡沒有出現西海裂隙。

西海裂隙。宜再看著突然映入眼簾的幾個字，瞬間咬住下唇。看到他的表情，秋天正準備接著打下去……

「……」

「唔……哈啾！」

響亮的噴嚏聲撕破了沉默。秋天嚇了一跳，睜大眼睛。車宜再立刻轉頭看向聲音來源，只見洪藝星正揉著鼻子，尷尬地笑了笑。

該死，竟然忘了他還在那裡。如果他和秋天繼續以文字對談，就算是腦袋異於常人的洪藝星也會察覺不對勁。顯然，秋天也有同樣的想法。

裡面那位是誰？

秋天知道宜再是J，所以沒有必要隱瞞。宜再默默地用眼神示意，打出了答案。

洪藝星。

秋天臉上浮現驚訝。也是，她肯定看過鄭彬發的擴音器訊息。只見她的手指像起火一樣，打字速度越來越快。

藝星為什麼會在這裡？？？鄭彬叔叔在進地下城之前，一直在找他……

宜再仔細思考秋天的話。從幾個月前開始，地下城開始發生侵蝕現象，而且，那些地下城被侵蝕之後的模樣，看起來就像因末日而滅亡的那個世界。

同樣相似的，還有西海裂隙。此時，一個念頭掠過他混沌的思緒。

如果地下城侵蝕現象不單純只是相似，而是……和同一個空間相連了呢？

一陣寒意竄下宜再的後頸。假設他的猜測無誤，那麼被侵蝕的地下城和西海裂隙，很可能彼此互通。或許這全都只是他的臆測，可是如果……他必須去確認。

宜再抑制指尖的顫抖，迅速打出這段話：

我可以進去被侵蝕的地下城看看嗎？隨便哪一座都可以。

秋天先是瞪大眼睛，隨後露出認真的神情，抱起手臂，一手抵著唇。她思考了一下後點點頭，把手機螢幕轉向宜再。

最近有一座新出現的侵蝕地下城，應該是在鐘路三街。

鐘路三街……幸好是在首爾。速度快的話，應該來得及在開店前回來。正當宜再這麼想時，陷入沉思的秋天繼續輸入。

可是要偷偷進入侵蝕地下城並不容易。因為目前都受到管制，只有獲得許可的人才能進入。

——那有什麼難的？

只要把所有人打暈，沒人看到的話，不就算是潛入了嗎？把臉遮住就沒問題了。但秋天似乎不這麼認為。

「哈啾！」

洪藝星又打了一次噴嚏。這次，秋天卻雙眼一亮。

藝星獵人應該能幫上忙，我有跟鄭彬叔叔學到怎麼攏絡他。

宜再再次看向店裡。只露出一顆頭的洪藝星，和不知道什麼時候睡醒的咕咕四目交會，似乎正在進行心靈交流。

他嗎？……不是吧？

或許是察覺到宜再的懷疑，秋天使了個眼色要他放心。接著，她鑽過車宜再擋在門邊的手臂，把上半身探進店裡大喊。

「最厲害的工匠洪藝星老師！請幫幫我們吧！是關於地下城侵蝕的事！」

「……是誰？」

宜再還來不及阻止，洪藝星便猛然抬頭。

「是誰在呼叫最厲害的工匠？」

地下城，裂隙之日過後零星出現的未知空間。

內部的生態系與地球完全不同，棲息著各式各樣的危險怪物。若未定期掃蕩，怪物數量就會遽增到超過地下城負荷。因此，沒有利用價值的地下城就會關閉，至於可以藉由副產物大撈一筆的地下城，則是由國家或公會負責管理。

而裂隙管理廳旗下C級獵人李敏勳，目前正擔任鐘路三街地下城的管理者。

美其名是管理者，實際上的工作內容只有放行持有波濤公會許可證的人，也就是俗稱的爽缺。想到這裡，他不禁咂了咂嘴。

——還以為所有權變更後，我就會被踢走。

鐘路三街地下城原本是國有資產，後來移轉給公會。一般來說，公會拿到地下城所有權後，會派公會成員來接管；但波濤公會說他們沒有人力接手，便繼續由裂隙管理廳旗下獵人負責。

對李敏勳來說，波濤公會的氣度簡直像大海一樣寬宏，多虧如此，李敏勳才能繼續待在這裡，享受無趣但清閒的工作。

凌晨三點。李敏勳看著開啟自動刷怪模式的手機遊戲，打了個大大的哈欠。這份工作雖然各方面都很棒，就是無事可做，實在閒到快發瘋。當李敏勳擦掉打哈欠流出的眼淚時，看到幾道人影從遠方走向管理所。

現在可是凌晨三點耶，哪來的瘋子！

李敏勳揉了揉眼睛，把帽子戴正。逐步靠近的人影，證明了不是他的幻覺。最後，昏暗朦朧的燈光照映出了他們的面貌。

「……怎麼一回事？」

只見一位是身穿亮藍色登山服，戴著墨鏡和黑色口罩的重裝登山客；一位是頭戴白色棒球帽，配上米色連帽外套和棉褲的學生；最後一位則是灰色帽T蓋住半張臉的高䠷青年。這奇妙的組合，無論是外貌還是氣質，完全找不到任何共通點。

只見那三人毫不猶豫地走向敏勳所在的管理所，坐在椅子上的敏勳連忙打開麥克風。

「等等！請你們站住，報上名來。」

「……」

戴著棒球帽、穿著棉褲那位立刻停下腳步。然而，登山客和青年反而加快速度往前走。

他們哪來的自信！敏勳從系統背包拿出鎮壓用的非致命槍械，一手舉槍，另一手放在呼叫鈴上，再次出聲警告。

「要是你們再靠近——」

但他話還沒說完，登山客便舉起了手中的登山杖。

「上吧！」

「咕咕咕！」

隨著尖銳的雞鳴響起，李敏勳下意識地回頭一看——啪！

「唔呃！」

某個光滑、圓滾滾又沉重的東西狠狠擊中敏勳的臉。他只來得及發出一聲慘叫，整個人便癱倒在椅子上。

把敏勳打昏的圓滾滾物體，踩著他的身體爬到桌上，接著靠近麥克風，通報已完成任務。

「咕！」

登山客洪藝星振臂高呼：「做得好，咕咕！」

洪藝星將登山杖夾在腋下，拿出一臺圓形機器並按下按鈕。球體裝置從中打開，一道藍色電場轟地一聲擴散開來，三人的頭髮瞬間炸開。與此同時，管理室的機器也霹靂啪啦噴出火花，管理所內全部燈光倏然熄滅。

洪藝星搓了搓手掌，露出陰險的微笑。

「我製作這件裝備就是為了這一刻，早就想試一次看看了。」

哈哈哈哈……洪藝星將腰往後傾，豪邁地大笑起來。見狀，秋天默默靠近宜再身邊，低聲開口。

「……沒關係嗎？波濤公會之後會找上門吧？」

宜再雙眼無神地回答：「嗯……從帶他一起出門的時候，我就大概知道會變這樣了。」

就連現場坐滿上榜獵人，身邊又站滿保鑣的匠人展，洪藝星都可以亂撒黑色粉末搞出綁架事件了。所以說，要是沒有人監視他的話會發生什麼事？肯定會天翻地覆吧。實際上，現在確實已經鬧翻天了。

以前把洪藝星視為敵人時，他是個頭痛人物；如今成為同盟伙伴，雖然很有能力，但仍舊令人頭痛。

登山客正開心地蹦蹦跳跳，宜再看著他的背影，痛苦地閉了閉眼。

尹秋天從鄭彬身上完整學到了如何攏絡洪藝星。面對裹著銀箔墊縮在牆角，害怕是有人來抓自己回去的工匠，秋天露出了開朗的微笑……

「最厲害的工匠！」

「天才！」

「不愧是最厲害的陶藝家！」

每當她這麼大喊，洪藝星雖然故作若無其事，內心的防備卻迅速融化，揚起的嘴角甚至連口罩都擋不住。加上他似乎對甩開管理者，偷偷潛入地下城的計畫十分感興趣。

洪藝星認真聽完秋天的說明後，滿臉陶醉地低聲道。

「我最喜歡的電影就是《零零七》系列和《不可能的任務》。」

聞言，尹秋天立刻說：「和我們一起去的話，你可以成為湯姆．克魯斯喔。洪藝星老師。」

這句話簡直正中紅心，早就沉醉於違規行動甜美氣息的洪藝星，當場大喊「我參加！」。

由於成功拉攏了哆啦X夢，他們不需要叫車，或是等待地鐵首班車。直接使用了洪藝星的緊急脫逃紙後，瞬間便抵達了鐘路三街。

——……總之對我來說也是件好事。

要是宜再單槍匹馬前來，光是一一破壞監視器，就得花上不少時間。這就是為什麼主角總是和伙伴一起行動嗎？正當宜再陷入微妙的感傷時，咕咕嘴裡咬著一張卡片，搖搖晃晃地走了回來。那正是地下城管理者的感應卡。

於是，牢牢擋在鐘路三街地下城入口前方的厚重大門，在秋天用感應卡感應門旁的裝置後，發出沉沉的聲音緩慢打開了。漆黑的隧道終點，是散發著藍光的地下城入口。

此時，秋天深吸了一口氣。

「我們……進去看完被侵蝕的入口周圍，就要馬上出來。知道了嗎？」

「好。」

「走吧！我想親眼看看侵蝕地下城！」

相比洪藝星的興奮，秋天臉上滿是緊張，她不斷地擦拭手心冒出的冷汗。凝視著旋轉翻騰的入口，宜再悄聲問道。

「這是妳第一次進地下城嗎？」

「什麼？喔，不是。之前在覺管局受訓時，有進過一次……但像這樣正式進入還是第一次。」

秋天摸了摸後頸，難為情地輕聲說道。

「因為鄭彬叔叔和其他人都很照顧我。說學生只要專心讀書……地下城就等成年後再進去就好。我是S級獵人的事，也要等我成年後再公開。」

頭上頂著咕咕的洪藝星，神色認真地點頭。

「是啊，小孩去什麼地下城？光是玩的時間都嫌不夠了。」

「……」

「小孩子不可以打架。」

宜再胸口湧起一股莫名的情緒。在這個時代，人們認為保護未成年是理所當然的事。是啊，現在和以前不一樣了。宜再用力地揉了揉自己的臉，洪藝星則是繼續碎碎念。

「話說裡面有怪物嗎？」

「是的，應該有。」

「喔，那應該要做好逃跑的準備囉？」

「可以的話。」

聽著那兩人派不上用場的對話，宜再內心的震盪瞬間消散。很好，看來戰鬥必須由他來負責了。說實在的，與其這樣，還不如讓他獨自進去。

宜再來回看著表情悲壯的秋天，以及毫無危機意識的藝星，默默深吸一口氣。

此時，眼珠骨碌碌轉動的洪藝星，突然看向宜再。

「祕書會打架嗎？」

「……還可以。」

「喔喔，那你都用什麼武器？劍嗎？」

原本的主要武器是矛……但他不能照實說。除此之外，他也確實用過各種武器，甚至連大蔥都拿來打過怪。

宜再淡然地答道：「什麼都用。」

他。

洪藝星噘起嘴，一副準備抱怨的樣子。見狀，宜再趕緊補充說明，希望對方能相信

「我拿到什麼就用什麼，所以什麼武器都可以。」

「嗯，這樣啊……這樣反而更好。」

洪藝星摸著下巴，開始從背包裡掏出各種武器。咚、咚，一件件貴重裝備就這樣被隨意扔在堅硬的水泥地上。

秋天驚訝地問道：「這些武器是可以這樣隨便丟在地上的嗎？」

「沒事、沒事，再用磨刀石磨一磨就好了。祕書，你選一個吧，有想要哪一把嗎？」

稍微看過去，這些竟然全都是獵人夢寐以求的高品質武器。好到甚至讓人好奇，洪藝星為什麼沒有在匠人展上釋出這些作品。

宜再走過閃閃發光的鐵鎚、巨劍和弓等武器，最後握起一根輕巧的長棍。

「這個就好。」

「咦，但是有其他更好的武器耶？」

「感覺這個用起來最順手。對了，洪藝星老師能戰鬥嗎？」

「嗯？我有咕咕呀。」

「咕咕！」

咕咕舉起一邊的翅膀叫了一聲。他居然要把戰鬥交給外表嬌小可愛的雞，自己躲到後面去？看到宜再的表情，洪藝星瞇起眼睛。

「怎樣？你好像看不起我喔？看來我要讓你見識一下我們咕咕有多會打架。」

「……喔，好喔。」

「讓他見識一下吧，咕咕！」

把墨鏡掛在額頭上的洪藝星指向前方。

「咕咕，火！」

「咕、咕、咕……」咕咕預熱幾聲後，猛然大叫，「咕咕咕咕咕！」

轟！一團藍色火焰從陶瓷雞張開的嘴喙裡猛烈噴出。咕咕還驕傲地模仿挺胸的姿勢，雖然實際上並沒有變挺。

一旁的秋天喃喃道：「是火雞呀……」

車宜再無言地看著這兩人一雞，看來等一下他不只得保護秋天，還得照顧洪藝星，確認完畢。

就在這時，一連串的白色系統視窗無預警跳出來，宜再的雙眼猛然瞪大。

「已達成稱號解鎖條件。」

「達成條件：再次進入■■」

「已解鎖稱號。」

「稱號：■■■■■■」

轟隆轟隆，腳下的地板發出轟鳴。宜再抓住失去平衡的藝星和秋天的手。在灰燼覆蓋的大地上，殘破的建築物拔地而起。白色的天空也出現一道裂隙。然後——

「恭喜你解鎖稱號，J！」

「你的稱號是孤獨的征服者。」

「地下城對稱號產生反應！」

「即將重組地下城！」

轟隆隆！

一道巨雷劈落，天地瞬間被染成一片純白。宜再感覺手中的手臂正在逐漸遠離，最後只剩下他緊緊握住空氣的手。

沙沙……

白色灰燼隨著徐徐微風四處飛揚。用一根長棍翻著殘骸的男人，用力地撥開額前的髮絲。片刻後，他抬頭仰望蒼白的天空，空中的白洞正不斷旋轉翻騰。

在裂隙和地下城裡的天空，並不會見到自從裂隙之日後便習以為常的黑洞。

那麼，此時天空上的那座白洞又是什麼？

此時，後方傳來一陣規律的腳步聲。鄭彬拍掉肩膀上的灰燼，走了過來。

「有找到什麼嗎，李俟瀛公會長？」

「沒有。」

俟瀛漫不經心地回答，環顧四周。鄭彬點頭，正要開口時，俟瀛卻猛然轉頭，望向兩人進來的入口方向。

跟轉過頭的鄭彬不解地問：「怎麼了？」

「……鄭彬。」

「是，請說。」

「你有要求額外的人力支援？」

「沒有，這次只有我和你負責調查侵蝕地下城。」

銳利的紫色眼眸凝視著遠方，俟瀛輕輕開口。

「……有人進來了。」

聽到這句話，鄭彬的臉色也變了。接著，彷彿在證實李俟瀛的推測，轟隆轟隆……大地開始震動。

原本小到只有敏感的人會感受到，但隨著震動逐漸變大，堆積在周圍的殘骸也開始上下起伏。寂靜的大氣不斷晃動。皺起眉頭的鄭彬拿出黑色鎮暴棍，緊緊握住。

「怎麼會突然……」

俟瀛脫掉防毒面具，開口問道：「鄭彬，侵蝕地下城有發生過劇烈的變化嗎？」

「目前為止沒有類似案例的通報。不過這種地下城仍處於調查階段，發生什麼事都不足為奇……」

「……」

「應該是有什麼原因。我們沒有亂摸東西，也沒有找到什麼，不可能突然發生這種變化。」

「……我同意你的說法。」

俟瀛不耐煩地嘆了口氣。與此同時，伴隨著一陣不祥噪音，蒼白的天空中赫然出現一道黑色裂隙。俟瀛和鄭彬同時仰頭看向天際。

白色的系統視窗浮現在他們眼前。

「**地下城對稱號產生反應！**」

「**即將重組地下城！**」

「……什麼？」

轟隆！彷彿天空即將崩塌的雷鳴劃破長空，雙腳踩著的大地陣陣轟鳴，宛如沸騰般向上隆起。就連兩名S級獵也一瞬間失去重心，踉蹌倒退。

一股未知的強大力量席捲而來，雖然鄭彬向李俟瀛伸出了手……卻沒有碰到他。

接著過去多久了？

鄭彬慢慢睜開雙眼。他眨眨眼，勉強撐開無比沉重的眼皮，視線好不容易對焦後，看見的是一片白色土地。

地板？他動了動手臂，接著撐起上半身。看來他剛才趴倒在地上，失去了意識。雖然一般的疼痛對他來說不成問題，現在卻感覺全身像被人痛揍一頓般痠痛不已，他忍不住皺起眉頭。

「……唔。」

他低聲呻吟，吃力地站起身。最後的記憶是……重組地下城。

但「重組地下城」是什麼意思？他第一次目睹這種現象，已經開啟的地下城還會重組嗎？

——必須盡快和李俟瀛公會長會合……

在充滿未知數的地下城，單獨行動無疑是自殺行為。正當鄭彬這麼想著並轉過頭時

——

「唔……」

他聽到了微弱的呻吟。是李俟瀛嗎？鄭彬急忙轉身，奔向聲音傳來的方向。

但在那裡的並不是李俟瀛。

「唔呃呃……快死了……啊……這是怎麼回事？」

穿著亮藍色登山服的登山客臉貼著地板，像殭屍一樣喃喃嘟囔。而他身邊穿著棉褲

的少女正趴在地上，不斷乾嘔。

長得有點笨拙、體型圓滾滾的陶瓷雞則是以這兩人為中心，一邊咕咕叫，一邊繞圈奔跑。鄭彬總覺得這個組合有點眼熟……他罕見地面露慌張，急忙開口。

「……洪藝星老師？尹秋天獵人？」

「……那個，同學。我來到地獄了嗎？為什麼聽到了鄭彬的聲音？」

「嗚、嗚嘔嘔嘔……」

「喔……這裡看起來像地獄？我也這麼認為……」

「……」

「咕咕咕咕！」

和鄭彬對到眼的陶瓷雞發出了嘹亮的叫聲，而鄭彬只是呆望著眼前令人難以置信的景象。

J閉著眼，深吸一口氣，熟悉的空氣立即灌滿肺腑。

裂隙裡的空氣非常沉寂，不會有任何味道，即使周圍布滿屍體和血塊，仍舊感受不到一絲腐臭或血腥。或許也正因如此，這座裂隙裡的屍體從不腐敗。

這是件值得慶幸的事。因為這樣他才能從不會腐壞的屍體之中找到他們。

J從指尖開始，慢慢活動自己的身體，確認是否有哪裡受傷。在不知道怪物何時會出現的裂隙裡，他只能相信自己的身體。畢竟人會死，武器會毀損，鮮血、脂肪和油脂會讓磨得鋒利的刀刃變鈍……

做好所有心理準備後，J才睜開眼睛——為了再次迎戰地獄。

然而……映入眼簾的並非浸滿鮮血的廢墟。

「……搞什麼？」

J困惑地掃視周圍。既沒有屍體堆，也沒有怪物，只有雪白的灰燼覆蓋在倒塌的建築與廢墟上。面對和原先認知不同的景象，J心驚地四下張望，只見一頂略微扁掉的白色棒球帽孤零零地落在地上。

他看過這個東西，這是……

——……是尹秋天戴的帽子吧？

旁邊那把堅固的長棍也是。

——是洪藝星給我的。

「……啊。」

車宜再猛然站起身，胸口一陣劇烈翻騰。該死。他握拳抵在胸前，努力穩住呼吸。這裡不是裂隙。

宜再迅速整理混亂的記憶。他和尹秋天、洪藝星一起進入鐘路三街的地下城時，突然跳出一連串系統通知。某個稱號解鎖後……出現了重組地下城的訊息，洶湧的白色視窗填滿他的視野。還來不及判斷情況，雷擊便瞬間劈下……接著便是手中緊握的手臂消失的空落。

宜再撿起棒球帽和長棍。或許是因為被地下城重組的力量捲入，那兩人才會消失。

——尹秋天和洪藝星呢？

感覺不到周圍有人的氣息。緊咬下唇的宜再用力閉上眼，而後睜開。

〈追蹤者之眼！〉

雙眼綻放湛藍光芒，迅速搜尋四周。怪物、怪物，還是怪物……在一片怪物組成的汪洋中，有一道耀眼的火光正猛烈燃燒著。

一見到那道紫色的火焰，車宜再立刻就知道是屬於誰……

李俟瀛。

——那傢伙為什麼會在這裡？

還來不及深思，他的雙腳就開始行動了。宜再踏著白色灰燼，開始向前奔跑。散發藍光的眼眸裡，廢墟與無數光影飛快閃過。怪物、怪物、怪物，在重組後的地下城中，怪物多到數不清。但對宜再來說，這光景早就在西海裂隙看膩了。

「嘰——！」

伴隨著怪叫，徘迴在周圍的怪物猛然撲向他。宜再沒有停下腳步，飛身躍起，手中的長棍直直地貫穿了怪物的頭顱——噗！被貫穿的地方沒有噴出鮮血，而是冒出了白色的灰燼。

宜再的動作簡潔迅速，他盡量節省力氣，用高效率的方式處理掉周遭的威脅。

雖然沒有李俟瀛那麼強烈，但還有個地方聚集了四道巨大的火焰。

其中兩道應該是尹秋天和洪藝星，考慮到俟瀛也在這裡……看來很不幸地，他們與李俟瀛和鄭彬進入了同一座地下城。那麼，尹秋天他們旁邊的那道火焰，應該就是鄭彬了。

宜再想自己應該沒有猜錯。因為除了鄭彬，沒有其他人擁有那股金麥色的溫暖氣息。不過對於剩下的那道火焰，他完全沒有頭緒會是誰。當宜再思索的時候，李俟瀛的火焰吸引了他的目光。

當然，沒有親眼確認之前他也無法百分百肯定，這或許只是自我安慰，然而……

——該死。

不論是敏銳的直覺、踏在地上的雙腿，還是朝著那團火光狂奔的身體，構成車宜再的一切都在不斷向他訴說：

——必須去找李俟瀛。

他也不知道為什麼。車宜再揮舞著手中的長棍，迎向撲面而來的怪物，像砸豆腐般一一擊碎牠們的腦袋。那熟悉又沉重的打擊感，還有棍身傳來的震動，讓他得以呼吸、得以存在。

車宜再將所有思緒拋在腦後，完完全全地跟著本能行動。

突然扭曲的地下城，建築物拔地而起的陌生廢墟。李俟瀛一邊融化怪物，一邊觀察著四周，最後挑了一處屋頂尚未完全坍塌的廢墟作為臨時據點。

這片被白色灰燼澈底覆蓋的空間，引發他內心一股奇妙的不適，讓他連多看一眼都不想。

俟瀛靠著牆坐下，輕輕吐出一口氣。他無法壓抑此刻湧上的滿心不耐。

——鄭彬自己會來找我吧，媽X……

沒有一件事讓他滿意。昏倒有什麼大不了的？被鄭彬帶去找南宇鎮，害他在匠人展之後，什麼事都沒辦法處理，只能不斷巡視各座侵蝕地下城。

——所以我才不想欠人情……

南宇鎮對觀察世界根源很有興趣，只要發現一絲線索，他就想追查到底。雖然書院公會成員也有投入調查，但他們去不了的地方，就必須由鄭彬或李俟瀛前往。那是他們締下的契約。

必須趕快處理完去找他。

就在俟瀛因焦躁緊握拳頭的瞬間，一股凶猛而強烈的氣息急速逼近，令人毛骨悚然。他警戒地移動到殘破建築的一處縫隙。

接著，眼前的景象讓俟瀛瞪大了雙眼。

在白色灰燼如大雪般襲來的空隙中，一道灰色身影徑直朝他奔來。是他嗎？雖然在腦中否認這個念頭，但俟瀛還是無法控制失速的心跳。他為什麼會出現在這裡？這裡可是地下城！懷疑與混亂在他腦中攪成一團，儘管如此──

李俟瀛還是呼喚了他的名字。

「……車宜再。」

「李俟瀛！」

回應他的聲音，如雷鳴般清晰地撞入耳裡。俟瀛怔怔地望著奔向他的宜再。

「你……」

「你沒事吧？」

「啊。」

「沒事，沒關係，是我。」

車宜再踏著紛飛的白塵，穿過斷垣殘壁闖了進來。無預警現身的他，砰一聲扔下手中的長棍。那雙粗糙有力的手覆上李俟瀛的臉頰，將他的頭輕輕轉向這邊、又轉向那邊。

俟瀛並沒有拍掉他的手，只是怔怔地望著宜再的臉。

眼前的人呼吸急促、臉色發白，雙眼如大海般蔚藍閃亮。他無法將目光從那抹藍光上移開，無數想法如海浪般襲來。

——你為什麼會在這裡？

——你是怎麼進來的？

——你知道這裡是什麼地方嗎？

——到底是誰該關心誰？

然而……

「你……媽X，一個才昏倒沒多久的傢伙，幹嘛跑來這種地方？你瘋了嗎？」

覆住臉頰的手非常溫暖，而關心他的聲音十分……

熟悉。

一股難以言喻的戰慄從四肢百骸升起，俟瀛不自覺地輕輕顫抖。想說的話不斷湧上喉頭，又一次次向下沉去。全身滾燙到像是被扔進了岩漿熔煉，俟瀛張張嘴，卻沒有發出任何聲音。千言萬語想要訴說，卻一個字也說不出口。在那片混亂思緒裡，唯一浮現的情感只有——欣喜若狂。

他找到了。

俟瀛剛想開口，結實的手掌立刻捂住他的嘴。他再次睜大雙眼，但俟瀛一直在尋找的人並沒有看向他。那雙銳利的藍眸正警覺地望向廢墟之外。

「……安靜點。」

他……

「……」

「不會有事的，不要發出聲音。」

砰、砰、砰……巨大的腳步聲迴盪在廢墟之中。

搖搖欲墜的瓦礫中落下白塵，讓周圍一切隨之震盪的巨大腳步聲，在他們附近停留了片刻，而後慢慢遠離。

砰……砰……砰……直到聲音徹底消失，車宜再仍面色蒼白、眼神冷冽地盯著廢墟之外。空氣中瀰漫著靜謐而精煉的殺氣。

那是他不曾看過的表情。

俟瀛輕輕敲了敲唇上的手背，讓原本望著外面的目光轉向自己。宜再這才察覺自己還捂著李俟瀛的嘴，小心翼翼地挪開了手，表情和緩地用唇語詢問。

——怎麼了？

俟瀛低聲回應：「別走。」

「什麼？」

「留在這裡。」

車宜再沉默不語。他凝神聆聽片刻廢墟外的動靜，像是下定決心般突然站起身。

宜再揚起嘴角，朝俟瀛露出微笑。那是俟瀛在公會長室看過的笑容。

「別擔心，不會很久。」

宜再彎下腰，撿起剛才扔在地上的長棍。若是平常，他會說要去附近看看，或是去吹吹風等等，努力用沒人會相信的藉口隱藏自己的行為。

俟瀛默默地屏息觀察宜再。明明身處地下城，宜再看起來卻冷靜到讓人難以置信。

然而，沿著太陽穴流下的冷汗、泛白的臉色、因用力握棍而發白的指節，卻又展現出截然不同的樣貌。畢竟生理反應並無法靠控制表情來掩飾。

「……」

他在害怕。

害怕什麼？

兩人的視線再度交會，車宜再又露出那抹無懼的笑。

「真的不會有事，我很快就會回來。」

俟瀛真的很不喜歡那抹微笑。

車宜再那毫無根據的自信，以及行動前不會瞻前顧後，總是橫衝直撞的習慣，都是有原因的。肯定是旁人不停在他耳邊吹捧及灌輸，說J是英雄，是有能力的人，所以他必須拯救所有人。宜再越是不加思索地這麼做，他們就越開心，因為這樣才更好操控。

瀛抓住宜再的灰色衣角，輕輕一拉。力量雖然不大，車宜再卻立刻停下腳步，轉頭望向他。只見宜再那被陰影籠罩的臉上，染上了些許驚訝。

車宜再就是這種人。無法見死不救，只會不斷燃燒自己，縱使可能會丟失性命，他也不會退縮。既然如此……

「哥。」

或許必須有人成為一道堅不可摧的枷鎖，不讓他奔赴危險。而李俟瀛心甘情願成為他的枷鎖。

成為會對弱者心軟的，只屬於J的枷鎖。

「哥。」

「怎麼了？」

面對小聲呼喚他的聲音，宜再低聲回應，但他的注意力仍然集中在剛才出現的怪物身上。

那怪物的腳步聲、呼吸、咆哮，全都清晰刻印在他腦海中。因為那正是裂隙之日當時，J初次擊殺的怪物——大腳怪。

——但……牠也不算非常危險。

大腳怪身軀龐大，砸下的拳頭充滿威脅，每一擊的殺傷力極強，但動作相對緩慢。加上頭部濃密的毛髮，不但會遮擋視線，也讓牠對比自己體型小的物體降低警覺性。猶如銀箔地墊之於洪藝星，只要宜再隱藏自己的氣息，應該能順利躲開大腳怪。

——或許先把牠殺掉比較好……

這座地下城是對自己解鎖的稱號「孤獨的征服者」產生反應而重組的。宜再環顧四周的，這裡的景象和西海裂隙極為相似，與其說是被侵蝕，不如說是同一個地方。剛恢復意識的時候，他甚至一度以為自己仍身處裂隙之中。

出現大腳怪是巧合嗎？正當宜再陷入沉思時，李俟瀛刻意地嘆了一大口氣，吸引了宜再的注意，接著做出不像他會做的事——垂下眼簾示弱。

「我不舒服。」

宜再瞬間懷疑是不是自己聽錯了，這句話真的是從李俟瀛嘴裡說出的？

但他立刻檢查對方身體，擔心是不是鄭彬又用鐵鍊綁住他了。不知道是福還是禍，李俟瀛身體好端端的，沒有任何地方被束縛。

「你不舒服？」

色了。

「嗯……頭有點暈。」

俟瀛眨了眨長長的睫毛，低聲說道。難怪原本就很蒼白的臉色，看起來更加沒有血色了。

匠人展之後他有好好休息嗎？看起來也沒有睡好覺。盤踞在體內的不安悄悄占據了思緒，宜再緊握長棍的手再次出力，長棍隨之咯咯作響。

「……傳簡訊說沒事的人真的是你吧？」

面對突如其來的詢問，俟瀛直直地盯著宜再。

「是我沒錯……怎麼突然提到那個？」

幸好真的是他傳的，之前真是白擔心一場了。宜再迅速將俟瀛從頭到腳掃視一遍。

「你不是在書院公會接受了治療嗎？鄭彬帶你去的。」

俟瀛緩緩地點了點頭。

「我確實有接受治療，這可能是剛才地下城重組的影響……」

他的語尾含糊不清，頭靠上了牆壁。

「稍微休息一下就好了。在這裡待一下……再一起行動吧。哥也不是一定要馬上離開這裡。」

「……」

「嗯……還要順便找鄭彬。」

「……鄭彬？他也有來？」

宜再裝作不知情地詢問，而俟瀛微微點頭回應。太好了，看來剛才那道火焰確實是鄭彬。那麼現在就有點餘裕可以等俟瀛恢復了。宜再相信以鄭彬的實力，一定能夠殲滅大腳怪。

宜再觀察靠著牆壁雙眼緊閉的俟瀛，然後把長棍抱在胸前，單腳屈膝坐在他身邊。兩人之間隔著一顆人頭的距離，宜再望向廢墟外，低聲開口。

「很抱歉，我不能等太久。如果拖太久的話，我會背著你行動。」

「嗯……」俟瀛拉長語尾，微微歪頭靠向宜再。「可是……那個啊，哥。」

「怎麼了。」

「有點奇怪。」

「哪裡奇怪。」

「哥為什麼會來這裡……你是為了什麼事來的？」

「……」

「光憑獵人證，無法進來這座地下城。」

——該死。

宜再眉頭緊鎖。李俟瀛太敏銳了，在這裡遇到這個傢伙，自然會被問到這個問題，但剛才一心只想著得先找到他，完全沒想過該如何回答。

其實就算在來的路上有認真思考，他可能也想不到什麼合理的藉口。因為一般的覺醒者不會有事需要進入侵蝕地下城。

再加上這座地下城……宜再突然想起一件事。

——是波濤公會的吧？

這下澈底完蛋了，宜再直接放棄。有時即使不知道正確答案，也可以隨機應變猜一個；但李俟瀛出的是申論題，想猜都猜不了。

臉上的緊繃逐漸轉為尷尬。面對直盯著自己的俊美臉孔，宜再稍稍移開視線，含糊其辭地回答。

「也沒什麼事。」

「這座地下城的管理者雖然不是我們公會的人，但他從以前就一直負責管理這裡，應該不會怠忽職守……」

那名管理者的臉被咕咕重擊，現在應該還睡得很沉吧。對不起，管理者。

宜再更加心虛地偏過頭，開始算起牆上有幾道裂縫。他不說話，俟瀛就越來越緊迫逼人。

「做生意那麼忙的人，為什麼會進到沒有什麼事要處理的地下城……哥自己說說看？」

「……最近沒什麼客人。」

宜再給出一個簡短的抗辯，但似乎不是個好藉口。閉著眼睛的俟瀛嘴角上揚，輕笑一聲，接著對宜再諷刺道。

「呵，這樣啊？我還以為祕書因為沒領到日薪，又跑來挖魔石了……」

「……」

俟瀛睜開雙眼，一語不發地欣賞身旁的人此刻的表情。那深不見底的紫色眼眸仔細掃視著宜再皺起的臉。

「哥真的是……」

俟瀛的眼神感覺不太對，等等應該會問他是不是瘋了，或著說他是個神經病。為了聽到那番冷嘲熱諷也不生氣，宜再決定做好心理準備。

然而，俟瀛只是嘆了一口氣，低聲開口。

「你是和誰來的？」

——啊，那個也不太方便透露。

李俟瀛有著讓人相當煩躁的才能，專挑那些宜再回答不了的問題。無法回答都是這傢伙的錯吧？就算宜再想給出像樣的答案，但每個問題都直戳痛處，根本無從說起。

宜再死死閉上嘴，盯著被白色腳印踏得亂七八糟的地板。接著，結實又冰冷的身體默默靠在了他身上。耳廓碰到了柔軟的髮絲，有些發癢。

宜再本能地挺直腰桿，熟悉的聲音在他耳邊低聲呢喃。

「南宇鎮不可能親自來這裡……他可是圖書館的地縛靈。」

「……」

「是那傢伙拜託你的嗎？要你調查這裡？」

李俟瀛完全搞錯了方向。宜再正準備叫他少胡說八道，眼前卻接二連三跳出了白色視窗。

「……系統已確認完畢……」

「已完成地下城重組。」

「因應地下城重組，賦予新等級。」

「鐘路三街地下城的新等級爲+S級！」

——+Ｓ級？

在目前的分級制度中，裂隙依照攻掠優先程度分為一到十級，而危險程度比裂隙低的地下城，則分為Ｓ到Ｆ級。這種方式是根據美國公布的分類法訂定。系統最初對裂隙和地下城都是使用英文字母分擊，但在國際法確立之後，標記方式也隨之改變。

至今未曾出現高於S級的地下城。大家過去只在各方面都太特殊的洪藝星出現後，推測可能存在比S級更高的L級。

也就是說，就連走過無數裂隙與地下城的宜再，也是第一次見到這個等級的地下城。

宜再立刻回頭看向李俟瀛，他可能掌握了更多情報。

然而俟瀛只是瞇著眼睛望向空中，喃喃道：「這種情況還是第一次……」

車宜再一進入，等級就突然改變的情況，只發生過兩次。第一次是西海裂隙，而鐘路三街地下城是第二次，就像是在等待他的到來，等級隨著他的進入而產生變化。面對這種情況，宜再心中再度充斥不安，不由得泛起一個可怕的念頭。

——是因為我。

……不，現在不該沉浸在沒用的感性之中，那樣只會拖後腿。與其想東想西，不如採取行動。宜再雙手用力拍了拍自己的臉頰，從地上起身。

「你有關於這座地下城內部的資料嗎？」

「是有做過一些調查……但那是在地下城被侵蝕之前取得的資料，就目前的情況來說，可能派不上用場。」

俟瀛微微皺眉，盯著宜再的臉，不知為何看起來不太滿意。

他繼續說道：「而且地下城經過了重組……我雖然還得驗證，但我覺得就當它是全新的地下城比較好。」

「……」

未知的地下城。宜再默默看著外頭正被白色灰燼侵襲的廢墟，那仍舊是相當眼熟的景象。被侵蝕的地下城，以及重組過的地下城，都和西海裂隙十分相像。而這一點，就只有J才知道。地下城侵蝕現象和西海裂隙之間，究竟有什麼關聯？

一道滿是嘲諷的低沉嗓音，將宜再的意識拉回了現實。

「是說，」俟瀛扯了扯嘴角，「哥真的有自虐的興趣嗎？」

「你又在說什麼鬼話……你的興趣是說廢話嗎？」

「不是啊……我看你的行為就是那樣。」

俟瀛緩慢地起身，抬起手，指尖輕點眼前拍出紅印的臉頰。接著用拇指輕撫過肌膚，低聲細語。

「那就試試看吧。雖然我不太喜歡打人……但我可以配合你。」

「你說身體不舒服，但其實是腦袋有病吧，媽的。」

不行，得忍耐。宜再拿開臉頰上的手，努力壓抑情緒，不然他可能會一拳揍向李俟瀛的肚子。

「啊，好痛。」

雖然他被扣住手腕的李俟瀛裝模作樣地痛呼，但宜再裝作沒聽到。根據以往的經驗，和李俟瀛待在一起時有一個好處。那就是對方會滔滔不絕地說話，不給他一絲沉浸在情緒中的空檔。

「看你還可以耍嘴皮子，身體應該好了。準備一下，我們要走了，得趕快回去。」

「嗯……好。」爽快地回答後，俟瀛歪頭道，「可是有必要那麼趕嗎？」

「你不是和鄭彬一起進來的嗎，要去找他會合吧？」

「那倒是，但我們要一邊觀察這座地下城，一邊小心行動。鄭彬應該也會這麼做。」

他沒有弱到那麼簡單就被擊倒。」

宜再也相信鄭彬的實力。縱使這裡是+S級地下城，他應該也能獨自撐一段時間。

但問題是在他身邊的洪藝星和尹秋天。兩人不僅無端被捲入這種意外，而且也無法確定他們能不能保護好自己。

但如果要解釋，必須說明的事就會如等比級數增加。宜再若無其事地將長棍靠在肩上。此時，俟瀛略略彎腰補上一句。

「而且現在沒有東西可以遮臉了。就算戴上帽T的帽子，也遮不住你這張臉。怎麼……你想直接被鄭彬發現嗎？」

「……」

世界上最惹人厭的傢伙，就是每次都說對的人。既然這樣，那在和鄭彬會合前，乾脆先去殺掉地下城之主吧。

正當宜再想告訴什麼事都不懂的愚民，世界上最簡單的解決方法時，俟瀛像是突然領悟到了什麼，低聲開口。

「啊……我知道了。」

「什麼？」

「上次你也是因為這樣……才會直接去單挑裂隙之主啊，哥。」

俟瀛長歎一口氣，搖著頭。那幅模樣看起來就很欠揍，於是宜再用長棍戳向俟瀛的腰。

「你這小子，到底是想怎樣？」

「算了，我們走吧。只要戴上防毒面具就好了……」

侯瀛喃喃說著，率先走出廢墟。他在入口旁撐著一片屋頂，直到宜再離開才放下。一放下，原本就搖搖欲墜的入口便瞬間倒塌。

似乎是被巨響吸引，怪物立刻從四周冒了出來。那些怪物的眼睛和身軀全被燒成了白色，都是宜再相當熟悉的怪物。

「嘰咿咿咿咿！」

最前方的怪物發出怪聲，接著全體蜂擁而至。宜再毫不猶豫地揮舞手中的長棍。砰砰砰！被長棍掃到的怪物全都朝同一邊倒下。宜再正打算向下劈擊，一道漆黑的物體伴隨著一陣甜香朝牠們飛去。被又黑又黏的東西覆蓋的怪物來不及發出哀號，便化成了一灘液體。

宜再往旁邊一看，只見不知何時脫下手套的侯瀛，對著怪物勾了勾手指。兩人四目相交，侯瀛露出了燦爛的笑容。

「我覺得……我們搭檔起來還挺不錯。」

正如李侯瀛所說，兩人的配合天衣無縫，彷彿以前就並肩作戰過一樣。準確來說，是李侯瀛完美地跟隨著車宜再的行動。他像是能預測車宜再會如何行動，在宜再棍尾落下之處，精準地放出毒液。

幾個回合之後，原本宜再初次與他人並肩作戰而顯得遲疑的動作，也漸漸變得流暢起來了。

身染漆黑毒液的巨大形體逐漸融化消失。宜再甩掉長長棍上的髒汙，侯瀛則冷漠地觀察著怪物屍體，完全看不出他不久前還身體不適。

宜再突然開口：「說起來，你呀。」

「嗯。」

「你在覺醒之前……身體很不舒服嗎？」

脫口而出後，宜再才驚覺這個問題好像有點太突兀了，但已覆水難收。不過，這樣反而感覺心裡比較舒服。他不想再看到俟瀛因為手被鐵鍊綁住而蒼白的臉了。

李俟瀛並沒有回頭看他，只是淡淡開口。

「不好說。」

聽到這種模稜兩可的答案，宜再猜他可能是不想說，微微皺起眉頭。

看到宜再的表情，俟瀛卻突然笑了。

「哥腦袋運轉的聲音，我都聽得一清二楚了。」

「說話能夠那麼沒禮貌，也算是種才能了，你……」

「嗯，我不會告訴你的，這是祕密。」

「什麼？」

「哥，你也有事沒有告訴我吧。」

原本想再回嗆的宜再立刻閉上嘴。

他說得沒錯，無法告訴李俟瀛的事情，在不知不覺間如滾雪球般越滾越大，緊緊追在宜再身後。說了一個謊，就要用另一個謊去圓。

層層堆疊的謊言，最終會導致什麼結果？覺醒後，始終活在謊言之中的宜再，還沒有看到最後的結局。

「嗯，即使你說謊，也沒有關係。」

「……」

宜再抬起頭。俟瀛將手背在身後，神色平靜地繼續說道。

「而且哥一定能解開我的祕密。」

「……」

「必須如此。」

那雙紫色眼眸望向宜再。

目光交會的瞬間，宜再明白了一件事。就算他對這人一無所知，但至少那雙眼裡的信任，他能明確感受到。

自從宜再覺醒之後，便受到許多人的信賴，還有以信任之名，隱藏在其下的各種情緒：憧憬、憐憫、輕視、猜忌、嫉妒……那些他不想拆穿、不想面對的感情，他總是選擇忽略。

但李俟瀛眼中的信任……底下藏著的，卻是車宜再從未見過的某種事物，正在閃閃發光，讓他有股衝動想要拆開包裝。

「真是的……有完沒完啊。」

俟瀛一邊抱怨，一邊扯住衝向宜再的怪物脖頸。嘰咿咿……怪物扭動著身體發出發出哀鳴，很快就被腐蝕殆盡。

「還有，我知道你為什麼會那麼焦躁不安……沒關係的，哥。」俟瀛用慵懶的聲音低喃道。

「……」

「這座地下城有好幾個S級。」

不，你不知道，那就是問題所在。宜再一臉不爽地看著融成黑液的怪物。

目前大韓民國S級獵人共有八名，然而其中……

——超過一半都在這座地下城裡，這合理嗎？

李侒瀛還不知道洪藝星和尹秋天也在這裡，但宜再知道。也因此，他承受著只有知情者才必須承受的痛苦。

八名S級獵人中，有五名同聚於此。不論是在解酒湯店，抑或是匠人展，車宜再都親身體會過，所以相當了解。

只要有兩名以上的S級待在一起……就會出事！

The Hunter's Gonna Lay Low

11

歸來

砰！

被黑色鐵鍊纏繞的拳頭命中石頭的正中央。從被拳頭擊中的地方開始，巨石無聲地崩裂。

鄭彬收回拳頭，只見周圍堆滿了中心被貫穿的石塊。他鬆開鐵鍊，默默擦掉汗水後回頭一看。

「兩位，有哪裡受傷嗎？」

「沒有。叔叔還好嗎？」

縮在倒塌牆壁後方的秋天，探出了上半身。她身邊接著出現了一隻拇指和一根翅膀，正往上舉起。鄭彬走向他們，刻意露出微笑。

「我沒事。秋天獵人，妳的暈眩症還好嗎？」

「喔……休息了一下，現在好很多了。謝謝關心。」

秋天回答時摸著後頸，似乎覺得有點難為情。就算只是匆匆一瞥，她現在的臉色也比先前快吐的時候好多了。鄭彬心裡暗自鬆了口氣，環視他們的狀況，確認安全無虞後，他才小聲地吐了一口長氣。眼下情況實在糟糕透頂。

一件接著一件，混亂接連不斷地降臨鄭彬頭上，簡直像是中了邪。

藉由過去的經驗，他知道匠人展會一片混亂，所以事先做好了準備。雖然他沒有預料到李俟瀛會失去意識，以及南宇鎮會緊急委託他們探索地下城，但即使遇到這些事情，他都能夠妥善處理。

然而，處變不驚的鄭彬萬萬沒想到洪藝星會逃跑。收到緊急通報的時候，正是他為了因應長其外出而下達完所有指示，準備進入鐘路三街地下城之際。

鄭彬拿著響個不停的手機，用眼神向俟瀛示意。俟瀛挑了下眉，然後雙手交叉靠著牆壁，閉上了眼睛。鄭彬按下通話鍵後，接著聽到——

「很抱歉，組長。洪藝星老師逃跑了……」

迎面而來的是他不願相信的現實。

啊，原來人受到的衝擊太大時，眼前的一切會不斷旋轉啊！活了三十年，鄭彬學到了這個新的知識。聽著負責護送的獵人悲痛的聲音，他久違地……

——好想逃跑……

產生了這種想法。但能逃的地方，也只剩下地下城了。

或許是鄭彬聽著下屬帶著淚水報告時，不斷來回走動，原本閉著眼睛等待的李俟瀛，用不耐煩的語氣開口。

「你的腳底板是著火了嗎？吵死了……」

「李俟瀛公會長……」

聽到鄭彬的聲音，俟瀛似乎察覺到不對勁，微微睜開了一隻眼。然而，看到鄭彬生無可戀的表情後，他便馬上睜大了雙眼。

鄭彬第一次看到李俟瀛用那麼驚訝的眼神看著自己。托洪藝星的福，鄭彬不斷獲得了全新的經驗。

還好，李俟瀛沒讓他失望，展現了身為優秀公會長的氣度，把事情丟給了屬下。

如果沒有渺小的奇蹟敏奇蹟負責去找人，他們不僅無法調查地下城，可能還在為了尋找洪藝星而四處奔波。雖然洪藝星也很重要，但是……

——必須找到末日的線索。

幾個月前覺醒的尹秋天預知了末日的降臨——不知會在何時，以什麼方式降臨的末日。聽起來實在太過荒謬，尤其是在這個全世界正逐漸擺脫混亂，邁入安定的時期。第一位聽到這件事的覺醒者管理局局長咸碩晶，說這是一種覺醒後遺症，並派人待在尹秋天身邊。

然而，宛如是在驗證尹秋天的主張，侵蝕地下城開始接二連三地出現，在李俟瀛覺醒之後，一度沉寂的普羅米修斯又開始採取積極行動。

第一處侵蝕，是發生在仁川當地公會擁有的地下城內。原本是藍色史萊姆棲息的洞穴，如今全被白色灰燼所覆蓋。沒錯，這和寓言中的景象十分相似。

確認第一座侵蝕地下城後，咸碩晶馬上改變了想法，並將末日一事告訴極少數的獵人。之所以只讓排行前十名知道，是為了避免末日論造成人心恐慌。

那天過後，上榜的戰鬥系獵人輪流調查侵蝕地下城。如果按照順序，應該是輪到主主或Honeybee進去；但南宇鎮說這件事非常急，於是改派李俟瀛和鄭彬進入。接著地下城就突然重組了。

首次出現的+S級地下城，以及洪藝星和尹秋天的突然登場。讓鄭彬想起那雙白濛濛的眼睛。

——他是預測到會發生這種事，才派我們進來的嗎……

「……叔叔？」

微弱的聲音打斷了他的沉思。鄭彬瞬間回過神，尋找聲音的主人。

秋天捂著嘴角問道：「您真的沒事嗎？」

鄭彬將手背在身後，露出和煦的微笑。

「對，當然。接下來應該能暫時安靜一陣子，妳吃飯了嗎？」

「什麼？呃，還沒。」

鄭彬從系統背包拿出一個小包包，然後遞給秋天。裡頭是簡易的補給包，包括乾糧和飲用水。

「如果覺得有點餓的話，建議妳現在吃。因為不知道之後還有沒有時間吃。」

「謝謝。」

「但吃太飽的話會不利於行動，稍微墊墊肚子就好了。」

「好的。」

秋天低頭致謝後，收下了包包。看到她有點猶豫，鄭彬故意坐在平坦的殘骸邊緣，撕開能量棒包裝後咬了一口。秋天也跟著打開了包包，拿出一袋肉乾。

吃完能量棒的鄭彬將包裝紙摺疊整齊，接著開口道。

「你們可以邊吃邊聽我說。趁現在有點時間，我們來整理一下狀況吧。我和李俟瀛公會長是為了調查侵蝕地下城而進來的……李俟瀛公會長一說有人進到地下城，馬上就發生了地下城重組現象……然後我就遇到你們了。兩位為什麼會在這裡呢？」

鄭彬特別強調「兩位」和「為什麼」。

秋天把肉乾撕成一條一條，表情扭曲到看起來很快就會消化不良。鄭彬面帶溫柔的微笑，看向她旁邊的位置，但只看得到一顆戴著藍色登山帽的腦袋。

「好，那麼……洪藝星老師先說？」

「……嗯哼。」

被點名的登山帽悄悄地往下移動。但即便如此他也跑不了，因為縱使是生活方式像是鬆了顆螺絲的洪藝星，也不會做出在⁺S級地下城單獨行動的瘋狂行徑。做出這個判斷的鄭彬不理會對方的動作，繼續說下去。

「突然消失，把覺管局搞得人仰馬翻的人，怎麼會出現在侵蝕地下城呢？兩位又為什麼會一同行動呢？我想知道事情的來龍去脈。」

「……」

「對於此案，行使緘默權是沒用的。」

坐在帽子上的咕咕歪著頭，秋天則是一臉鬱悶，嚼著被撕成細絲的肉乾。洪藝星依舊只有露出頭頂。

看來沒有人要出面詳細說明。把包裝紙折成紙條形狀後，鄭彬嘆了口氣。

「到目前為止，我參與過不少次侵蝕地下城的調查，但像這樣在重組後連等級都上升的情況，還是第一次見到。應該說，這也是第一次發生地下城重組現象……」

轟轟轟轟……此時，遠方響起了地鳴。如此巨大的聲響，應該是來自地下城之主。

「我的特化能力在與人戰鬥時比較有利，無法用來對付怪物。到目前為止，我都是為了清除地下城，必須殺死牠才行。」

鄭彬再次短短地嘆了口氣。

「坦白說，我沒辦法保證在對付地下城主的同時還能保護你們。所以我需要有人告靠等級和能力在戰鬥，但在這裡一定會面臨極限。」

「我可以告訴你！」

在想說話的藝星嘴裡塞入肉乾後，秋天突然舉手。此時，一道巨大的影子籠罩在他們上方。三人一隻雞同時抬頭看去。那是一隻非常巨大的……

「……手？」

那手掌的大小非常驚人，即使只是稍微往上一抬，小小的動作也劃破寂靜的空氣。

如此巨大的東西是突然從哪裡出現的？鄭彬把鐵鍊纏繞在手臂上，急聲喊道。

「藝星老師，給我盾牌！」

「啊，好！」

隨後——轟隆隆隆隆!!

龐大的衝擊波撕裂了周遭的一切。

稍早前。

——過了多久了？

宜再用長棍打斷魔像的手臂後，瞄了李俟瀛一眼。李俟瀛正在用拳頭擊碎魔像，看來是判斷面對石頭組成的怪物，比起用毒液融化，直接擊碎更快。

還沒決定是要先和鄭彬會合，還是直接解決地下城之主，怪物們就像發了瘋似地一窩蜂襲來。而沒過多久，宜再便察覺到一件怪事。隨著時間流逝，撲向他們的怪物形態正持續改變。

重組之後出現的怪物，是他在西海裂隙經常看到的，又白又乾瘦的怪物。

但等這些怪物全數被殲滅後，殘骸開始自己聚攏滾動，最後變成了完整的魔像，緩慢地徘徊在周圍。宜再緊握手中的長棍。

——是在重組過程中發生的錯誤嗎？還是說……

在對宜再的稱號產生反應後，這座地下城突然開始重組，最早出現的怪物，以及處理掉後，形成的這些越來越熟悉的魔像，一定和宜再有所淵源。通常地下城裡的怪物和地下城之主脫離不了關係。看著源源不絕出現的小小魔像……這座地下城之主很有可能也是魔像。

宜再用長棍貫穿滾向他的魔像，同時快速思索。待在地下城的超級倉鼠共有五隻，其中有著兩顆炸彈。雖然有一顆就在他身邊，因此不太需要擔心，但問題是洪藝星。

想起在匠人展發生的騷動，宜再的表情頓時嚴肅起來。

李俟瀛只要哄一哄就會很好說話，但洪藝星一旦執著於某件事，誰來說都沒用，只能放棄掙扎，任他像場天災一樣橫衝直撞。根本不用再多想，宜再很快便做出結論。

「還是不要貿然挑戰地下城之主，去和鄭彬會合比較好。走吧。」

「我還想說你在思考什麼……」

聽到宜再的喃喃低語，俟瀛冷哼一聲。

「也不知道你是哪來的膽子……我說的話你都當城耳邊風了？」

「我有聽，這是我考慮你說的那些話後，做出的合理判斷。」

「啊，合理。很好。」

俟瀛掩著嘴角輕笑。然而，與上揚的嘴角產生對比，他的表情毫無笑意，甚至帶著些許凶狠。

「你先脫掉那件帽T吧。該不會是想說沒有圍裙就可以了？那也太天真了……」

「又來了。」

自從在廢墟裡遇到李俟瀛之後，宜再就隱約感覺到他表現得異常友善。這並不是錯覺，因為俟瀛不只在宜再面前示弱，就連宜再對怪物使出迴旋踢時，他都會拍手叫好，誇獎他「你有學過跆拳道？」之類的話。若是之前，那傢伙應該會冷嘲熱諷「你不打算隱藏實力了嗎？」之類的。

但看來那份溫柔也有期限，直到他心情變糟為止。

——他到底想幹嘛？

宜再咬牙切齒地猛踹魔像，對方應聲碎裂。

「你又在不爽什麼？」

「沒有……我只是有點好奇。」

跟在他身後的俟瀛停下腳步。宜再轉頭一看，彷彿一直在等待這一刻，俟瀛歪著頭開口。

「哥……總是一副自己必須承擔並解決一切的樣子。」

「……」

「我只是覺得……你也該是時候明白，那樣的念頭其實毫無意義了。」

宜再緊皺眉頭。然而俟瀛似乎不打算閉嘴，也沒有要挪動腳步的意思。

「再繼續走之前，先把這件事解決吧。應該還有這點時間吧？」

宜再沒有回答，而是掃視周遭。幸好每隻魔像都被擊碎了，附近感受不到任何動靜。宜再把長棍靠在肩上，微微點頭。

「說吧。」

「……」

被白色灰燼覆蓋的灰色世界裡，唯有李俟瀛這一抹黑色。

「哥現在的職業是什麼？」

「什麼？」

突然被戶口調查。宜再心想對方又想說什麼廢話，便仔細端詳他的臉。但侯瀛那張俊美的臉上沒有任何表情，只是默默地凝視著車宜再。

他催促道：「回答啊。哥的工作是什麼？」

「……算是……解酒湯店的打工仔。」

宜再不耐煩地回答。而似乎就是在等他說出這句話，侯瀛勾著嘴角說道。

「那我的職業是什麼？」

「……獵人？」

「嗯。那獵人和解酒湯店打工仔，誰該負責解決地下城之主呢？」

「你在耍我嗎？」

「怎麼可能。」

低彩度的紫色眼眸中，瀰漫著奇妙的火光。

「我也不想說出這麼幼稚的話……但有個人一直表現出只有自己可以解決的樣子，讓我也不知不覺想這樣做了。」

「……」

「鄭彬雖然不擅長對付怪物，但他一定能撐住。而我也滿會打的……」

淺淺一笑的侯瀛戴上手套，向前邁出一步。然後，他伸出裹著著黑色皮革的手，包覆宜再握著長棍的手。微微低頭的侯瀛低聲說道。

「打工仔不需要……靠這雙顫抖的手，獨自奔波救人和消滅地下城之主吧。」

看來兩人在地下城碰面的時候，俟瀛有看到宜再的手在顫抖。然而，多虧眼前這名男人，那股揪心的不安其實早已消退。不過宜再沒有回答。

裹著皮革的拇指掃過宜再的手背後離去，像是不曾靠近過。

俟瀛退後一步，歪著頭。

「哥說過想過安靜的生活。」

「因為想要安靜生活。」

「當時我沒有問原因，但應該要問的……因為看你的行為，完全不是那樣。」俟瀛低語著，緩緩眨了下眼，「你真的想要安靜生活嗎，哥？」

宜再記得，他和某人約定過，往後要過上平靜的日子。但對方是誰……宛如蒙上了一層霧氣般模糊不清。不過，有一件事他可以確定。

宜再簡短地答道：「不知道。」

「……不知道？」

「你好像了誤會什麼，安靜生活和救人是兩回事。」

俟瀛皺起了眉，但宜再沒有逃避，直視著對方的眼睛，即使那裡充滿了混亂的漩渦。

希望宜再過上平靜的生活，是某人的期盼；而救人是宜再可以做的事。曾經有段時間，這個可以做的事，是他必須做的事，然而……

「救人需要什麼理由。」

為什麼要救人？有必要犧牲到這個地步嗎？這些困惑他在很久以前就早有定論了。

想要安靜生活的盼望，和每次進入地下城和裂隙時，劇烈顫抖的手及體內作嘔的感覺，在人命面前都是不需要考慮的事。因為人的生命才是最重要的，沒有什麼事比因為猶豫不決，而錯失原本可以拯救的性命還要愚蠢，而且……

——這次的地下城確實是我的責任。

吞下這句話的宜再朝俟瀛走近一步。

「而且我說了，這是我的合理判斷。就像你說的，鄭彬對付不了怪物，也幫不上忙。而你是毒能力者。看地下城這副模樣，地下城之主應該也是魔像，你有辦法融化它嗎？嗯……就算你說可以好了。」

「……」

「但要融解+S級的地下城之主，會需要一段時間吧。與其等那段時間，不如你和我一起攻擊比較快。就像我們剛才那樣。」

「……」

「還有，我之所以想和鄭彬會合……是因為除了我們以外，還有其他人在這裡，我要救他們。」

「……哈。」

靜靜聽著宜再說話的俟瀛挑起眉。宜再如今能夠完美地解讀出李俟瀛的各種表情了，他現在的表情應該是在說「你終於說出口了」。

俟瀛輕嘆一口氣，「除了哥以外，還有誰在這裡？」

「洪藝星和另外一個人。」

「……」

長長的睫毛眨了眨，像是在消化宜再說的話。接著，俟瀛的眼角微微抽動。

「那傢伙為什麼會在這裡？另一個人又是誰。」

「他來找魔石。」

「媽的，直接把那鬼東西給他，不要再往來了。」

「我也打算那麼做，但發生了無法避免的事……總之。」

宜再清了清喉嚨，瞥了俟瀛一眼。自從李俟瀛聽到洪藝星這三個字之後，就一臉不耐煩。該死，洪藝星果然幫不上忙。

為了轉換氣氛，宜再戳了戳俟瀛的手臂，開了個玩笑。

「你要是擔心我的話直說就好了，知道了嗎？不要那麼沒禮貌。」

「……」

轉換氣氛個屁，簡直是自掘墳墓。可怕的沉默蔓延開來。

——媽X，又是哪裡說錯了？

宜再看著李俟瀛那張罩著陰影的精緻臉龐，瞬間噤聲。宜再向天發誓，這絕不是他預料中的反應。照他所想的，李俟瀛在聽到這句話之後應該會……

——擔心？是誰要擔心誰呀？

——你瘋了嗎？

——怎麼可能。

——你瞎了嗎……

像是等待已久般噴出諸如此類的冷嘲熱諷，然後恢復平常那副囂張模樣。但是現在李俟瀛卻臉色發白、雙唇緊抿，看起來完全沒有要回嘴的跡象。

宜再收回戳向他手臂的手，不情不願地問道。

「……你真的在擔心我？」

「怎樣。」那飽滿的唇微啟，「不可以嗎？」

宜再完全沒有想到他會這樣反問。見宜再沒有回應，俟瀛勾起嘴角。

「為什麼那麼驚訝？」

「……」

「如果我說我會繼續等，你會怎麼做？」

宜再的腦中浮現出了許多字句，但很快又沉了下去。就這樣不斷寫下又抹去。當宜再要說出最後留下的那一句時。

兩人猛然轉頭望向同一處，空氣瞬間被銳利地撕裂。

轟隆隆隆隆——!!

接著，一股強烈的灰燼風暴呼嘯而來。宜再立刻伸手護住俟瀛的後腦，把他拉進懷裡摟住，屏住呼吸。同時，一雙結實的手臂也牢牢纏住他的背與腰。

在肆虐的暴風終於停歇後，宜再環顧四周。聲響傳來的方向，有個異常巨大的物體正緩慢地移動。牠每踏一步，整座地下城便隨之晃動。想必牠就是這座地下城的主人了。

宜再閉上眼，再次睜開。

〈**追蹤者之眼！**〉

不祥的預感為什麼總是那麼靈呢？他咬住嘴唇，用長棍輕敲一下俟瀛的肩頭。

「鄭彬就在那裡。」

「……哈。」

俟瀛無奈地笑了一聲，鬆開了抱住宜再的手臂。兩人的視線短暫交會，隨後幾乎同時拔腿狂奔。

每踏出一步，眼前覆蓋著白灰的視野就越加清晰，那若隱若現的物體，是一座非常巨大的魔像。牠像狗一樣四腳著地行走，由於體型龐大，兩人甚至無法看清頭部。

「咕喔喔喔……！」

魔像放聲長嚎，令人毛骨悚然。轉眼間，他們已經抵達魔像的影子下方。

「……嘖。」

俟瀛皺起眉頭，不得不承認宜再的判斷沒有錯。如果要融化如此巨大的物體，在魔像倒下前，除了李俟瀛以外的其他人皆會中毒而死。

雖然會變成沒意義的消耗戰，但俟瀛看著魔像，折了折手指，發出了喀喀聲響。看來沒有別的辦法了，只要不斷毆打，總有打碎的那一刻。雖然李俟瀛的手肯定會先骨折，但只要喝下隨身攜帶的藥水，應該就不會有大礙。

此時，跑在他旁邊的車宜再喃喃自語。

「在那邊。」

順著他的藍色目光望去，是一座邊緣散發著金色光芒的透明矩形空間。裡面有著舉著盾牌、滿頭冷汗的洪藝星，倒地的鄭彬，以及攙扶著他的少女。

他們似乎也發現了宜再和俟瀛，洪藝星立刻吐出痛苦的呻吟。

「唔，該死，得救了……」

「小心！」少女尖叫道。

兩人一抬頭，巨大的手掌正朝他們飛來。俟瀛伸手想抓住宜再，但宜再沒有抓住他，而是往反向推開了他。俟瀛睜大雙眼，車宜再則是……在笑。

俟瀛張口，但什麼都沒說出來。他被推到了洪藝星製作的保護盾附近。

這時，洪藝星咬緊牙關大喊。

「同學，快把李俟瀛帶進來！」

「好！」

少女抓住李俟瀛的手臂，把他拖進了金色的空間。李俟瀛正想掙脫，突然感覺有東西纏住了他——是黑色的繩索。

俟瀛猙獰地咆嘯：「媽的，馬上給我解開。」

「啊，你現在出去又能怎樣！你沒有看到鄭彬嗎？」

聽到洪藝星氣喘吁吁地大喊，俟瀛這才低頭看去。鄭彬正躺在地上，看起來就像件破爛的衣服。只有微微起伏的胸膛，勉強證明他還活著。

牆外堅硬物體碰撞的聲音綿延不絕，喧囂的噪音混亂地攪動著思緒。俟瀛粗暴地扯掉捆住他的繩索。宜再就是為了這個才把他推開的嗎？

咬緊牙關的俟瀛在鄭彬面前單膝跪地，觀察他的狀況。

「……這傢伙怎麼會變成這樣。」

鄭彬的血浸染了四周。光用眼睛看也知道，他的右臂骨頭完全錯位。原本像活物般靈活的黑色鐵鍊，正纏繞在主人手上，一動也不動。

狀況比想像的還要糟糕，俟瀛立刻打開系統背包。

洪藝星自嘲地喃喃道：「他是為了保護兩個不會打架的人，才會變成這樣的……你們有帶藥水嗎？救救他吧。」

俟瀛沒有說話，只是把背包內的藥水倒了出來。少女伸出手，急忙打開藥水的蓋子。

俟瀛皺著眉頭回頭看去，少女像是等待已久般立刻開口。

「我是前陣子覺醒的S級，啊，你為什麼都不問呢……你應該有從鄭彬叔叔和局長那邊聽說過我的事。這是我們初次見面。」

侯瀛不知道長相的S級獵人只有一人。

「……妳是那個高中生？」

「是的，我叫尹秋天。」

秋天一邊點頭，一邊把打開蓋子的藥水擺在旁邊。宜再有提過，除了洪藝星之外，這裡還有一個人。但洪藝星就算了，尹秋天為何會和車宜再一起行動？侯瀛用銳利的眼神掃視秋天。

然而沒有查覺到目光的秋天悶悶不樂地說道。

「我們兩個都沒有藥水……只能先用繃帶把比較嚴重的傷包起來。」

「既然要來這種地方，至少要記得帶藥水吧。」

侯瀛冷淡地責備，然後拿出裝有綠色液體的針筒，插入鄭彬的右手，並將活塞用力往下壓。隨著液體逐漸減少，鄭彬體內的出血漸漸止住。

藝星瞄了一眼後問道：「那是什麼？」

「南宇鎮做的。」

「啊……是那個什麼緊急恢復之類的東西吧。」

大部分的外傷都可以用藥水治療。然而，再怎麼厲害的藥水，都無法和治療師的治癒速度相提並論。：大韓民國唯一的A級治療師南宇鎮不會親自進入地下城，而是運用其能力，製作並販售緊急恢復套組。

侯瀛丟掉空針筒後，開始把藥水灑在傷口上。雖然鄭彬的傷口正在快速癒合，呼吸逐漸恢復平緩，但臉色依舊蒼白。

「……撿回一命了。如果不想留下後遺症，就得去找南宇鎮。」

「太好了，至少活下來了。就算我能力再好……也製作不了治癒系的道具。」

轟！環繞著他們的透明牆壁發出巨響。洪藝星吐出大口的鮮血。見狀，尹秋天急忙把手帕靠在他的嘴巴上。

「攻擊會反饋到你身上嗎？」

「雖然……保護罩可以吸收一些衝擊，但吸收不了的就會由我來扛。畢竟護盾是我設置的。」

洪藝星抬了抬下巴示意手上的護盾，侯瀛嘖了一聲，拿出另一支針筒。看見他的動作，藝星微微張著嘴問道。

「你該不會……要把那個插到我身上？」

「沒錯。」

唰地一聲，侯瀛毫不猶豫地撕開登山服袖管。

「啊，我討厭打針！啊啊啊！」

噗一聲，綠色液體流暢地快速減少。雖然洪藝星的臉色也隨之好轉，但剛才還在哀號的他，現在無聲地痛哭起來。

侯瀛毫不留情地拔掉針頭，在針孔灑上藥水後，看了秋天一眼。

「妳。」

「啊，不用！我很好！因為有他們保護我。」

「是嗎？那就算了。」

俟瀛扔掉針筒後起身，秋天和藝星則瞪大雙眼看著他。

「你要去哪裡？」

「外面。」

「喂，你覺得能用毒液對付魔像嗎？再說，我製作的這個保護盾也抵擋不了你的毒液！」

「不需要用毒，用拳頭把牠打碎就行了。」

「你太天真了吧，那種事怎麼可能——」

碰！

一聲巨響打斷了洪藝星。與此同時，某個巨大物體從天而降。

那正是之前攻擊他們的巨手，與手掌相連的手腕周圍嚴重碎裂。看到這副景象，洪藝星呆滯地喃喃自語。

「……可以耶？」

「吼吼吼吼吼！」

失去手的魔像握住碎裂的手腕哀號。牠的悲鳴讓整座空間嗡嗡作響。此時，一道灰色影子奔向魔像——是車宜再。

他踩著魔像的身體一躍而上，用長棍猛力攻擊魔像握住手腕的另一隻手。

喀喀喀！憤怒的魔像用力揮舞手臂，長棍被強風捲飛。車宜再也隨之失去了平衡，被硬生生吹飛，最後勉強用護身倒法的方式落地。

「那個，你流血了！」

尹秋天慌張地指著李俟瀛的嘴角。李俟瀛瞬間回過神來，發現嘴裡充斥著甜腥的血味。他用手背粗魯地一擦，手指沾上了黑血。看來他下意識咬破嘴唇了。

——該死。

該丟下他們去找車宜再嗎？不，就算去找他，自己能夠幫上忙嗎？萬一宜再因為自己的毒而倒下……

砰！

一聲巨響震遍四周。俟瀛猛然抬頭，看到魔像一拳打向車宜再所在之處。

藍色眼眸在那瞬間看向了他。

四目相交的瞬間如泡影般消逝，李俟瀛像是被那道藍光吸引似地，開口說道。

「洪藝星，你有帶矛嗎？」

「矛？什麼矛？」

洪藝星滿是血絲的雙睛回頭看向他。

俟瀛簡短答道：「我的，給我。」

「矛、矛……啊，巨神之矛？那個哪是你的！」

「我得標了啊。怎樣，要我現在付錢嗎？」

「可惡，在這裡拿到錢有什麼用，可以做成床嗎？同學，妳幫我拿一下這個。」

「嗯？好的！」

尹秋天馬上把護盾接過去。比起抱著盾牌東倒西歪的洪藝星，動作穩定許多。洪藝星連忙翻找背包，接著雙手取出巨矛。

「好吧，也得先試試看再說。需要炸彈嗎？毒液對那個瘋子魔像應該不管用。」

「不需要。」

李俟瀛握著矛，離開了洪藝星打造的安全空間。混合著灰燼和沙塵的強風吹亂了他的頭髮。再次舉起盾牌的洪藝星追問道。

「喂，你要幹嘛！你知道矛要怎麼用嗎？」

「不知道。」

他沒有用過矛之類的東西，但他知道有個人比任何人都擅長使用矛。李俟瀛望向那團白色灰燼席捲的暴風彼端，呼喚那個人的名字。

「車宜再！」

他一呼喊，藍色的目光便立刻找到了他。就像那時一樣。

——啊。

心臟開始劇烈跳動，這讓李俟瀛再次明白了一件事——

自己比任何人都還要迫切地期盼，能夠再一次見到那雙眼睛。

「給你！」

李俟瀛高舉巨矛，讓宜再能夠看清楚。然後轉身面向魔像的軀幹，擺出投擲架勢。

——他要時而成為束縛他的枷鎖。

俟瀛分開雙腿穩穩站定，握住巨矛的右手用力往後，吸氣、屏息——

——時而成為造浪的風。

李俟瀛將巨矛狠狠擲出——

颼！

沉重的巨矛如箭矢般飛出，車宜再已經向前跑了一段距離。

在巨矛即將超越人類的速度，兩者如平行線般並排的瞬間。獵人沒有錯過這短暫的時機。握過無數武器的手，熟練地一把抓住了巨矛。

咻！

一如既往，抓住巨矛的手紋風不動。彷彿一直在等待這一刻的到來。

問他想要安靜生活嗎？

刷——破舊的運動鞋用力劃過地面後停下。宜再壓低身形，將巨矛轉了一圈後握住。

魔像緩慢地轉過身。轟，地面劇烈震顫。轟，車宜再穩穩邁步時。轟，心臟劇烈跳動。

宜再毫不猶豫地再次衝了出去。

那種事，他不知道。

車宜再不知道該如何安靜生活。沒有人教過他，就連讓他能夠上手所有事情的特性，也派不上用場。即便如此，車宜再也總是全力以赴，想辦法過上安靜低調的生活……

因為，他沒有任何想做的事。

從他清醒過來的那一刻起，他的心就像被掏空了。這個世界不再有他的容身之處，他所熟悉的一切早已消失，這個世界被陌生未知的事物填滿，他每天都活得無比艱辛。

在這個世界裡，他無處可去，甚至連能安身的角落都找不到。每天都是新的挑戰，每一刻都有如折磨。只要一開始思考，腦中就會浮現裂隙，連思考這件事本身都變得痛苦。感覺自己就像迷路的小孩一樣。

巨大的拳頭朝他飛來，心臟仍然飛快跳動。

是因為擔心？

還是害怕？

不，都不是。每到這種時刻，他的心跳總會劇烈鼓動。也只有在這樣的瞬間，他才會感受到自己確實還活著。宜再揚起嘴角，感受著手裡沉甸甸的巨矛。

白色系統視窗一一跳出。

〔**啓用特性：肌肉強化（+S）**。〕

〔**啓用固有特性：熟練者之手（+S）**。〕

〔**啓用固有特性：穿透萬物者（+S）**。〕

彷彿枷鎖瞬間解開，自頭頂到腳底，一股巨浪從體內爆發，宜再一躍而起。

碰！他輕快地踩著魔像朝自己揮下的手臂，再次往上跳起。

有人需要他去守護，是件多麼令人感激的事。

宜再在空中旋身，握住矛的右手往後一抬。當他屏住呼吸，周圍萬物彷彿都變得遲緩，一格一格從他身旁掠過。泛著藍光的雙眼看著這些身影：魔像、洪藝星、尹秋天、鄭彬，以及……

李俟瀛。

他與凝視著自己的紫色眼眸四目相交。

——有人等待著他，這是多麼……

車宜再露出微笑。

——令人高興的事。

〈**心臟貫穿！**〉

唰——!!

一道潔白的光芒如雷霆般炸裂開來。

砰！喀喀喀！吼喔喔喔……巨大又堅硬的物體發出了碎裂聲，魔像的哀號聲瞬間傳遍整座地下城，震耳欲聾。光是聲音，就讓四周地面劇烈晃動。在聲音的來源處，伴隨著閃亮的光芒，白色灰燼和塵土如風暴般捲起。

大部分的獵人在對抗怪物時，會使出渾身解數。不只依靠手中的武器，還包括各種如電影特效般耀眼奪目的技能與特性。在大獵人時代漸趨穩定的如今，獵人的戰鬥方式越發華麗而強悍……

但現在，與魔像對決的那個人卻截然不同。

砰！

暴風之中出現了一道藍色亮光。在劇烈的狂風之中，支離破碎的巨大碎片如流星般傾瀉而下。

「啊！」

洪藝星發出一聲悲鳴，舉起剛才稍微放下的盾牌。那碎裂後正在墜落的東西，正是魔像的另一隻手。

只憑一支矛和身體對抗魔像的人，他的戰鬥方式，說不上華麗，甚至可以說是極其安靜。然而那堅韌不屈的強大模樣，卻令人無法將目光從他身上移開。

侯瀛紋風不動地佇立在原地，看著那道暴風。

究竟過去多久了？

喔喔喔……魔像嚎叫的聲音逐漸消失，四周也跟著安靜下來。在萬物靜止的這一刻，塵埃散去後，出現的是……

「……哇。」呆呆看著這一切的秋天不由自主地發出感嘆。

暴風散去後，只剩下用破碎的手抓著心臟附近的魔像。魔像的腰往後折，歪斜地躺在地上。在支離破碎的手腕一側，巨矛深深插入心口——完美地貫穿了魔像。

而握著矛的車宜再，就站在魔像之上。

嗡嗡嗡嗡……腳下傳來的震動漸漸平息，魔像心臟的搏動也終於沉寂。確認牠的生命跡象澈底消失後，車宜再毫不猶豫地拔出巨矛。以矛插入的地方為中心，魔像的心臟部位瞬間崩塌，只留下一個巨大的空洞。

宜再把矛扛在肩上，輕快地一躍而下。被貫穿出一個大洞的魔像應聲崩塌。轟然過後，地下城陷入一片寂靜。

在車宜再走向他們之前，沒人開口說話。宜再隨意地拖著運動鞋走來，慢慢地站在他們面前。

宜再的手還在顫抖。獨自倖存的罪惡感、連一副屍體也沒有帶出來的懊悔，這些不斷聚集的不安，早已和車宜再形影不離。或許這種感覺未來還會跟著他很久，拖著他往下沉，壓得他喘不過氣。

他就是這樣慢慢沉沒的。從西海裂隙被踢出來的那一刻起，他就像被困在寂靜的水底，試圖閉目不視，掩耳不聽。因為在沒有J的這個世界裡，早已有了眾人懇切盼望的和平。他不能讓這股和平被自己掀起波瀾。

然而……

宜再看著其他人失神的臉，小心翼翼地開口。

「……還好嗎？有沒有受傷？」

「沒有，那是我們要問你的。不要搶我的臺詞！」

「嗯？」

洪藝星吐了一口血，大步走向宜再。咕咕也踩著碎步跟在他身邊。洪藝星一手撐著下巴，閃著金光的眼睛從頭到腳把宜再掃描了一遍。

「好像……沒有受傷，看起來也沒有骨折，沒有被抓傷或撕裂的地方。哇，你好強壯呀。還是說其實有受內傷？祕書你還好嗎？」

「嗯，對。我很好。」

宜再不知所措地點點頭。洪藝星嘖了幾聲後，突然眼睛閃閃發光地湊近。宜再本能地後退，洪藝星卻自顧自激動地低語。

「……那麼，矛。」

「嗯？矛？」

車宜再下意識地舉起手中的巨矛，洪藝星連連點頭。

「嗯。你覺得矛用起來怎麼樣？」

「嗯……還不錯。」

宜再老實點頭。從他抓住巨矛的那一刻，感覺就像量身打造般契合。認真聆聽的洪藝星馬上露出燦爛的笑容。

「是吧？這可是我的嘔心瀝血之作。說實話，李侯瀛得標的時候，我就在想該怎麼辦……」

洪藝星就像正在求偶的公雞，鼓著胸膛開始自吹自擂。秋天用手指梳理著亂掉的頭髮，毫無誠意地附和他。

在地下城裡這麼悠哉，真的沒問題嗎？宜再呆望著還好端端活著的藝星和秋天。那些聲音就像泡在水裡一樣嗡嗡作響，五感開始變得模糊。

不行，得集中精神。宜再強迫自己轉移視線，站穩腳步。混亂交錯的目光最後停在了李俟瀛身上，而此時的他也正看著宜再。

「……」

「……」

宜再本以為李俟瀛會立刻追問，但對方意外地安靜。一直在等他開口的車宜再也靜靜地看著俟瀛。一旁喧鬧的洪藝星和尹秋天的聲音彷彿正在逐漸遠離。

兩人猶如掉進了其他空間的縫隙，這一刻，時間彷彿靜止了。宜再的感覺，正以李俟瀛為中心，一點一滴地進行重組。口乾舌燥的宜再緊緊握住手中的矛，力氣大到手背都冒出了青筋。

他不後悔殺死魔像。那是他必須做的事情，如果他不挺身而出，所有人可能都會死。

——可是……要怎麼對李俟瀛解釋呢？

宜再背後的手指微微蜷縮。

李俟瀛知道車宜再隱藏實力的事。但一個普通的覺醒者如此輕鬆且毫髮無傷地打敗S⁺級怪物，那可不常見。撇除不擅長對付怪物的鄭彬，連之前位居第一的李俟瀛都因為屬性的關係，無法貿然出手。

又必須說謊了嗎？李俟瀛現在在想什麼呢？複雜的思緒逐漸在腦中形成漩渦。宜再看向一旁，接著又再次望向那雙已經對視過無數次的紫眸。他端詳著李俟瀛的眼睛，但那雙眼依舊沒有告訴他答案。

李俟瀛的神情既不訝異，看起來也不打算要追問。他一副理所當然的樣子，彷彿正望著一項不言而喻的事實。

——為什麼？……該不會？

宜再茫然地望著俟瀛。對方正盯著他那頭凌亂髮絲，臉上沒有什麼表情，卻開了口。

「我沒事。」

「什麼？」

「我說我沒事。」

他是在回應自己剛才的關心嗎？這麼想著的車宜再，接著李俟瀛的話開口。

「矛很好用。」

「感覺怎麼樣？」

「品質很好。」

「是嗎？」

「嗯。」

宜再伸出握著巨神之矛的手，打算物歸原主。但俟瀛只是默默看著宜再，沒有伸手接矛，反而覆上他的手，輕輕一推。面對他難以理解的行徑，宜再疑惑地瞪大雙眼。像是在回答他的疑問，李俟瀛說道：「這是哥的。」

「你在說什……」

「這個從一開始就是哥的東西。」

在匠人展上，李俟瀛就算被鄭彬的鎖鏈束縛而奄奄一息，還是鬧出一堆風波，最後成功標下這把矛才倒下。

如果他做的那一切，並不是為了獲得一把⁺S級武器，而是……

許多話湧上心頭，卻又一一沉沒。宜再用舌尖抵著門牙，抑制著湧上喉頭的話。

——你到底是怎樣？

李俟瀛的眼眸依舊灼灼地注視著車宜再，彷彿這世上除了車宜再以外再無他人存在。

宜再焦躁起來，下意識舔了舔乾燥的唇。

「唔呃……你真的殺死牠了吧？真的是差點沒命。」

一旁傳來洪藝星煞風景的聲音。他躺在地上，宛如昨天續了四攤，還來上早八的大學生。頭髮沾滿白色灰燼和塵土而凌亂斑白，他在地上滾來滾去，一邊發出殭屍般的呻吟。

宜再再次確認渾身狼狽的洪藝星和尹秋天的狀態。

洪藝星的登山服前襟雖然沾滿了血，但看他還能夠說出「唉呀，快死了」之類的話，應該沒什麼大礙。畢竟他還有力氣發出聲音。

尹秋天也是除了一頭亂髮外，看起來安然無恙。宜再稍微安心地鬆了口氣。

在那兩人身後，鄭彬直直地躺著。車宜再猶豫了片刻，終於開口問秋天。

「鄭彬……他還好嗎？」

「啊，鄭彬叔叔嗎？原本是有點危險……」

秋天露出不安的神情，望了一眼鄭彬，又看了看雙手插在口袋、神情慵懶的李俟瀛，繼續說了下去。

「波濤公會長進行各種緊急處理之後，現在好多了。雖然還沒有醒來。」

宜再的視線也自然而然跟著尹秋天的目光看去，看了鄭彬一眼後，又看李俟瀛一眼。

再度獲得宜在的注視，這回，李俟瀛語氣從容地開口。

「你不就是要我那樣做，才丟下我的嗎？」

聞言，宜再緊閉雙唇。老實說，他的主要目的是不能讓俟瀛看到自己戰鬥的方式，一方面也是要他去保護其他人。

然而，車宜再透過前幾次的經驗，領悟到了一件事。那就是太老實回答的話……李俟瀛會生氣。

如果想安撫他，就得在說出口的話裡放滿氣泡紙，讓它變得蓬鬆柔軟。

宜再揉著後頸，裝作若無其事地回答。

「不是……那是因為我相信你。才讓你去保護其他人。你做得很好。」

「呵……是因為相信我啊，我都不知道。」

雙臂交叉的俟瀛揚起了嘴角，微微瞇著眼笑道。

「人家都伸出手了，你卻一腳踢開，說你不需要。真是的……你這樣會讓我不禁開始思考，我們的關係難道就只有這樣嗎？我都懷疑是不是我的能力不足了，有點自信心受損。」

「什麼自信心……」

「因為我第一次被人拒絕。」

李俟瀛頂著那漂亮臉蛋開始胡言亂語。但看他沒有歪頭，應該不是真的很傷心。

宜再扁著嘴喃喃道：「胡說八道，真是……」

俟瀛端詳著宜再毫髮無傷的清俊臉龐，手臂交叉，低聲說道。

「總之你下次再這樣試試看。」

「再這樣的話你又能怎樣？」

「嗯……」

本來以為他會馬上回嗆，沒想到竟然沉默那麼久。他是想恐嚇我嗎？宜再瞇起眼睛看著俟瀛。但俟瀛的表情卻無比真摯，長長的睫毛在眼角映下淡淡的影子。

「……不知道。」

「……」

「只是……希望沒有下次了。那樣比較好。」

「……」

自言自語結束後，俟瀛似乎陷入了沉思，他緊閉雙唇，剛才那抹溫柔的笑意，像是被陰影吞噬般消失不見。

宜再默默觀察他的表情，發現毫無血色的唇上，沾了一抹黑色的血跡。他伸出手，用拇指輕輕擦去血痕，並皺起眉頭。

「你的嘴唇怎麼了，是被碎片擦到的嗎？」

「……什麼？」

還沉浸在思緒中的俟瀛瞪大雙眼，視線立刻落到宜再手上沾到的黑色液體。唰！俟瀛一把扣住宜再的手，藏也藏不住的慌張全寫在臉上。他僵了一下，立刻放開手，開始翻找背包。

宜再皺著眉頭問道：「幹嘛，怎麼了？」

「你為什麼擅自……！」

俟瀛拿出一個瓶子，打破瓶蓋後，把裡面的紫色液體全倒在宜再手上。

一股黏膩又怪異的觸感從手上竄起，宜再忍不住悶哼一聲。俟瀛緊緊抓住蠕動掙扎的手，接著在上方灑上恢復藥水。整個動作快到連宜再都來不及阻止。

幫他擦一下血，卻換來一手溼淋淋的液體，讓宜再只能呆望著俟瀛。

「這到底是……」

李俟瀛沉著臉扔掉空瓶。噹啷一聲，空瓶砸到廢墟某處，發出了碎裂的聲響。

他壓低的嗓音冷嘲熱諷道；「哥上次差點死掉，難道還沒學到教訓嗎？」

如今車宜再也覺得很冤。已經對他說了好幾次，自己真的沒事，俟瀛的毒對他不管用。宜再都不斷反覆強調了，他卻依舊充耳不聞。宜再不禁在內心反駁，沒有學到教訓的人不是自己，而是李俟瀛吧。

宜再甩了甩濕答答的手。

「我真的沒事。你根本沒在聽我說話吧？」

「怎麼那麼衝動……」

「至少假裝有在聽吧，你這臭小子。」

宜再一把抓住俟瀛的領口。近在眼前的他，身上散發出一股甜香。

眼宜再的視線落在李俟瀛裂開的唇上，一時間竟然冒出荒唐的念頭：是不是該乾脆喝下那滴血，安撫他那沒完沒了的疑心病？

那一刻，黑色皮革包裹的的大手蓋住宜再的臉。宜再皺起臉，抓住那隻手問道。

「你幹嘛？」

「哥好像突然在想奇怪的事，我幫你遮住視野。」

「什麼奇怪的事。」

「腎上腺素上升的時候，人通常會產生一些奇怪的想法。我可以理解。」

「你真的不要再說廢話了。」

「我知道了，哥你也冷靜一下，不要那麼興奮。你很久沒跟怪物打架了吧？」

「……」

心臟仍舊噗通撲通地狂跳，沒有要緩和的跡象。若是聽覺很好的人，此刻一定能聽到。宜再這才慢慢放鬆緊繃的肩膀。像是稱讚他做得很好，俟瀛的拇指輕揉他的額側。

「嗯……就那樣。」

李俟瀛的話令人摸不著頭緒，他過了很久才把手拿開。整理宜再亂掉的瀏海後，才把手收了回去。

「那麼，這件事就到此為止……」

俟瀛挑了一塊高度適中的建築物殘骸，翹著腳座在上頭。然後他看著宜再，拍了拍旁邊的位置，示意他坐下。

——有必要嗎？

宜再前嫌棄地搖頭。然而李俟瀛比想像中更加執著。他抓住宜再的一隻手臂，硬是將他拖了過來。如果真想抵抗，宜再是抵抗得了；但沒有必要在躺在地上雙眼發光的洪藝星，以及瞪大雙眼的尹秋天面前，和李俟瀛比誰力氣大。宜再輕嘆一口氣，靠坐在俟瀛旁邊。

李俟瀛這才抬了抬下巴，指向兩名不速之客。

「你們會闖進來，應該有理由吧？」

「……」

秋天低下頭，洪藝星則是轉頭看向別處。

「這座地下城是由波濤公會持有，有眼睛的話，一定都知道……」

「我不知道耶。」

「少說廢話。」

「嘖。」

洪藝星毫無說服力的回答，被李俟瀛馬上駁回。洪藝星嘟成鴨子嘴，立刻撇開頭。因為坐在地主旁邊，而免於被當作是不速之客的宜再也默默將身體往後靠，想離開俟瀛的視線範圍。

李俟瀛雙臂交叉，拇指輕輕撫過嘴唇。他善用那張俊臉，露出一抹迷人微笑。那美麗的笑容和廢墟格格不入。

「好……」

「……」

「你們說說看，我都願意聽。只希望你們能老實說。」

這種語氣就是「只會聽聽」的意思。他長長的睫毛緩緩眨動。

「如果你們不想因為擅闖地下城而上法院的話。」

現在居然還有這種法律嗎？默默在一旁聽著的宜再震驚地想著。看來「沒有什麼事比修法更慢」的說法，並不適用於覺醒者。

自從俟瀛提到法院，洪藝星便開始癱在地上裝死。

「就是……」

秋天勇敢地開口，但一看到俟瀛的表情，又默默低下頭。她抓起踩在洪藝星臉上的咕咕，擋住自己的臉後繼續說道。

「因為需要緊急調查侵蝕地下城……那個，因為這裡是我知道的最近的地方。對於偷偷進來的事，真的很抱歉。」

「再怎麼緊急……也得經過正當程序吧？我以為妳至少有學到這種基本流程。」

「是、是沒錯。可是……」

俟瀛表情冷漠地伸出手。

「如果有那麼急，那個了不起的咸碩晶應該有開證明文件吧？拿來。」

「這個嘛，唔……咦？」支吾其詞的秋天突然瞪大雙眼，「等、等一下。」

「轉移話題的話……」

「真的很抱歉，可是這真的很重要。等我一下！」

她突然起身，越過俟瀛和宜再後跑向某處。像是被迷惑似地，雖然步伐相當不穩，但她卻沒有絲毫猶豫地向前邁進。咕咕的頭上下擺動，急忙跟在她身後。一人一雞奔向崩塌的魔像殘骸。宜再正打算起身跟上時，黑色皮革包裹的手再次抓住他的手臂。

不用回頭也知道，抓住他的人是李俟瀛。

「你要去哪？」

「你沒看到她跑去魔像那裡了嗎？」

「你已經毀了牠的核心，牠不會起死回生，何必……」

嗤之以鼻的俟瀛重新抓好宜再的手臂。力道不大，卻反而更難掙脫。

「附近沒有怪物的動靜，地下城之主也死了，可以安心一段時間。她自己來回一趟不會有問題。」

「……」

「反正之後還要繼續調查這座地下城。會突然重組，應該是有什麼原因。所以……」

他講的話句句有理，而後將頭輕輕倚在車宜再的手臂上。宜再頓時屏住呼吸。接著，一道低沉的嗓音清楚地傳進他的耳中。

「乖乖待在這裡，待在我身邊。」

「……」

「……丟下我離開，一次就夠了。」

皮革包覆的手一把握住宜再的手腕。宜再沒有甩開他，而是把自己的手覆在環繞著手腕的溫度上。像是在等待這一刻似的，修長的手指順勢扣住他厚實的指掌。

真的很奇怪。每當李俟瀛這樣，宜再就會從他身上感受到一股似曾相識。在這種時候，宜再腦中就會浮現……已經失去的某人。

「找、找到了。哇啊！找到了！」

不知道她是怎麼爬上去的，尹秋天從魔像心臟被貫穿的黑洞中冒了出來。

她用袖子隨意擦拭臉上的塵土，然後舉起手中閃閃發光的某樣東西用力揮舞。那碎片狀的物體如萬花筒般繽紛璀璨。宜再也看過，那正是——

「碎片！」

那是世界的碎片，宛如鏡面破碎後留下的殘片，能映出末日降臨，世界滅亡後的景象。

但是碎片不是只會出現在尹秋天的夢裡嗎？為什麼重組過後的地下城之主身上，也會有滅亡世界的碎片？秋天把碎片放入棉褲口袋裡，對著底下大喊。

「請問，我可以再觀察一下嗎？」

地下城之主死亡後，到再次產生新主人前，地下城會進入一段安定期，此時採集資源和進行調查都比較容易。因此，讓她再觀察一下也不會發生太過危險的事。

李俟瀛似乎也做出同樣的判斷，微微點頭。

「隨便妳。」

「好！我會小心的！」

秋天再次鑽進魔像。宜再默默看向了靠著自己的俟瀛。只見他正用漫不經心的眼神觀察著廢墟。似乎是感受到宜再的注視，他轉過頭來問道。

「怎麼了？」

「沒事……你知道那是什麼嗎？秋天手裡的東西。」

聽說上榜獵人之間會互相分享有關末日的情報，李俟瀛應該也對此略知一二。或許他聽過更多有關碎片的事。宜再裝作不知情地發問，而俟瀛則是瞇起眼睛。

「秋天？」

糟糕，從這語氣聽起來，這傢伙又？不爽了。宜再悄悄咬牙，而俟瀛用慵懶的語氣低聲說道。

「我都不知道她長怎樣，叫什麼名字。可是哥卻叫了她的名字，看來你們很熟，是吧？」

「我們才不熟，你這小子，聽好了，我們不熟。」

「我該相信嗎？」

「對。比起她，我跟你更熟。所以安靜點。」

宜再抬手遮住俟瀛的眼睛，就這樣把他往後推。順勢往後倒的俟瀛不滿地碎念。

「為什麼你就算安靜待著，也會和一堆人扯上關係……」

「總之，那個會發光的東西，你知道是什麼嗎？」

「嗯？啊……」

他好像在轉動眼珠，感覺眼皮在掌下滾動。宜再覺得有些癢，便挪開了手。

「好像有聽過……嗯，但想不起來了。」

「……」

「我不知道那是什麼。」

瑣碎的事記得一清二楚，愛翻舊帳的人居然不記得那麼重要的事？雖然宜再露出無言以對的表情，但李俟瀛只是聳了聳肩。看他厚臉皮的樣子，不管再怎麼追問，他應該都不會認真回答。

宜再托著下巴，輕嘆一口氣。

——還是直接問尹秋天比較快吧。

「我剛才說過了……」

「嗯？」

「哥不需要知道所有事情。」

李俟瀛不知何時已經轉過頭，凝視著他。

「因為知道的話，就必須為此負起責任。」

「……」

「不知道哥做好準備了沒有……」

宜再盯著蒼白嘴唇上的黑色血痂，突然開口問道。

「你呢？」

「嗯。」

「準備好了嗎？」

「當然。」李侯瀛毫不猶豫地回答，勾起嘴角一笑。「早就準備好了……我一直在等待負責的那天到來。」

「……」

「從很久以前就是了。」

黑色皮革包覆的指尖輕撓宜再的掌心，而後悄然離開。宜再的手一顫，下意識握緊。

「所以說，哥呢……你可以更隨心所欲地活著。」

「……」

宜再張了張嘴，卻不知道該說什麼。他這種像海一樣深不見底的信任，究竟從哪裡來的？

侯瀛敲了敲自己嘴角的結痂，嘴角一撇，補了一句。

「除了這樣碰我以外。」

——好，很好。

總有一天宜在要當著這傢伙的面喝下他的血，讓他看看自己活蹦亂跳的樣子。像李侯瀛種人類不信任症晚期，最好來個強力刺激療法，徹底改掉他的壞習慣。

宜再在內心咬牙切齒，起身後大步走開。和那傢伙繼續講下去，只會讓人火冒三丈，宜再決定再去看一下鄭彬的狀態。

鄭彬躺在銀箔地墊上，雙手整齊地交疊在一起。他的右手被夾板固定著，手法看起來不太熟練。洪藝星歪斜地躺在他身邊，彷彿在漢江河畔悠哉乘涼。他拿掉耳裡的無線耳機並抬起頭。

「喔，祕書。打情罵俏結束了嗎？」

「我手上有矛。」

宜再伸出巨矛，洪藝星見狀，繼續厚顏無恥地胡言亂語。

「是誰先開始甜甜蜜蜜放閃的？我可是很貼心的耶。」

「媽的，你瞎了嗎……啊，對了。」

宜再翻找背包，拿出一顆圓滾滾的魔石。看到魔石的洪藝星張大嘴巴，立刻跳起身，姿勢變得無比恭敬。雙膝跪地的他將雙手併攏朝向宜再。

「魔石！」

「我們用這個結束交易吧。以後不要再凌晨跑來找我了。」

「如果是去吃解酒湯呢？」

「請外帶。」

「嗚，我也想吃吃看耶。」

嘟囔的洪藝星揮著手，要宜再快點把魔石給他。宜再在把魔石放到洪藝星手上前，又瞬間收走。洪藝星不禁瞪大雙眼。

「搞、搞什麼！為什麼給了又拿走！」

「是在給你之前拿走的，不算是給了又拿走吧。總之，我要再拜託你一件事。」

「什麼事。」

宜再蹲在洪藝星面前，和他四目相交。接著單手掩住嘴角，低聲細語道。

「小聲回答我，不要讓其他人聽到。我給你魔石，你可以幫我做一張面具嗎？」

「面具？」

「嗯，可以擋住整張臉，還要有變聲功能，不會影響到呼吸和視線。設計不要太花俏。」

宜再一一折起手指，慎重地羅列出要求條件。洪藝星抓了抓頭，直接吐出一句話。

「你是要我做一張J的面具吧。你打算公開？」

「……嗯？」

「嗯？」

兩人看著彼此。洪藝星清澈的眼睛閃閃發光。宜再不自覺微微張開了嘴。

這、這傢伙……

洪藝星歪著頭，眨了眨眼睛。

「啊，等一下。這個有違反我們的合約嗎？我沒有刻意打聽，只是觀察到的，應該不算違約吧？我可是已經很克制不去好奇了啊。」

他為什麼知道了？

宜再的腦中想起用沾滿墨水的毛筆寫下的合約書。

洪藝星與金祕書的合約第一項：

奇人洪藝星不得對今天遇見的金祕書進行任何形式的打探。不能自己問，也不能派人問。

該死。合約條款都是為了澈底阻止洪藝星去調查自己而訂的。但這是理所當然的。幾小時前，宜再也沒有想到會和洪藝星一起進到地下城來！

洪藝星的觀察力比想像中更敏銳，看來自己剛才實力揮發得太過頭了。宜再不自覺握緊拳頭。若使用物理記憶消除術，可以徹底消除這傢伙的記憶嗎？

此時，洪藝星伸著懶腰說道。

「嗯，面具馬上就可以做好了，不需要擔心。快點給我魔石吧！」

「馬上？」

「做那種東西不需要很久，一個禮拜就夠了。等我做好，會派咕咕送過去的。」

洪藝星眨了眨眼睛，豎起了大拇指。這個姿勢和匠人展布條上的照片一模一樣，讓人莫名願意相信他。

宜再把魔石塞到世界最強工匠的手中。握住手心裡的魔石，洪藝星開始像猴子一樣鬼吼鬼叫。興奮了一陣子後，他大聲向尹秋天問道。

「耶咿！同學！那邊有魔石嗎？如果有這種大小的，會滿有用喔！」

「魔石？長、長什麼樣子？」

「通常是像這樣圓圓的……唉，我自己去找。」

洪藝星跑向魔像。他像青蛙一樣，貼著魔像慢慢往上爬。看著他快樂的背影，宜再總覺得不太對勁。

……這樣等於是全都知道了吧？宜再無奈地撥了撥頭髮。

這時，從後面走向他的俟瀛語氣慵懶地開口。

「哥也是因為有事，才會進來的吧？」

「嗯？嗯。」

亢奮的情緒逐漸退散後，宜再這才想起，前來這裡的目的是要調查侵蝕地下城。這裡和西海裂隙，以及末日來臨後的世界非常相像。不管是兩者中的哪一方，應該都有所關聯。

而且，對車宜再產生反應而重組的地下城之主，擁有尹秋天從夢境裡撈出的世界碎片。

說不定，車宜再的存在本身就是某種觸發器……

各種思緒閃過腦海，宜再陷入沉思。

「咕咕咕咕！」

「嗚啊啊！」

這時，咕咕發出宏亮的叫聲，從魔像身上飛了起來，發出喀吱喀吱的聲音。洪藝星和尹秋天分別掛在咕咕的一隻腳上。

因為飛得不太穩定，讓人擔心他們會掉下來，但好在最後順利降落，雖然洪藝星的臉完美地率先著地。秋天滿臉通紅，從口袋裡拿出了碎片。

「請看一下這塊碎片！」

白色碎片裡面，有幾道黑色光束不斷在打轉。秋天迅速說下去。

「這是我第一次在夢境以外的地方找到碎片。之前那些侵蝕地下城裡面也沒有出現過。嗯，這座地下城和其他不同的地方在於……」

她掃視著周遭崩毀的遺跡，視線掠過車宜再，立刻像被火燙到一樣轉開。看來她也有一樣的想法。

對車宜再產生反應而重組的侵蝕地下城、與末日相似的景象和怪物。問題的一切根源都在車宜再身上。

要說出來嗎？與末日和西海裂隙有關的事情，多到難以獨自承受。

秋天尷尬地低聲開口。

「地下城裡面很危險……我們還是先出去吧？」

宜再輕輕點頭，然後補充道。

「還有，出去之後覺管局應該會詢問情況，先在這裡商量好說法吧。鄭彬醒來後，妳再轉達給他。」

「要轉達什麼呢？」尹秋天一臉緊張地問。

宜再戴上脫掉好一陣子的帽T帽子。然後，他轉身背對秋天和洪藝星，邁步走去。

李俟瀛就在那裡等他。

宜再默默看著俟瀛。兩人初次見面之日、締約的那一刻、執行李俟瀛的委託、一起參加匠人展，以及李俟瀛昏倒的事，這一切的回憶迅速掠過宜再的腦海……以及，抱著失去意識的李俟瀛，卻無能為力的自己。

仔細一想，離開西海裂隙之後，每分每秒都有著李俟瀛的身影。

車宜再知道只要呼喚李俟瀛，他就會馬上過來；如果李俟瀛要找車宜再，他也會狂奔過去。過了那麼久，累積了那麼多的信賴。對於失去一切，人生重新累積的車宜再來說，那份信賴可說是如大海般深沉。

有人正在等待自己，是多麼令人高興的事。因為車宜再比任何人都知道，那有多麼珍貴，因而無法視而不見。

宜再看著俟瀛的眼睛，往前走了一步，開口回答。

「J回來了。」

李俟瀛笑了，他似乎一直在等待這一刻的到來。

「……所以說。」

「嗯。」

「我簡單整理一下目前聽到的內容吧。」

「是。」

「秋天為了尋找碎片而進入侵蝕地下城，原本不見人影的洪藝星也不知道為什麼，和秋天一起進來了。」

「嗯對。」

「雖然不知道什麼原因，但地下城重組了。在一片混亂之中你們遇到了我。在我為了保護你們，受到地下城之主的攻擊而暈倒時，J突然出現，一擊打倒魔像？」

沙沙。

「就是那樣。」

「J……回來了？J親自要你轉達的？」

「理解能力一級棒。哇，J真的很厲害呢。不愧是排名第一，居然一擊貫穿了魔像，嗚哇。」

「咕咕咕咕。」

「……我必須相信這些話嗎？」

「如果是真的呢？我都說了實話，你還不相信的話，我會很難過的。」

「呼……」

某人長嘆一口氣。發出嘆息的人正是鄭彬，他全身纏滿繃帶，坐在病床上。

病床周圍擺滿了水果籃、花籃、健康飲料的箱子。寫著祝福他早日康復的粉紅蝴蝶結，隨著敞開窗戶吹進來的風而不斷飄盪。

他用相對狀態較好的左手扶著額頭，低聲開口。

「是誰把我昏倒的事說出去的？」

「嗯，上榜獵人聊天室？但只有一號頻道有在討論這件事。寄送者也都是ＨＢ公會、波濤公會、三羅公會這種大咖公會。」

「……」

「在資訊強國大韓民國裡怎麼可能會有祕密嘛，公務員大人。」

躺在呆望著白色天花板的鄭彬隔壁床上，穿著病人服的洪藝星正一口一口吃著蘋果。咕咕窩成圓滾滾的樣子，待在他的枕頭旁。相比於鄭彬，他看來狀況好很多。

一名重度患者、一名輕度患者和一隻雞躺著的地方，是位於書院公會內部的病房。這個空間既幽靜又隱密，只有獲得公會長南宇鎮許可的人才得以進出，但即使如此，鄭彬的心情卻一點也不放鬆。因為南宇鎮很快就會來詢問整件事的來龍去脈。

如果要說有什麼問題，那就是鄭彬對於目前的狀況一無所知。腦中最後記得的，是朝他揮來的巨大拳頭，以及粉身碎骨的疼痛。醒來時就看到了書院公會的白色天花板。

清醒後，鄭彬眨了眨緊繃的眼皮，轉頭看向有人的地方。讓他產生逃跑念頭的當事人洪藝星正坐在病床上。在鄭彬開口前，洪藝星立刻親切地按下呼叫鈴。下一刻，活動人偶便馬上抵達，拖著鄭彬的病床前往檢查室。

——有點不對勁。

身上接著各種儀器和點滴，鄭彬浮現了這個想法。完成多到數不完的檢查後，他便抓著洪藝星盤問起來。因為他需要更多情報。

但顯然，洪藝星幫不上什麼忙，他和咕咕胡言亂語說了一堆，最後，用一句話來總結就是——然後那個時候J就出現了。

他是把J當作萬能鑰匙嗎？以為只要搬出J，所有事都能迎刃而解？雖然在西海裂隙以前，這個方式通常都很管用，但現在可不行了。

好累，光是洪藝星的存在本身，就讓鄭彬心力交瘁。鄭彬雙手抓住暈眩的頭，還是發揮公務員精神交代。

「首先……請不要碰寄給我的禮物，因為我會寄回去。覺醒者管理局寄來的你可以吃。」

「咦，禮物還有金額限制嗎？」

「對，是法律規定的。欠公會或獵人人情不會有好事……乾脆不要收最好。」

「太怪了吧。」

「對啊，所以別當公務員。還要拖著傷痕累累的身體幫你善後，根本是極限職業[3]。」

鄭彬回答得很溫和，接著開始用左手迅速在手機輸入一些字。他是在傳訊息給仍處於緊急執勤狀態的保鏢組。用濕紙巾擦手的洪藝星嘟囔道。

「你是在罵我吧？」

3 極限職業（극한직업），通常用來指工作性質特殊、危險性高的職業。在韓國也被用來形容工作強度大、壓力大、時常加班的職業。

「你很會察顏觀色呢。沒錯。」

當洪藝星嘟起嘴，準備開始發牢騷時。叩叩，傳來了規律的敲門聲。接著，白色推門緩緩開啟，同樣穿著白色長袍的男人無聲地走了進來。

「看你們還能吵架，狀態應該好多了，太好了。」一開始還以為送來的是屍體，嚇了我一大跳。」

是南宇鎮。他把眼鏡往上推了推，然後雙臂交叉。鄭彬一邊發出輕微的呻吟，一邊端正坐姿。

「您來了。」

「繼續躺著吧。雖然治療結束了，但還是要再休息一下。要是沒有鐵鍊，靠我的能力也很難恢復。」

白色眼眸看向打上石膏的右手。鄭彬露出苦笑道。

「是，謝謝您。」

「好……」

南宇鎮撫摸著後頸，微微嘆了口氣。

「我必須知道是怎麼回事。李俟瀛有做了形式上的報告。侵蝕地下城突然發生重組現象，地下城等級遽增為$^{+}$S級。是這樣嗎？」

「是的，沒錯。」

「但不知道重組的原因？」

「目前是這樣。」

「聽說是因為J。」

「……什麼？」

「嗯？」

鄭彬和南宇鎮驚訝地看向洪藝星。但丟出震撼彈的當事人只是專注地剝著橘子皮。

「J說的。他說可能是他導致地下城發生重組現象，但還不知道原因。為了查明，他不會在外面活動，只有必要時會出現。就像這次的地下城那樣。」

「……」

聲音比想像中沉穩冷靜，不像是在開玩笑。而就鄭彬所認識的J，確實可能會說這種話。

南宇鎮喃喃道：「也就是說J真的有出現。不是什麼系統錯誤，他真的活了下來，並離開了西海裂隙。」

鄭彬瞄了一眼若有所思的南宇鎮。他正摸著嘴唇，凝視著空中，白色眼眸裡閃爍著微妙的熱氣。縱使雙眼與頭髮被奪去色彩，他對知識的渴望仍舊永無止境。再這樣下去，他就算被那股求知的火焰燃燒殆盡，也依舊不夠。

鄭彬刻意大聲咳嗽。咳、咳，他的肩膀上下起伏，白色的眼眸隨即望向他。幸好一度浮現的微妙熱意很快就消退了，現在的南宇鎮眼裡充滿了對患者的擔憂。

「怎麼了，病房溫度有點低嗎？」

「不會，沒關係。剛剛好。」

「好……咸碩晶那邊我會負責聯絡。在你的右手痊癒前，哪裡都別想去。」

威嚇完鄭彬後，南宇鎮一甩白袍，離開了病房。鄭彬撫捂著嘴，默默調整呼吸。

窗外的天氣十分晴朗。天空落下一道溫暖的陽光，鄭彬靜靜看著在陽光照射下呈現淡綠色的葉子，開口說道。

「洪藝星老師。」

「嗯？」

「Ｊ看起來怎麼樣？」

洪藝星似乎很訝異他會問這個問題，鄭彬繼續低聲詢問。

「他還好嗎？有沒有哪裡受傷？」

鄭彬記憶裡的Ｊ是怎麼樣的人呢？距離兩人最後一次見面，早已堆疊了太長的時間，都記不太清了。

那時大家都繃緊神經。為了活下來，每天都疲於奔命。所以只有幸運地在兩人擦肩而過時，用眼神打過招呼而已。

不對，自己也遞過香菸給他。那天Ｊ的心情好像還不錯，應該是吧。畢竟Ｊ也是個人。

洪藝星沒有說話，而是把皮剝得很乾淨的橘子分一半，遞給了鄭彬。

鄭彬瞪大雙眼，默默盯著對方手中的果肉。

洪藝星朝他遞出了幾次，示意要他快點拿去，鄭彬這才勉強收下。

這時，洪藝星笑著說：「看起來還不錯。」

「……」

「他在擊碎魔像後笑了。嗯，雖然我覺得有點可怕。」

「……是嗎。」

鄭彬這才淺淺一笑。他用一隻手生疏地剝下一塊橘子果肉，放入嘴裡。平靜柔和的臉部頓時微微扭曲。

「……呃，好酸。」

「就是因為酸才給你的。」

「……」

「咕咕——」咕咕長叫一聲，像是在笑，又像在嘲諷他。

在鄭彬和洪藝星住院的前一天，新的鐘路三街地下城入口。

踺，抖個不停的登山鞋踏出地下城，踩到了地面上。登山鞋上混雜著塵土、白色灰燼和血跡。登山鞋主人山羊般顫抖的嗓音，劃破寧靜的清晨空氣。

「好……好重。」

公主抱鄭彬的洪藝星哭喪著臉。因為鄭彬的手臂斷了，不能用背的；又不能用地墊把為了救他們而昏倒的人捆起來，所以只剩下公主抱這個選項了。洪藝星的腳步像剛出生的小牛那樣顫抖，隨後踏出地下城的李俟瀛，大步流星地越過他。

「撐住。」

「李俟瀛，可以換你抱嗎？」

俟瀛回頭一看，勾起了嘴角。

「啊……如果你想看到鄭彬被毒死，當然可以。」

「混蛋。」

洪藝星看起來快哭出來了。來到俟瀛身旁的宜再，表情尷尬地小聲開口。

「還是讓我抱……」

「不需要。」

李俟瀛挪動腳步，馬上擋住了宜再的視線。

「哥別想和南宇鎮見面。」

「適可而止，你這個瘋子。」

宜再推開俟瀛的頭。兩人鬥嘴的模樣非常自然，彷彿從很久以前就是這樣相處。

秋天看著眼前這兩人，小心翼翼地呼喚宜再。

「可是……J。」

「嗯？」

宜再轉過頭來，俟瀛銳利的眼神也同時看向秋天。

瞬間起雞皮疙瘩的秋天低下頭，假裝在拍掉褲子上的塵土，喃喃說道。

「那個，雖然告訴世人J回來的事很好……但解酒湯店，你打算怎麼辦呢？」

「嗯？解酒湯店怎麼了？」

「喔……如果你之後要以J的身分工作，不就不能繼續在解酒湯店工作了嗎？」

「不會啊。」

「嗯？」

「我兩個都要。」

「什麼？」

自信地將手背在身後的宜再笑了。

「英雄J和解酒湯店打工仔車宜再是不同人啊，不是嗎？」

在這個大獵人時代下，許多獵人會兼職模特兒、演員或地下城 ASMR Utuber。

而排名第一的J也將跟隨當今潮流，正大光明地說自己要兼差——獵人和解酒湯店打工仔。

——《獵人只想安靜生活02》完

NE037

獵人只想安靜生活 02

헌터는 조용히 살고 싶다

作　　者　103
譯　　者　青　青
封面設計　P_YuFang
封面繪者　NAKDI
責任編輯　林雨欣

發　　行　深空出版
出 版 者　星巡文化有限公司
地　　址　臺北市中正區重慶南路一段 57號 3樓之 5
電　　話　(02)7709-6893
傳　　真　(02)7713-6561
電子信箱　service@starwatcher.com.tw
官網網址　www.starwatcher.com.tw
初版日期　2025年 9月

總 經 銷　聯合發行股份有限公司
地　　址　新北市新店區寶橋路 235巷 6弄 6號 2樓
電　　話　(02)2917-8022

헌터는 조용히 살고 싶다
Copyright © 2023 by 103
Complex Chinese Translation Copyright © 2025 by STARWATCHER PUBLISHING Ltd.
This translation is published by arrangement with Polarfox through
SilkRoad Agency, Seoul, Korea.
All rights reserved.

國家圖書館出版品預行編目 (CIP) 資料

獵人只想安靜生活 / 103 著 . -- 初版 . -- 臺北市 :
星巡文化有限公司出版 : 深空出版發行 , 2025.09
冊 ;　公分
ISBN 978-626-74126-6-4(第 2 冊 : 平裝). --
862.57　　114005830

◎凡本著作任何圖片、文字及其他內容，未經本公司同意授權者，均不得擅自重製、仿製或以其他方法加以侵害，如經查獲，必定追究到底，絕不寬貸。
◎版權所有 ・ 翻印必究◎
◎本書如有破損、缺頁、裝訂錯誤請寄回更換